오세영 시선집

시사백 사무사

詩四百　思無邪

》

詩四百 思無邪

시사백 사무사

오세영 시선집

푸른사상
PRUNSASANG

아아, 훈민정음

언어는 원래 신령스러워
언어가 아니고선 신神을 부를 수 없고,
언어가 아니고선 영원永遠을 알 수 없고,
언어가 아니고서는
생명을 감동시킬 수 없나니
태초에 이 세상은
말씀으로 지으심을 입었다 하나니라.
그러나 이 땅 그 수많은 종족의 수많은
언어들 가운데서 과연
그 어떤 것이 있어 신의 부름을 입었을쏜가.
마땅히 그는 한국어일지니
동방에서
이
세상 최초로 뜨는 해와 지는 해의
그 음양陰陽의 도道가 한가지로 어울렸기 때문이니라.
아, 한국어,
그대가 하늘을 부르면 하늘이 되고,
그대가 땅을 부르면 땅이,
인간을 부르면 인간이 되었도다.
그래서 어여쁜 그 후손들은
하늘과
땅과
인간의 이치를 터득해
'ㆍ', 'ㅡ', 'ㅣ' 세 글자로 모음 11자를 만들었고

천지조화天地造化, 오행운수五行運數, 그 성性과 정情을 깨우쳐

아牙, 설舌, 순脣, 치齒, 후喉

5종의 자음, 17자를 만들었나니

이 세상 어느 글자가 있어

이처럼 신과 내통內通할 수 있으리.

어질고 밝으신 대왕 세종世宗께서는

당신이 지으신 정음正흡 28자로

개 짖는 소리, 천둥소리, 심지어는 귀신이 우는

울음소리까지도

적을 수 있다고 하셨으니

참으로 틀린 말이 아니었구나.

좌우상하左右上下를 마음대로 배열하여

천지간 막힘이 없고

자모子母를 결합시켜 매 음절 하나하나로

우주를 만드는

아아, 우리의 훈민정음.

속인들은 이를

이 세계 어느 글자보다도 더 과학적이라고 하나

어찌 그것이 과학에만 머무를쏜가.

그대, 하늘을 부르면 하늘이 되고,

땅을 부르면 땅이,

인간을 부르면 인간이 되는

아아, 신령스러운 우리

한국어,

우리의 훈민정음.

60여 년의 문학 생애에 마지막이 될 시선집을 상재한다. 그간 나는 참 많은 시들을 써왔다. 29권의 시집에 수록된 1,798편, 그리고 출판이 예정된 세계문명 답사시 300여 편, 기타 행사시, 기념시 등 80여 편의 시들이 그것이다. 왜 그렇게 부지런히 썼을까. 아마도 두 가지 이유 때문이 아니었을까.

하나는 소위 일류대학의 교수로 한생을 살아오는 동안 문단에서 나를 시인이라기보다 학자로 치부하는 편견이 있었다는 점이다. 이 편견을 바로잡기 위해서 나는 다른 시인들보다 더 열심히, 더 많은 시들을 써야 했다(역으로 대학교에서는 학자가 아니라 '시 나부랭이'나 쓰는 한량으로 대우받았던 까닭에 그 어느 교수보다도 더 많은 학술 저서를 집필하려고 노력하였다). 한마디로 문단에서는 나를 학자라 하고 대학에서는 나를 시인이라 했기 때문이다.

다른 하나는, 아직까지도 내가 생각했던 나의 대표시 즉 '영원하고도 완전한 그 어떤 한 편의 시'를 쓰지 못했다는 점이다. 나는 그 '영원하고도 완전한 어떤 한 편의 시'를 쓰려고 그동안 부단하게 몸부림을 쳤다. 나는 그 같은 시 한 편을 써서 — 생전의 독자가 아니라 — 죽은 후 하느님 앞에서 이를 자랑스럽게 낭독해드리고 싶다. 그러한 의미에서 지금까지 내가 쓴 2천여 편의 시들은 모두 습작일지도 모른다.

공자孔子는 자신이 선별해서 『시경詩經』에 수록한 시 300여 편을 두고 이를 한마디로 '사무사思無邪'라 하였다[子曰 詩三百 一言以蔽之曰 思無邪]. 방자하게도 나 또한 공자의 흉내를 한번 내보고자 한다. 그러나 나의 시도 과연 '사무사'에 가까울 수 있을 것인가. 설령 그렇지 못하다 하더라도 여러분들은, 그 같은 마음의 자세를 견지하려고 지금까지 노력

해왔던 한 시인의 애잔한 시작 생애에 차라리 연민의 박수를 보내주시기 바란다.

이 선집에 수록된 400여 편의 시들은 모두 나 자신이 고른 것들이다. 주관적 시안詩眼이기는 하나 지금까지 쓴 시들 가운데서는 그나마 좀 나아 뵈는 것들이라 할 수 있다. 다만 한 가지 의식한 것이 있다면 이 시선집에서 연시戀詩들은 일절 배제해버렸다는 사실이다. 수년 전, 연시들만을 모아 『77편, 그 사랑의 시』(황금알, 2023)라는 제호의 시선집을 상재한 바 있기 때문이다.

다작多作인 탓에, 그간 나는 내 시의 전편을 시집으로 구해서 읽어보기 힘들어했던 독자들에게 항상 미안한 마음이 있었다. 그분들에게 이 시집이 다소의 어떤 도움이 되어줄 수 있다면 나름의 보람으로 생각하겠다.

> 최선을 다하고
> 고개 숙여 기다리는 자의 빈 손은
> 얼마나 아름다운가.
> 빛과 향으로
> 이제는 신神이 채워야 할 그의 공간.
>
> 생애를 바쳐 피워올린
> 꽃과 잎을 버리고 나무는 마침내
> 하늘을 향해 선다.
>
> ―「낙엽」에서

2025년 3월
농산聾山 오세영吳世榮

차례

오세영 시전집 — 시사백 詩四百 思無邪

11

차례

오세영 시전집 — 시사백 사무사 詩四百 思無邪

제8부 꽃과 동물의 시

제9부 문명 답사시

미국편

한국편

오세영 시전집 — 사사백 시무사 詩四百 思無邪

15

차례

제10부 시조

오세영 시선집 ─ 시시때때 사무사 詩四百 思無邪

제1부

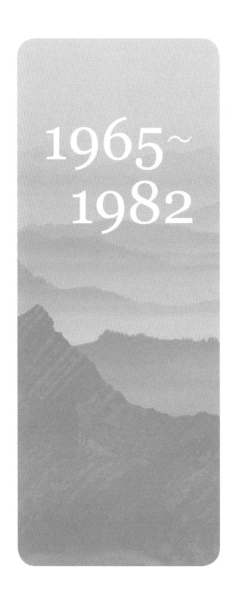

1965~
1982

불 1

타버린 정신들은 어디 갔는가.
가령 설원雪原에 버려진 장미꽃 하나,
혹은 알타이에 떨어지는 햇살,
바람과 소나기, 그리고 유월은
불탄다.

내 살 속에서 희미한 불빛들이
뛰어가고, 알코올이 출렁이는 바닷가에서
이십 세기는 불을 지핀다. 물질이 흘린
피. 싸늘한,
실용實用의 새는 날 수 있을까.
어두운 내 얼굴을 날아서, 찬 서리 내린 굴뚝과
기계들이 죽은 무덤을 넘어서,
어제의 어제를 넘어서,
달에 도달할 수 있을 것인가.

전선電線에 걸린 달, 인간의 숲속에서
전화가 울고 아흔아홉 마리의 이리가 운다.
저것 보라면서,
불타는 서울의 술집들을 가리키면서
어디로 갈 것인가, 타버린 정신의 재.
죽음, 혹은 창조의 불빛.

가을 2

우리 모두
시월의 능금이 되게 하소서.
사과 알에 찰찰 넘치는 햇살이,
그 햇살로 출렁대는 아아, 남국의 바람.
어머니 입김 같은 바람이게 하옵소서.
여름내 근면했던 원정園丁은
빈 가슴에 낙엽을 받으면서, 짐을 꾸리고
우리의 가련한 소망이 능금처럼
익어갈 때,
겨울은 숲속에서 꿈을 헐벗고 있습니다.
어둡고 긴 밤을 위하여
어머니는 자장가를 배우고
우리들은 영혼의 복도에서 등불을 켜 드는 시간,
싱그런 한 알의 능금을 깨물면
한 모금, 투명한 진리가, 아아,
목숨을 적시는 은총의 가을.
시월에는 우리 모두
능금이 되게 하소서.
능금 알에 찰찰 넘치는
햇살이 되게 하소서.

보석 1

화석化石 속엔 한 마리
새가 난다.
결코 지상으로 내려오지 않는 새.

내가 흘린 눈물도
쥐라기 지층 어느 하늘 아래
하나의 보석으로 반짝거릴까,
가령 죽음이라든가,
죽음 앞에서 초롱초롱 빛나던 눈.

스스로 불에 타서 소멸을 선택하는
지상의 별들이여,
묻혀라. 화석에……
영원히 죽는 것은 이미
죽음이 아니다.

모순矛盾의 흙

흙이 되기 위하여
흙으로 빚어진 그릇,
언제인가 접시는
깨진다.

생애의 영광을 잔치하는 순간에
바싹
깨지는 그릇.
인간은 한번
죽는다.

물로 반죽되고 불에 그슬려서
비로소 살아 있는 흙,
누구나 인간은
한 번쯤 물에 젖고
불에 탄다.

하나의 접시가 되리라.
깨어져서 완성되는
저 절대의 파멸이 있다면,

흙이 되기 위하여
흙으로 빚어진
모순의 그릇.

등산

자일을 타고 오른다.
흔들리는 생애의 중량,
확고한
가장 철저한 믿음도
한때는 흔들린다.

암벽을 더듬는다.
빛을 찾아서 조금씩 움직인다.
결코 쉬지 않는
무명無明의 벌레처럼 무명을
더듬는다.

함부로 올려다보지 않는다.
함부로 내려다보지도 않는다.
벼랑에 뜨는 별이나,
피는 꽃이나,
이슬이나,
세상의 모든 것은 내 것이 아니다.
다만 가까이할 수 있을 뿐이다.

조심스럽게 암벽을 더듬으며
가까이 접근한다.
행복이라든가 불행 같은 것은

생각지 않는다.

발붙일 곳을 찾고 풀포기에 매달리면서
다만
가까이,
가까이 갈 뿐이다.

꿈꾸는 병

소녀는 질병을 앓았다.
기울어진 햇빛 속에서
아프리카를 생각하고 있었다.
뜨거운 열사熱沙의 지평을 달리는
한 마리 사자,
소녀는 사랑을 꿈꾸었다.
잠 못 드는 밤엔
세계의 끝에서 숨쉬는
에프 엠F.M을 듣고
병든 지구에 내리는 빗물처럼
울 줄도 알았다.
『러브 스토리』를 읽으며
인생과 예술이 술잔 속에서
페시미즘에 젖는 것을 보았다.
한 마리 사자가 낮잠을 자는
아프리카 해안의 부서지는
푸른 파도.
소녀는 두려워하지 않았다.
다가오는 죽음을,
다만 하나의 희망이
어떻게 이 지상에 잠드는 것인가를
보고 싶었다.
어둠이 내리는 거리,

사람들이 각기 등불을 켜 들 때도
소녀는 꿈을 꾸고 있었다.
꿈속으로 꿈속으로
가라앉고 있었다.

아침

아침은
참새들의 휘파람 소리로 온다.
천상에서 내리는 햇빛이
새날의 커튼을 올리고
지상은 은총에 눈뜨는 시간,
아침은
비상의 나래를 준비하는
저, 신神들의 금관악기,
경쾌한 참새들의 휘파람 소리로
온다.
아침이 오는 길목에서
나누는 인사,
반짝이는 눈빛.
어두운 산하를 건너서,
바람 부는 들녘을 날아서,
너는
태초의 축복으로
내 손을 잡는다.
아아, 그것은 하나의 작은 역사,
인간은 누구나 자신의 역사를 창조한다.
부신 햇빛으로 터지는 함성,
아침이 오는 길목은
지상의 은총이 눈뜨는 시간.

사랑하는 아이들을 위하여
어머니는 조찬을 준비하고
장미는 봉오리를 터친다.
아침이 오는 길목에서
나누는 목례,
아아, 너와 내가 엮어가야 할
무언의 약속.

제2부

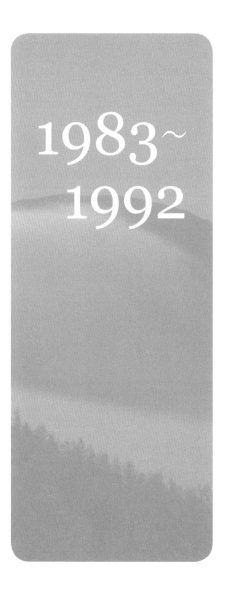

1983~
1992

피리

외로운 날에는
피릴 불었다.
텅 빈 가슴을 울리는
바람소리.

희, 노, 애, 락,
네 개의 구멍은 깨졌구나.
여윈 손으로 등을 두드리며
마주 대는 입술과 입술.

피리는
목이 갈한 자에게만
선율이 된다.
비어 있으므로 비상하는
날개.

외로운 날에는
강가에 홀로 앉아
피릴 불었다.

깨진 육신은 비에 젖는데
허무의 공간을 울리는
바람소리, 파도 소리,
또 바람소리.

새벽 세 시

새벽 세 시,
강물은 강물로 흐르고,
바다는 바다로 푸르고,
까투리 장끼 곁에 눕고,

새벽 세 시,
달빛은 눈썹 위에 쌓이고,
은하는 귀밑머리 적시고,
별빛은 이마에서 꿈꾸는 시간.
세시에 깨어
경經을 읽는다.

일一은 다多이고 다多는 일一이며, 가르침에 따라서 의미를 알고 의미에 의하여 가르침을 알며, 비존재는 존재이며 존재는 비존재이며, 모습을 갖지 않은 것이 모습이며 모습이 모습을 갖지 않은 것이며, 본성이 아닌 것이 본성이며 본성이 본성이 아니며……

화엄경華嚴經 보살십주품菩薩十住品, 그 말씀
아, 가슴으로 내리는 썰물 소리,
갈잎 소리.

바람소리

육신으로 타고 오는
바람소리.
잘 있거라. 잘 있거라.
해어름 나루터에 달빛 지는데
강 건너 사라지는 님의
말소리.

육신으로 타고 오는
갈잎 소리.
잘 가거라. 잘 가거라.
세모시 옷고름엔 별빛 지는데
속눈썹 적시는 가을
빗소리.

이승은 강물과 바람뿐이다.
옷고름 스치는 바람뿐이다.
치마폭 적시는 강물뿐이다.

육신으로 타고 오는
물결 소리,
마른 하상河床 적시는 가을
빗소리.

꽃씨를 묻듯

꽃씨를 묻듯
그렇게 묻었다,
가슴에 눈동자 하나.
독경을 하고, 주문을 외고,
마른 장작개비에
불을 붙이고,
언 땅에 불씨를 묻었다.
꽃씨를 떨구듯
그렇게 떨궜다,
흙 위에 눈물 한 방울.
돌아보면 이승은 메마른 갯벌,
목선木船 하나 삭고 있는데
꽃씨를 날리듯
그렇게 날렸다,
강변에 잿가루 한 줌.

너를 보았다

너를 보았다.
문밖에서,
닫혀진 우주 밖에서
너를 보았다.
가지 끝에서,
어두운 하늘 끝에서
너를 보았다.
보이는 것은 안개, 눈 내리는 저녁 불빛,
불빛 가득 고인 발자국,
자작나무 숲에 울던 바람은
시방 내 귀밑머리를 날리고
깨어진 피리 하나,
눈 속에 묻혀 있다.
너를 보았다.
문밖에서,
닫혀진 우주 밖에서,
너를 보았다.
하나의 별, 한 마리의 새,
너를 바라보는 절망의 눈.

지상의 양식

너희들의 비상은
추락을 위해 있는 것이다.
새여,
알에서 깨어나
막, 은빛 날개를 퍼덕일 때
너희는 하늘만이 진실이라 믿지만,
하늘만이 자유라고 믿지만,
자유가 얼마나 큰 절망인가는
비상을 해보지 않고서는 모른다.
진흙밭에 딩구는
낟알 몇 톨,
너희가 꿈꾸는 양식은
이 지상에만 있을 뿐이다.
새여,
모순의 새여.

축문

향을 깎듯
정성스레 연필을 깎아
백지 위에 시 쓰는 일은 꼭
제삿날
축문祝文을 쓰는 것 같다.
유세차維歲次 모년某年 모월某月 모일某日 시인 오세영吳世榮은
하늘께 고하나니……

제주祭酒로 진한 커피를 들고
파지를 불태우면
나의 책상은 경건한 제상祭床.
오늘도 오욕의 거리에서 돌아온 나는
손을 씻고 단정히 책상 앞에 앉는다.
원고지엔 알몸으로 떨고 있는
연필이 하나,

어두운 밤,
촛불 밝혀 시 쓰는 것은
신명께 축문을 고하는
일이다.

겨울 한나절

눈 올 듯 말 듯,
햇빛 날 듯 말 듯,
어둡고 추운 겨울 한나절.

포장마차 집에서 막소주 한 잔, 꽃가게 가서 실없는 농담, 시계방 물
끄러미 들여다보기, 돌아와서 눈물 찔끔, 그리고 다시 또 소주 한 잔.

행여 동백꽃 실려올까,
불현듯 달려가본 간이역 플랫폼.
남녘에서 오는 열차는 멎지 않고……

오늘도 벌써 해 저무는데

우체부 올 시간은 지났고,
아직도 누군가
올 듯 말 듯.

귓밥

내가 잠든 사이 아내는 몰래
내 귓밥을 판다.
어둡고 좁은 갱의 막장에서
한 알의 보석을 캐듯
비밀을 캐는 그녀의 손.
무엇이 궁금했을까.
나의 조루漏는 불면不眠 탓인데,
나의 불면은 폭음 탓인데,
나의 폭음에는 원인이 없는데,
아내여,
더 이상 귓밥을 파지 말아다오.
내 보석은 이미
네가 낀 손가락의 반지에서 빛나고 있다.
귀를 막고 사는
어두운 시대의 시인,
귓밥이 없다.

이마를 맞대고

잠든 영혼을 깨우는 게
절망이라면
잠든 돌멩이를 깨우는 건
강물이다.
흐르는 물 속에서
버티는
돌,
돌은 돌이라서
이마를 맞대며 산다.

잠든 사랑을 깨우는 게
미움이라면
잠든 파도를 깨우는 건
바람이다.
설레는 바람에 부푸는
파도,
파도는 파도라서
가슴을 껴안고 산다.

잠든 육신을 깨우는 게
아픔이라면
잠든 보석을 깨우는 건
햇살이다.

비치는 햇살로 꿈꾸는 보석,
보석은 보석이라서
눈빛을 마주하며 산다.

하일夏日

바람조차 푸른 물감으로
풀어진 여름 한낮,
잎새들 그림처럼 가지에
붙어 있고
쓰르라미 울음도 그친 지 오래.
．．．．．．．．．．．．．．．．．．．．
유리 하늘의 햇빛이
무겁다.
세상이 온통
푸른 보석으로 반짝거리는 정오.

숨막힐 듯 이 정적 견딜 수 없어
방싯,
연꽃잎 벙그는데,
투명한 호수 위의 개구리 하나
눈알 또록 또록
그 소리
엿듣고 있다.

그릇

깨진 그릇은
칼날이 된다.

절제와 균형의 중심에서
빗나간 힘,
부서진 원은 모를 세우고
이성理性의 차가운
눈을 뜨게 한다.

맹목盲目의 사랑을 노리는
사금파리여,
지금 나는 맨발이다.
베어지기를 기다리는
살이다.
상처 깊숙이서 성숙하는 혼魂.

깨진 그릇은
칼날이 된다.
무엇이나 깨진 것은
칼이 된다.

흙의 얼음

그 어떤 이념이
이토록 생각을 굳혀놨을까.
그에게서는 사랑을 찾을 수 없다.
관용도 그리고 미움도……
부드러운 흙에 도는 따뜻한 물이
한 송이 꽃을 피우듯
부드러운 살에 도는 따뜻한 피가
사랑을 싹틔울 텐데
어떤 이념이 그토록 싸늘하게
그의 육신을 얼려놨을까.

모래와 철근으로 더불어 굳어버린
시멘트,
생명을 완강히 거부하는 저
흙의 얼음.

낙과落果

하늘을 향해 쑥쑥 자라는 나무는
지상의 가장 높은 곳에
열매를 맺고자 하지만
그는 모른다.
그 자란 높이만큼
떨어지지 않으면 안 된다는 것을,
그 자란 높이만큼
떨어지는 아픔도 크다는 것을,
아래로 아래로 추락하는 물만이
바다에 이르듯
나무는 더 이상 하늘에 닿을 수 없음을
깨달을 때, 비로소
절망을 배운다.
절망의 벼랑 끝에서
툭,
떨어지는 눈물처럼
떨어지는
낙과落果.

사랑의 방식

얼릴 수만 있다면
불은 아마도 꽃이 될 것이다.
끓어오르는 불길을
싸늘하게 얼리는 튤립,
불은 가슴으로 사랑하지만
얼음은 눈빛으로 사랑한다.
어찌할거나,
슬프도록 화려한 이 봄날에
나는 열병에 걸렸어라.
추위에 떨면서도 달아오르는
내 투명한 이성理性,
꽃은 결코 꺾어서는 안 되는 까닭에
눈빛으로 사랑해야 한다.
밤새 열병으로 맑아진
내 시선 앞에서 이 아침
싸늘하게 타오르는 한 떨기
튤립.

신神의 하늘에도 어둠은 있다

내가 원고지의 빈칸에
ㄱ, ㄴ, ㄷ, ㄹ…… 글자를 뿌리듯
신은 밤하늘에 별들을 뿌린다.
빈 공간은 왜 두려운 것일까.
절대의 허무를
빛으로 메꾸려는 저, 신의
공간,
그러나 나는 그것을 말씀으로 채우려 한다.
내가 원고지의 빈칸에
ㄱ, ㄴ, ㄷ, ㄹ…… 글자를 뿌릴 때
지상에 떨어지는 씨앗들은
꽃이 되고, 풀이 되고, 또 나무가 되지만
언제인가 그들 또한
빈 공간으로 되돌아간다.
나와 너의 먼 거리에서
유성의 불꽃으로 소멸하는
언어,
빛이 있으므로 신의 하늘에도
어둠은 있다.

사랑의 묘약

비누는
스스로 풀어질 줄을 안다.
자신을 허물어야 결국 남도
가슴을 연다는 것을
아는 까닭에

오래될수록 굳는 옷의 때,
세탁이든 세수든 굳어버린 이념은
유액질의 부드러운 애무로써만
풀어진다.

섬세한 감정의 올들을 하나씩 붙들고
전신으로 애무하는 비누,
그 사랑의 묘약妙藥.

비누는 결코
자신을 고집하지 않은 까닭에
이념보다 큰 사랑을 안다.

설날

새해 첫날은
빈 노트의 안 표지 같은 것,
쓸 말은 많아도
아까워 소중히 접어둔
여백이다.

가장 순결한 한 음절의 모국어母國語를 기다리며
홀로 견디는 그의 고독,
백지는 순수한 까닭에 그 자체로 이미
충만하다.

새해 첫날 새벽
창문을 열고 밖을 보아라.

눈에 덮인 하이얀 산과 들, 그리고 물상物象들의
눈부신 고요는
신神의 비어 있는 화폭 같지 않은가.

아직 채 발자국 하나 찍히지 않은 눈길에
문득 모국어로 우짖는
까치 한 마리.

슬픔

비 갠 후
창문을 열고 내다보면
먼 산은 가까이 다가서고
흐렸던 산색은 더욱 푸르다.

그렇지 않으랴.
한 줄기 시원한 소낙비가
더럽혀진 대기, 그 몽롱한 시야를
저렇게 말끔히 닦아놨으니,

그러므로 알겠다.
하늘은 신神의 슬픈 눈동자.
왜 그는 이따금씩 울어서
그의 망막을
푸르게 닦아야 하는지를……

오늘도
눈이 흐린 나는
확실한 사랑을 얻기 위하여
이제
하나의 슬픔을 가져야겠다.

어머니

나의 일곱 살 적 어머니는
하얀 목련꽃이셨다.
눈부신 봄 한낮 적막하게
빈집을 지키는……

나의 열네 살 적 어머니는
연분홍 봉선화꽃이셨다.
저무는 여름 하오 울 밑에서
눈물을 적시는……

나의 스물한 살 적 어머니는
노오란 국화꽃이셨다.
어두운 가을 저녁 홀로
등불을 켜 드는……

그녀의 육신을 묻고 돌아선
나의 스물아홉 살,
어머니는 이제 별이고 바람이셨다.
내 이마에 잔잔히 흐르는
흰 구름이셨다.

원시遠視

멀리 있는 것은 아름답다.
무지개나 별이나 벼랑에 피는 꽃이나
멀리 있는 것은
손에 닿을 수 없는 까닭에
아름답다.
사랑하는 사람아,
이별을 서러워하지 마라.
내 나이의 이별이란
헤어지는 일이 아니라 단지
멀어지는 일일 뿐이다.
네가 보낸 마지막 편지를 읽기 위해선
이제
돋보기가 필요한 나이,
늙는다는 것은
사랑하는 사람을 멀리 보낸다는
것이다.
머얼리서 바라다볼 줄을
안다는 것이다.

바닷가에서

사는 길이 높고 가파르거든
바닷가
하얗게 부서지는 파도를 보아라.
아래로 아래로 흐르는 물이
하나 되어 가득히 차오르는 수평선,
스스로 자신을 낮추는 자가 얻는 평안이
거기 있다.

사는 길이 어둡고 막막하거든
바닷가
아득히 지는 일몰을 보아라.
어둠 속에서 어둠 속으로 고이는 빛이
마침내 밝히는 여명,
스스로 자신을 포기하는 자가 얻는 충족이
거기 있다.

사는 길이 슬프고 외롭거든
바닷가,
가물가물 멀리 떠 있는 섬을 보아라.
홀로 견디는 것은 순결한 것,
멀리 있는 것은 아름다운 것,
스스로 자신을 감내하는 자의 의지가
거기 있다.

김치

겉절이라는 말도 있지만 김치는
적당히 익혀야 제격이다.
흰 배추 속처럼
마음만 고와서는 안 된다.
매운 고춧가루와 짠 소금, 거기다가
젓갈까지 버무린
전라도 김치,
김치는
맵고 짠 세월 속에서 적당히 삭혀야만
제맛이 든다.
누이야,
올해의 김치 독은
별도로 하나 더 묻어두어라.
흰 눈이 소록소록 쌓이고
별들이 내려와 창문을 두드리는 어느 겨울 밤,
사슴의 발자국을 좇아
전설처럼 그이가 북에서 눈길을 찾아오면
그때
새 독을 헐어도 좋지 않겠니?
평양 냉면에
전라도 동치미를 곁들인다면
우리들의 가난한 식탁은 또 얼마나
풍성하겠니?

별처럼 꽃처럼

교실은 온통 별밭이다.
초롱초롱 반짝이는 너희들의 눈.
별 하나의 꿈,
별 하나의 희망,
별 하나의 이상,

교실은 흐드러진 장미밭이다.
까르르 웃는 너희들의 웃음.
장미 한 송이의 사랑,
장미 한 송이의 열정,
장미 한 송이의 순결,

교실은 향긋한 사과밭이다.
수줍게 피어나는 너희들의 볼.
사과 한 알의 보람,
사과 한 알의 결실,
사과 한 알의 믿음,

교실은 찬란한 보석밭이다.
너희들의 빛나는 이마.
이름을 부르면 하나씩 깨어나는
사파이어,
에메랄드,

다이아몬드,

아, 너희들은 영원히 빛나는
별밭이다.
꽃밭이다.

— 인천 어느 여자중학교의 개교를 축하하며

나무처럼

나무가 나무끼리 어울려 살듯
우리도 그렇게 살 일이다.
가지와 가지가 손목을 잡고
긴 추위를 견디어내듯……

나무가 맑은 하늘을 우러러 살듯
우리도 그렇게 살 일이다.
잎과 잎들이 가슴을 열고
고운 햇살을 받아 안듯……

나무가 비바람 속에서 크듯
우리도 그렇게 클 일이다.
대지에 깊숙이 내린 뿌리로
사나운 태풍 앞에 당당히 서듯……

나무가 스스로 철을 분별할 줄을 알듯
우리도 그렇게
살 일이다.
꽃과 잎이 피고 질 때를
그 스스로 나서고 물러설 때를 알듯……

1월

1월이 색깔이라면
아마도 흰색일 게다.
아직 채색되지 않은
신神의 캔버스,
산도 희고 강물도 희고
꿈꾸는 짐승 같은
내 영혼의 이마도 희고……

1월이 음악이라면
속삭이는 저음일 게다.
아직 트이지 않은
신의 발성법發聲法.
가지 끝에서 풀잎 끝에서,
내 영혼의 현絃 끝에서,
바람은 설레고……

1월이 말씀이라면
어머니의 부드러운 육성일 게다.
유년의 꿈길에서
문득 들려오는 그녀의 질책.

아가, 일어나거라.
벌써 해가 떴단다.

아, 1월은
침묵으로 맞이하는
눈부신 함성.

2월

'벌써'라는 말이
2월처럼 잘 어울리는 달은 아마
없을 것이다.
새해 맞이가 엊그제 같은데
벌써 2월,
지나치지 말고 오늘은
뜰의 매화 가지를 살펴보아라.
항상 비어 있던 그 자리에
어느덧 벙글고 있는
꽃,
세계는
부르는 이름 앞에서만 존재를
드러내 밝힌다.
외출을 하려다 말고 돌아와
문득
털외투를 벗는 2월은
현상이 결코 본질일 수 없음을
보여주는 달,
'벌써'라는 말이
2월만큼 잘 어울리는 달은 아마
없을 것이다.

3월

흐르는 계곡물에 귀 기울이면
3월은
 겨울옷을 빨래하는 여인네의
방망이질 소리로 오는 것 같다.

만발한 진달래 꽃숲에 귀 기울이면
3월은
운동장에서 뛰노는 아이들의
함성으로 오는 것 같다.

새순을 움틔우는 대지에 귀 기울이면
3월은
아가의 젖 빠는 소리로
오는 것 같다.

아아, 눈부신 태양을 향해
연록색 잎들이 손짓하는 달, 3월은
그날, 아우네 장터에서 외치던
만세 소리로 오는 것 같다.

4월

언제 우렛소리 그쳤던가.
문득 내다보면 4월이
거기 있어라.
우르르 우르르
빈 가슴 울리던 격정은 자고
언제 먹구름 개었던가,
문득 내다보면 푸르게 빛나는
강물,
4월은 거기 있어라.
젊은 날은 얼마나 괴로왔던가.
열병의 뜨거운 입술이
꽃잎으로 벙그는 4월.
눈 뜨면 문득
너는 한 송이 목련인 것을,
누가 이별을 서럽다고 했던가.
우르르 우르르 빈 가슴 울리던 격정은 자고
돌아보면 문득
사방은 눈부시게 푸른 강물.

5월

어떻게 하라는 말씀입니까.
부신 초록으로 두 눈 머는데,
진한 향기로 숨 막히는데,
마약처럼 황홀하게 타오르는
육신을 붙들고
나는 어떻게 하라는 말씀입니까.
아아, 살아 있는 것도 죄스러운
푸르디푸른 이 봄날,
그리움에 지친 장미는 끝내
가시를 품었습니다.
먼 하늘가에 서서 당신은
자꾸만 손짓을 하고.

6월

바람은 꽃향기의 길이고
꽃향기는 그리움의 길인데
내겐 길이 없습니다.
밤꽃이 저렇게
무시로 향기를 쏟는 날,
나는 숲속에서 길을 잃었습니다.
님의 체취에
그만 정신이 아득해졌기 때문입니다.
강물은 꽃잎의 길이고
꽃잎은 기다림의 길인데
내겐 길이 없습니다.
개구리가 저렇게 푸른 울음 우는 밤,
나는 들녘에서 길을 잃었습니다.
님의 말씀에
그만 정신이 황홀해졌기 때문입니다.
숲은 숲더러 길이라 하고, 들은 들더러
길이라는데
눈먼 나는 아아,
어디로 가야 하나요.
녹음도 지치면 타오르는 불길인 것을……
숨 막힐 듯, 숨 막힐 듯 푸른 연기 헤치고
나는 어디로 가야 하나요.
강물은 강물로 흐르는데,
바람은 바람으로 흐르는데.

7월

── 샤를 보들레르에게

바다는 무녀巫女,
휘말리는 치마폭.

바다는 광녀狂女,
산발한 머리칼.

바다는 처녀處女,
푸르른 이마.

바다는 희녀戲女,
꿈꾸는 눈.

7월이 오면 바다로 가고 싶어라.
바다에 가서

미친 여인의 설레는 가슴에
안기고 싶어라.

바다는 짐승,
눈에 비친 푸른 그림자.

8월

8월은
분별을 일깨워주는 달이다.
사랑에 빠져
철없이 입맞춤하던 꽃들이
화상을 입고 돌아온 한낮,
우리는 안다.
태양이 우리만의 것이 아님을,
저 눈부신 하늘이
절망이 될 수도 있음을,
누구나 홀로 태양을 안은 자는
상철 입는다.
쓰린 아픔 속에서만 눈 뜨는
성숙,
노오랗게 타버린 가슴을 안고
나무는 나무끼리, 풀잎은 풀잎끼리
비로소 시력을 되찾는다.
8월은
태양이 왜,
황도黃道에만 머무는 것인가를 가장
확실하게
가르쳐주는 달.

9월

코스모스는
왜 들길에서만 피는 것일까.
아스팔트가
인간으로 가는 길이라면
들길은 하늘로 가는 길,
코스모스 들길에서는 문득
죽은 누이를 만날 것만 같다.
피는 꽃이 지는 꽃을 만나듯
9월은 그렇게
삶과 죽음이 지나치는 달.
코스모스 꽃잎에서는 항상
하늘 냄새가 난다.
문득 고개를 들면
벌써 엷어지기 시작하는 햇살,
태양은 황도에서 이미 기울었는데
코스모스는 왜
꽃이 지는 계절에 피는 것일까.
사랑이 기다림에 앞서듯
기다림은 성숙에 앞서는 것,
코스모스 피어나듯 9월은
그렇게
하늘이 열리는 달이다.

10월

무언가 잃어간다는 것은
하나씩 성숙해간다는 것이다.
지금은 더 이상 잃을 것이 없는 때,
돌아보면 문득
나 홀로 남아 있다.
그리움에 목마르던 봄날 저녁
분분히 지던 꽃잎들은 얼마나 슬펐던가.
욕정으로 타오르던 여름 한낮
화상 입은 잎새들은 또 얼마나 아팠던가.
그러나 지금은 더 이상 잃을 것이 없는 때,
이 지상에는
외로운 목숨 하나 걸려 있을 뿐이다.
낙과落果여,
네 마지막의 투신을 슬퍼하지 마라.
마지막의 이별이란 이미 이별이 아닌 것,
빛과 향이 어울린 또 한번의 만남인 것을……
우리는
하나의 아름다운 이별을 갖기 위해서
오늘도
잃어가는 연습을 해야 한다.

11월

지금은 태양이 낮게 뜨는 계절,
돌아보면
다들 떠나갔구나.
제 있을 꽃자리,
제 있을 잎자리,
빈 들을 지키는 건 갈대뿐이다.
상강霜降,
서릿발 차가운 칼날 앞에서
꽃은 꽃끼리, 잎은 잎끼리
맨땅에
스스로 목숨을 던지지만
갈대는 호올로 빈 하늘을 우러러
시대를 통곡한다.
시들어 썩기보다
말라 부서지기를 택하는 그의
인동忍冬,
갈대는
목숨들이 가장 낮은 땅을 찾아
몸을 눕힐 때
오히려 하늘을 향해 선다.
해를 받든다.

12월

불꽃처럼 남김없이 사라져간다는 것은
얼마나 아름다운 일인가.
스스로 선택한 어둠을 위해서
마지막 그 빛이 꺼질 때,

유성처럼 소리 없이 이 지상에 깊이 잠든다는 것은
얼마나 아름다운 일인가.
허무를 위해서 꿈이
찬란하게 무너져 내릴 때,

젊은 날을 쓸쓸히 돌이키는 눈이여,
안쓰러 마라.
생애의 가장 어두운 날 저녁에
사랑은 성숙하는 것.

화안히 밝아오는 어둠 속으로
시간의 마지막 심지가 연소할 때,
눈 떠라,
절망의 그 빛나는 눈.

가을에

너와 나
가까이 있는 까닭에
우리는 봄이라 한다.
서로 마주하며 바라보는 눈빛과 눈빛,
꽃과 꽃이 그러하듯……

너와 나
함께 있는 까닭에
우리는 여름이라 한다.
부벼대는 살과 살 그리고 입술과 입술.
무성한 잎들이 그러하듯……

아, 그러나 시방 우리는
각각 홀로 있다.
홀로 있다는 것은
멀리서 혼자 바라만 본다는 것,
허공을 지키는 빈 가지처럼……

가을은
멀리 있는 것이 아름다운
계절이다.

겨울 들녘에 서서

사랑으로 괴로운 사람은
한 번쯤
겨울 들녘에 가볼 일이다.
빈 공간의 충만,
아낌없이 주는 자의 기쁨이
거기 있다.
가을걷이가 끝난 논에
떨어진 낟알 몇개.

이별을 슬퍼하는 사람은
한 번쯤
겨울 들녘에 가볼 일이다.
지상의 만남을
하늘에서 영원케 하는 자의 안식이
거기 있다.
먼 별을 우러르는
둠벙의 눈빛.

그리움으로 아픈 사람은
한 번쯤
겨울 들녘에 가볼 일이다.
너를 지킨다는 것은 곧 나를 지킨다는 것,
홀로 있음으로 오히려 더불어 있게 된 자의 성찰이

거기 있다.
빈들을 쓸쓸히 지키는 논둑의 저
허수아비.

제3부

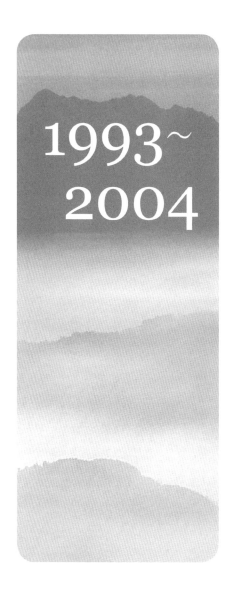

1993~
2004

눈

순결한 자만이
자신을 낮출 수 있다.
자신을 낮출 수 있다는 것은 곧 남을
받아들인다는 것,
인간은 누구나 가장 낮은 곳에 설 때
사랑을 안다.
살얼음 에는 겨울,
추위에 지친 인간은 제각기 자신만의
귀갓길을 서두르는데
왜 눈은 하얗게 하얗게
내려야만 하는가.
하얗게 하얗게 혼신의 힘을 기울여
바닥을 향해 투신하는
눈,
눈은 낮은 곳에 이르러서야
비로소 녹을 줄을 안다.
나와 남이 한데 어울려
졸졸졸 흐르는 겨울 물소리.
언 마음이 녹은 자만이
사랑을 안다.

흐르고 흘러서

세상의 사물들과 마찬가지로
시간에도 고체와 액체와 기체가 있을지
모른다.
과거는 굳어버린 기억,
시간의 얼음.
현재는 흐르는 의식,
시간의 물.
미래는 꿈꾸는 몽상,
시간의 안개.
지상의 언어도 그런 것일까.
이념과 사랑과 믿음은 정신의
고체와 액체와 기체를
이룰지 모른다.
나는 얼어붙은 이념이 싫다.
흐르는 물을 보아라.
사랑으로 흐르고 흐르면
그는 드디어 저 절대의
자유에 도달하지 않는가.

음악

잎이 지면
겨울 나무들은 이내 악기가 된다.
하늘에 걸린 음표에 맞춰
바람의 손끝에서 우는
악기,

나무만이 아니다.
계곡의 물소리를 들어보아라.
얼음장 밑으로 공명하면서
바위에 부딪쳐 흐르는 물도 음악이다.

윗가지에서는 고음이,
아랫가지에서는 저음이 울리는 나무는
현악기,
큰 바위에서는 강음이
작은 바위에서는 약음이 울리는 계곡은
관악기.

오늘처럼
천지에 흰 눈이 하얗게 내려
그리운 이의 모습이 지워진 날은
창가에 기대어 음악을
듣자.

감동은 눈으로 오기보다
귀로 오는 것,
겨울은 청각으로 떠오르는 무지개다.

열매

세상의 열매들은 왜 모두
둥글어야 하는가.
가시나무도 향기로운 그의 탱자만은 둥글다.

땅으로 땅으로 파고드는 뿌리는
날카롭지만,
하늘로 하늘로 뻗어가는 가지는
뾰족하지만,
스스로 익어 떨어질 줄 아는 열매는
모가 나지 않는다.

덥썩 한입에 물어 깨무는
탐스런 한 알의 능금,
먹는 자의 이빨은 예리하지만
먹히는 능금은 부드럽다.

그대는 아는가.
모든 생성하는 존재는 둥글다는 것을
스스로 먹힐 줄 아는 열매는
그 무엇이든
모가 나지 않는다는 것을.

낙엽

이제는 더 이상
느낌표도 물음표도 없다.
찍어야 할 마침표 하나.

더할 수 없는 진실의
아낌없이 바쳐 쓴 한 줄의 시가
드디어 마침표를 기다리듯
나무는 지금 까마득히 높은 존재의 벼랑에
서 있다.

최선을 다하고
고개 숙여 기다리는 자의 빈 손은
얼마나 아름다운가.
빛과 향으로
이제는 신神이 채워야 할 그의 공간.

생애를 바쳐 피워 올린
꽃과 잎을 버리고 나무는 마침내
하늘을 향해 선다.

여백을 둔 채
긴 문장의 마지막 단어에 찍는
피어리어드.

무엇을 쓸까
— 지천명知天命을 바라보며

무엇을 쓸까.
탁자에 배부된 답지는
텅 비어 있다.
전 시간의 과목은 '진실',
절반도 채 메꾸지 못했는데
종이 울렸다.
이 시간의 과목은 '사랑',
그 많은 교과서와 참고서도
이제는 소용이 없다.
맨손엔 잉크가 마른 만년필
하나,
만년필 하나를 붙들고
무엇을 쓸까.
망설이는 기억의 저편에서
흔들리는 눈빛.
벌써 시간은 절반이 흘렀는데
답지는 아직도 순백이다.
인생이란 한 장의 시험지,
무엇을 쓸까.
그 많은 시간을 덧없이 보내고
치르는 시험은 이제
당일치기다.

하늘의 시

어스름 깔리는 마당귀에는
감꽃만 수북이 떨어져 있었다.
사립 밖엔 한나절
물 나는 소리.
윤사월 조금날 썰물이 길어
바다가 빈 개펄 드러내듯이
아, 나도
가진 것이라곤 시의 묘망渺茫한 하늘뿐,
너를 두고 한세상 살아왔다.
애비 없이 태어난 나는
에미도 일찍 잃어
세 살에 든 열병을 아직도 고치지 못한 채
이마는 항상 뜨겁기만 하다.
내 시의 먼 하늘, 노을에 맺힌 그 이슬이
밤바다에 반짝이는 별이 될 수 없음을
나 너로 인해 비로소 알았나니
이제 더 이상 속지 않으리라.
네가 가고 또 그로 하여 시마저 버린다면
이 세상 슬퍼할 그 무엇이 아직
남아 있으리.

어떤 날

실비 내려
냉이 새순 초록 물들고
촉촉이 젖은 풀섶 구멍에선
꽃뱀 하나 실눈을 뜨고,

실비 내려
씀바귀, 엉겅퀴 가시 세우고
실개천 마른 여울 푸르게 피
도는 날,

어이할거나. 초록 제비야,
자갈밭에 엎어진
돌쩌귀 하나.
어이할거나. 초록 꽃뱀아,
진흙창에 모로 누운
돌미륵 하나.

무심히

단풍 곱게 물드는
산山.
아래
금 가는 바위.
아래
무너지는 돌미륵.
아래
맑은
옹달샘.
망초꽃 하나 무심히 고개 숙이고
파아란 하늘 들여다보는
가을,
상강霜降.

속구룡사시편續龜龍寺詩篇

한 철을 치악雉岳에서 보냈더니라.
눈 덮인 묏부리를 치어다보며
그리운 이 생각 않고 살았더니라.
빈 가지에 홀로 앉아
하늘 문 엿보는 산까치같이,

한 철을 구룡龜龍[1]에서 보냈더니라.
대웅전 추녀 끝을 치어다보며
미운 이 생각 않고 살았더니라.
흰 구름 서너 짐 머리에 이고
바람 길 엿보는 풍경風磬같이,

그렇게 한 철을 보냈더니라.
이마에 찬 산그늘 품고,
가슴에 찬 산자락 품고,
산 두릅 속눈 트는 겨울 한 철을
깨어진 기와처럼 살았더니라.

---

1 구룡사龜龍寺 : 치악산에 있는 고찰

겨울 노래

산자락 덮고 잔들 산이겠느냐.
산그늘 지고 산들
산이겠느냐.
산이 산인들 또 어쩌겠느냐.
아침마다 우짖던 산까치도
간 데 없고
저녁마다 문살 긁던 다람쥐도
온 데 없다.
길 끝나 산에 들어섰기로
그들은 또 어디 갔단 말이냐.
어제는 온종일 진눈깨비 뿌리더니
오늘은 하루 종일 내리는 폭설暴雪.
빈 하늘 빈 가지엔
홍시紅柿 하나 떨 뿐인데
어제는 온종일 난蘭을 치고
오늘은 하루 종일 물소릴 들었다.
산이 산인들 또
어쩌겠느냐.

기다림

지난봄 새순 말려 띄운
작설雀舌을
늦가을 해어름에 비로소 뜨네.
기다려도 올 이 없는 산 중 삶인데
고이고이 간직해온 심사는 뭘까.
뒤 뜰엔 산수유山茱萸 열매가 붉어
메꿩 몇 마리 부리 쪼는데
찌르레기 샘물 찍어 하늘 바래듯
늦가을 홀로 앉아 차를 마시네.
기다려도 올 이 없는 외진 산방山房에
가을 산과 대좌하여 드는 작설은
지난봄 이슬에 젖은 찻잎이
오늘은 서릿발에
향기도 차네.

고죽도苦竹圖

기우뚱
밀리는 선체船體,
밖은 폭풍이 몰아치는데
희미한 촛불 아래 홀로 앉아
정성들여 먹을 간다.
온 산은 칠흑의 밤바다,
한 차례 강풍이 불면
대숲은 큰 파도로 밀려와 벽을 후리치고
떡갈나무 잔 파도는 흰 이빨을 드러낸 채
쉴 새 없이 으르렁댄다.
이 불안한 초옥草屋은
광란의 바다에 표류하는 일개 돛배이거니
내 손수 해도海圖를 작성해
격랑을 헤쳐가야 한다.
기우뚱,
선체는 흔들리지만
선실船室에 희미한 촛불 하나 밝히고
새하얀 한지韓紙에 먹으로 치는
고죽苦竹,
인생은 고해苦海라는데
산이 어찌 항상 산이겠는가,

폭풍우 몰아치는 밤바다의
떠밀리는 외로운 돛배,

흔들리는 붓.

고죽도苦竹圖

책장을 넘기며

샛바람 불어
지면은 온통 만남의 이야기다.
연분홍 처녀들의 다소곳한 기다림과
물 건너서 달려온 초록 사내들의 다정한
눈길,
마파람 불어
지면은 온통 사랑의 이야기다.
격정으로 휘몰아치던 그날 밤의 폭우와
땀에 흠뻑 젖은 숲들의 가쁜
숨결,
하늬바람 불어
지면은 온통 이별의 이야기다.
잿빛 노을 앞에서
쓸쓸히 손 흔들며 돌아서는 그의
빈 어깨,
된바람 불어
지면은 이제 온통 그리움의 이야기다.
백지 위의 나 뒹구는 연필심처럼
눈밭에 우두커니 서 있는 한 그루의 부러진
나목裸木,

바람이 분다.

운명의 책장들을 넘긴다.

다시 살아야겠다.[2]

책장을 넘기며

나를 지우고

산에서
산과 더불어 산다는 것은
산이 된다는 것이다.
나무가 나무를 지우면
숲이 되고,
숲이 숲을 지우면
산이 되고,
산에서
산과 벗하여 산다는 것은
나를 지우는 일이다.
나를 지운다는 것은 곧
너를 지운다는 것,
밤새
그리움을 살라 먹고 피는
초롱꽃처럼
이슬이 이슬을 지우면
안개가 되고,
안개가 안개를 지우면
푸른 하늘이 되듯
산에서
산과 더불어 산다는 것은
나를 지우는 일이다.

길 하나

길 하나 어둠 속에 사라지는
외딴 암자,
반디불빛 새어나오는 창호지 틈 사이로
눈섭 파아란 비구니의 밤새
경 읽는 소리.

갈잎 스산하게 흩날리는
빈 가지,
별빛 어리는 마지막 잎새에 앉아
귀 밝은 베짱이의 밤새 또
글 읽는 소리,

먼 하늘 찬 이슬에
목을 축이고……

보석 2

그것을 불러 보석이라 이름한다.
햇빛에
눈부신 그 반짝거림,
강변 모래언덕에
사금파리 하나 반쯤 묻혀 있다.
보석이란 가장 소중한 마음을 이르는 것이려니
우리 어린 날,
네게 바친 이 순수한 영혼의 징표보다
더 아름답고 고귀한 것이 이 세상 또
어디에 있으랴.
깨진 것은 모두 보석이 된다.
한때 값진 도자기였을지라도,
한때 투박한 사발이었을지라도,
그것은 한낱
장에 갇힌 그릇일 뿐.
깨진 것은
완전한 자유에 이른 까닭에
보석이 된다.
그 봄날의 풀꽃 반지도,
그 강변의 모래성도,
지금은 모두 강물에 씻겨갔지만
우리들의 강 언덕엔 눈부신 보석 하나
푸른 하늘을 지키고 있다.
영원처럼……

오세영 시선집 ── 시선별 사무사 詩四百 思無邪

이별의 날에

이제는 붙들지 않을란다.
너는 복사꽃처럼 져서
저무는 봄 강물 위에 하염없이 날려도 좋다. 아니면
어느 이별의 날에
네 뺨을 타고 흐르던 눈물의 흔적처럼
고운 아지랑이 되어 푸른 하늘을
아른거려도 좋다.
갇혀 있는 영원은 영원이 아니므로
금속 테에 갇힌 보석 또한
진정한 보석이 아닌 것,
아무래도 네 손가락에 끼워준 반지에는
영원이 있을 성싶지 않다.
그러므로
네 찬란한 금강석의 테두리에 우리
더 이상 서로 가두지 말자.
이제 붙들지 않을란다.
너는 복사꽃처럼 져서
저무는 봄 강물 위에 하롱 하롱 날려도 좋다. 아니면
어느 이별의 날에
네 뺨을 적시던 눈물의 흔적처럼
고운 아지랑이 되어 푸른 하늘을
어른거려도 좋다.

유성

밤하늘은
별들의 운동장
오늘따라 별들 부산하게 바자닌다.
운동회를 벌였나?
아득히 들리는 함성,
먼 곳에서 아슴프레 빈 우렛소리 들리더니
빗나간 야구공 하나
쨍그랑
유리창을 깨고
또르르 지구로 떨어져 구른다.

눈물

인생이란
기쁨과 슬픔이 짜아올린 집,
그 안에 삶이 있다.
굳이 피하지 마라. 슬픔을……
묵은 때를 씻기 위하여 걸레에
물기가 필요하듯
정신을 말갛게 닦기 위해선
눈물이 있어야 하는 법,
마른걸레는 아무런
쓸모가 없다.
오늘은 모처럼 방을 비우고 걸레로
구석구석 닦는다.
내일은
우리들의 축일祝日 아닌가.

젖은 눈

세숫물에 마른 갈잎 하나 파르르
떨어져 가을이다.
한 움큼 물을 뜨다 만 채 물끄러미
들여다보는 수면,
흔들리는 파문 사이로
하얗게 머리 센 사내 하나가 하늘 끝자락을 붙들고
망연히 나를 치어다보고 있다.
어디서 보았을까. 깊고 짙은 속눈썹,
그 젖은 눈에
하얗게 소복한 어머니의 손을 잡고
초등학교 운동장을 들어서던 어린 소년이 보이고,
팔랑팔랑
나비처럼 뿌리치고 사라지던
꽃밭의 소녀가 보이고,
바람벽을 등지고 쓸쓸히
소줏잔을 기울이던 원고지 칸 사이의
사내가 보인다.
한 움큼의 세숫물마저
손가락 사이로 흘러내려 텅
비어버린 손바닥,
문득
이가 시리다.

바람에 흔들리며

날씨가 추워지니
무릎이 저려온다. 걸을 때마다
삐걱거리는 다리의 관절,
다리만이 아니다.
팔도 허리도 오늘은 제대로
가눌 수가 없구나.
고마운 건 다만
네가 짜준 한 벌의 털 내의
딸아,
누구는 그것을 오십견五十肩이라 하고 누구는
관절염이라고 하지만
내 다 안다.
육신이란 사랑으로 못질해서 이루어낸
한 채의 목조 가옥,
그 뼈와 뼈에 친 못들 이제 보니
성치가 못하구나.
어떤 것은 미움에 삭고
어떤 것은 또 탐욕으로 부러져버렸다.
세상은 항상 따뜻하지만은 않는 것,
겨울 되어
낡아 삐걱대는 집처럼 나 이제 흔들리며
바람 부는 벌판에서 홀로
울 수밖에 없구나.

겨울의 끝

매운 고추가루와 쓰린 소금과 달콤한
생강즙에 버물려
김장독에 잘 갈무리된
순하디순한 한국의 토종 배추.
양념도 양념이지만
적당히 묵혀야 제맛이 든다.
맵지만도 않고 짜지만도 않고
쓰고 매운 맛을, 달고 신 맛을
한가지로 어우르는 그 진 맛,
이제 한 60년 되었으니
제맛이 들었을까.
사계절이라 하지만 세상이란 본디
언제나 추운 겨울,
인생은 땅에 묻힌 김칫독일지도 모른다.
어느 날인가?
그분이 독을 여는 그때를 기다려
잘 익어 있어야 할 그 김치.

푸르른 하늘을 위하여

피가 잘 돌아… 아무 병도 없으면 가시내야 슬픈 일도 슬픈 일도
있어야겠다 ─ 서정주

사랑아,
너는 항상 행복해서만은 안 된다.
마른 가지 끝에 하늬바람 불어
푸르게 열린 하늘,
그 하늘을 보기 위해선
조금은 슬픈 일도 있어야 한다.
굽이쳐 흐르는 강,
분분히 지는 낙화,
먼 산등성에 외로 서 문득 뒤돌아보는
늙은 사슴의 맑은 눈,
달더냐.
수밀도 고운 살 속 눈먼 한 마리 벌레처럼
붉은 입술을 하고서 사랑아,
아른아른 피던 봄 안개는,
여름내 쩡쩡 울던 먹구름 속의 천둥은
이미 지평선 너머 사라졌는데
하늬바람 불어
푸르게 열리는 그 하늘을 위해선 사랑아,
조금은 슬픈 일도 있어야 한다.

신념

이미 수확을 거둔,
꽁꽁 얼어붙은 겨울 채소밭.
무우 하나 땅에 묻힌 채
강그라지고 있다.
돌아보면 텅 빈 들판, 강추위는 몰아치는데
분노에 일그러져 시퍼렇게 하늘을
노려보는 그의 눈.

뽑혀 생명을 보전하다가
일개 먹이로 전락하기보다는
차라리
뿌리를 대지의 중심에 내리고
스스로 죽는 길을 선택했구나.

승산 없는 전투가 끝난 전선,
지휘관을 따라 부대는 모두 투항해버렸는데
끝까지 항복을 거부하다가
비인 들녘에서 외롭게
총살 당한
푸른 제복의 병사 하나.

가을 빗소리 1

바람 불자 만산홍엽萬山紅葉, 만장輓章으로
펄럭인다.

까만 상복喪服의
한 무리 까마귀 떼가 와서 울고

두더지, 다람쥐 땅을 파는데

후두둑
관에 못질하는 가을비 소리.

힘

일어서기 위하여, 온 힘을 쏟아내기 위하여
한겨울, 물은 결빙結氷을 해야 했던가.

봄 되어
위로 위로 일어서는 물을 보았다.
마른 흙을 헤치고 하늘로 하늘로 솟아 오르는
새순.

새벽 잠자리에서, 참을 듯 참을 듯
벌떡 일어서는 사내의 새파아란
힘줄같이
위로 위로 뻗쳐, 아아, 그 절정에서
터트리는 꽃물.

아래로 아래로 흐르는 물이라고
말하지 마라.
일어서지 않고 사는 삶이란
이 세상에 없다.

폭포

흐르는 물도 때로는
스스로 깨지기를 바란다.
까마득한 낭떠러지 끝에서
처연하게
자신을 던지는 그 절망,
사람들은 거기서 무지개를 보지만
내가 만드는 것은 정작
바닥 모를 수심水深이다.
굽이치는 소沼처럼
깨지지 않고서는
마음 또한 깊어질 수 없다.
봄날
진달래, 산벚꽃의 소매를 뿌리치고
끝 모를 나락奈落으로
의연하게 뛰어내리는 저
폭포의 투신.

타잔

한밤의 고층 빌딩,
인터넷 키보드를 두드리다 문득 창밖을
내려다본다.
꽃들인가. 계곡에 난만히 핀
네온의 불빛,
강물인가. 까마득히 아래에서 반짝거리는
헤드라이트 물결,
일순, 도시는 원시의 정글인데
홀로 홈페이지를 검색하는 나는
야행성 동물,
말에 굶주린 숲속의 타잔같이
늘어진 한 가닥 코드에 매달려
절벽과 절벽을 건너뛴다.
생명이란 구리줄에 흐르는 한 줄기 전류,
그 전원이 켜 있는 동안
홀로 컴퓨터를 두드린다.
계곡의 꽃 덤불 속에 숨어 있을까.
강가의 자갈밭에 숨어 있을까.

밤에 호올로

한밤 호올로
컴퓨터 키를 두드린다.
모니터에는
떠올려진 시행 몇 줄,
'인간은 누구나
가슴에 하나씩 별을 안고 산다'[3]
커서를 '별'에 대고
지울까 말까 망설인다.
인간은 누구나
무거운 바위를 하나 가슴에 안고 사는 것은 아닐까.
아니 인간은 누구나 가슴에
칼을 하나 갈면서 사는 것은 아닐까.
하늘의 별과 지상의 바위 사이를
스크린은 텅 빈 공백으로 남겨놨는데
문득 내다보는 밤 하늘엔
……반짝……
섬광을 내며
지상으로 딜레이트 되는 유성 하나,
그도 하늘에서 컴퓨터를 두드리는 것일까.
밤에 호올로 시를 쓴다는 것은
무섭도록 고독한 일이다.

---

3 졸시 「아득한 지상에서」(『꽃들은 별을 우러르며 산다』 수록)의 한 구절.

휴대폰 1
― 목걸이

외출할 때 꼭 소지해야 하는
휴대폰.
어떤 이는 손에 쥐고,
어떤 이는 허리에 차고, 또 어떤 이는
목에도 건다.
"자기야" 하고 부르면 펄쩍 뛰어 달려가
시장을 봐 오고,
"오 팀장" 하고 부르면 얼른 좇아가
덥석 돈 가방을 물어온다.
나는 누구일까.
가슴 설레는 마음으로 네가 걸어준
그 은목걸이는 어디 갔을까.
목덜미에 남겨놓은 그대 첫 키스의 황홀은……
오늘도 외출을 하면서 나는
개띠를 건다.
휘파람 대신 벨이 울리면
눈에 보이지 않는 줄에 매달려 냉큼 누군가를
물어오고 또 물어뜯기 위해.

휴대폰 2
― 수용소

창조는 자유에서 오고, 자유는 고독에서 오고,
고독은 비밀에서 오는 것.
사랑하고, 글을 쓰고, 생각하는 일은
모두 숨어 하는 일인데
어디에도 비밀이 쉴 곳은 없다.

이제 거대한 아우슈비츠 수용소가 되었구나.
각기 주어진 번호표를 가슴에 달고
부르면 즉시
알몸으로 서야 하는 삶.

혹시 가스실에 실려가지 않을까.
혹시 재판에 회부되지 않을까.
혹시 인터넷에 띄워지지 않을까.
네가 너의 비밀을 지키고 싶은 것처럼
아, 나도 보석 같은 나의 비밀 하나를
갖고 싶다.

사랑하다가도, 글을 쓰다가도,
벨이 울리면
지체 없이 달려가야 할 나의 수용소 수인 번호는
016-909-3562.

야간 산행

두툼한 방한복이나, 푹신한 등산화보다
더 소중한 것은 손전등이다.
야간 산행.
깜깜한 어둠 속에서
돌출한 바위를 피하고, 미혹한 숲을 제치고
가파른 절벽을 타는 데
어찌 빛보다 더 절실한 것이 있으랴.
그러나 빛은
홀로 되는 것이 아니다.
침실처럼
플래시의 약실에 단란히 누운
남편과 아내를 보아라.
양과 음의 두 전류가 일순 결합해
찬란히 빛을 발하지 않던가.
인생이란
두 극의 배터리가 일으키는 빛을 따라
걷는
야간 산행일지도 모른다.

법에 대하여

법이란
냉장고의 칸막이 같은 것,
김치와 우유가, 육류와 젓갈이 행여 섞이지 않도록
해야 할 일과 해서는 안 될 일을,
좋아할 일과 좋아해선 안 될 일을
칸칸이
구분해서 서랍에 넣어두고
언제나 분수를 지키도록 감시하는……
그러나 우리네 일상은 쉬이 부패하기 쉬우므로
그 공간은 항상 차가워야 하나니
누가 그랬던가.
법은 얼음 같아서
냉철한 이성이 아니면 날이 서지 않는다고………
그래도
냉장고는 알리라.
뜨거운 전류가 또한
차가운 얼음을 만든다는 것을.

사고

비 오는 날,
커브 길을 돌던 기차가
궤도를 이탈해 나뒹굴었다.
역부驛夫는 달려와 사고라 했지만
아니다.
그것은 기차의 오랜 음모가 실천한
회심의 탈출,
비로소 쟁취한 자유에의 체험이다.
새나 짐승이나 인간은 매일반
우천雨天을 피하려는 것이 본능인데
구내에 묶여 비를 맞아야 하는 기차의 슬픔,
그러므로 물질도 살아 있는 한
의당 자유를 누려야 하는 법이니
신이여,
인간의 기차가 돌발 사고를 내듯
당신이 만든 인간의 과오도
가끔은 용서하소서.

새로운 신

야훼, 제우스, 알라, 아후라 마즈다,
옛부터 신들은 모두
하늘에서 침묵으로만 말씀하셨다.
뜻을 받들기 위해
높이 쌓아 올린 탑,
그러나 오늘의 우리들은 첨탑 대신
날카로운 안테나를 세운다.
안테나에 매달려
매일매일 듣는 하늘의 말씀
전파는 새로운 하느님이다.
아무도 거역할 수 없다,
하늘에서 떨어지는 그 명령.
옛 신의 믿기지 않은 침묵 대신
그것은 또한 얼마나 확실한 신앙이던가.
오늘도 새들은 높은 가지 끝에 앉아
가·갸·거·겨………
천기를 누설하지만
인간이 사라진 도시에선 아무도
듣는 자가 없다.
안테나에는
결코 걸터 앉지 않는 새.

곧은 길

비탈진 커브 길 가장자리에
우뚝 버티고 선 콘크리트 전신주,
차에 들이받혀
깨진 몸통에 철근이 드러나 있다.
왜 그 자리만 고집하는지.
전선을 받든 너는
언제나 곧은 길을 가야만 했구나.
인간의 이성은 직선과 같아서
곡선을 허용하지 않는 법.
A에서 B로 B에서 C로 백지에 금을 긋듯
한 가지로 똑바르게 가야 할 뿐이다.
흐르는 계곡물은
굽이치고 휘돌아서 바다에 이르는데
전깃줄인지 전화선인지
인간의 힘과 생각은 항상
허공에 직선을 긋고 있구나.

봄은 전쟁처럼

산천山川은 지뢰밭인가.
봄이 밟고 간 대지는 온통
지뢰의 폭발로 수라장이다.
대지를 뚫고 솟아오른, 푸르고 붉은
꽃과 풀과 나무의 여린 새싹들.
전선엔 하얀 연기 피어오르고
아지랑이 손짓을 신호로
은폐 중인 다람쥐, 너구리, 고슴도치, 꽃뱀……
일제히 참호를 뛰쳐나온다.
한 치의 땅, 한 뼘의 하늘을 점령하기 위한
격돌,
그 무참한 생존을 위하여

봄은 잠깐의 휴전을 파기하고 다시
전쟁의 포문을 연다.

서울은 불바다 1

적 일개 군단 남쪽 해안선에 상륙,
전령이 떨어지자 갑자기 소란스러워지는
전선戰線.
참호에서, 지하 벙커에서
녹색 군복의 병정들은 일제히 하늘을 향해
총구를 곧추세운다.
발사!
소총, 기관총, 곡사포, 각종 총신과 포신에
붙는 불,
지상의 나무들은 다투어 꽃들을 쏘아 올린다.
개나리, 매화, 진달래, 동백……
그 현란한 꽃들의 전쟁,
적기다!
돌연 서울 영공에 내습하는 한 무리의
벌 떼!
요격하는 미사일,
그 하얀 연기 속에서
구름처럼 피어오르는 벗꽃.

봄은 전쟁인가.
서울을 불바다로 만든
이 봄의 핵 투하.

쇠붙이의 영혼

쇠붙이에도 영혼이 있다는 것은
기계들을 보면 안다.
지상에 동식물이 분포해 있듯
하늘을 나는 비행기는 새,
땅을 달리는 자동차는 짐승,
바다를 헤엄치는 선박은 어류,
한군데 붙박힌 공장의 기계들은 식물 군락이다.
전 생애를 바쳐 초목들이
곡물과 과일을 소출하듯
공장의 기계 역시 물품들을 생산한다.
지상에 사악한 짐승이 있고
총이나 칼같이
악령에 사로잡힌 쇠붙이가 없는 것은
아니지만
만일 그에게도 영혼이 있다는 사실을
아는 자라면
모든 쇠붙이는 가라고 말하진 않으리라.
삶과 죽음이란 자리를 바꾸는 일,
이 세상 어디에도 소멸이란 없다.
죽은 물질에 섬광처럼 깃들이는
전류, 그
쇠붙이의 영혼.

물의 사랑

인간이 불로 어두움을 밝힌다면
자연은 그것을 물로 밝힌다.
계곡은 하나의 거대한 도시,
수맥의 전류로
휘황하게 타오르는 색색의 꽃들을 보아라.
어떤 것은 길가의 가로등으로 서 있고, 어떤 것은 주택의
조명등으로 켜 있고, 또 어떤 것은 상가의
네온사인으로 반짝이지만
모든 꽃은
물로 달구어진 필라멘트다.
등꽃 가로등 밑을 분주히 오가는 토끼 자동차,
아카시아 조명등 아래서 야근하는 일벌 노동자,
백목련 탐조등을 따라 막 이륙하는 뻐꾹 비행기,
포플러 높은 가지 위의 관제탑에선
까치들의 교신이 한창이다.
물질이 불로 사는 짐승이라면
생명은 물로 사는 기계,
인간도 이와 같아라.
사랑 또한 나와 너 사이를 흐르는
수맥이 아니던가.

제4부

2005~
2006

날씨

산山 가족 중에서
유일하게 글을 깨친 새들이다.
아침 하늘은 조간신문,
살풋 나무 가지에 앉아 기사를 읽고
종알 종알 산중 소식 전하기에 바쁘다.
저 험악한 먹구름은
전쟁 기사,
저 높은 흰 구름은
휴먼 다큐,
저 아름다운 무지개는
연예 르포, 그러나
오늘의 톱 뉴스는 단연 쿠데타,
우르릉 땅!
벼락이 친다. 갑자기……
언론 통제인가 온 하늘 가득히
몰아치는 소낙비.

들꽃

젊은 날엔 저 멀리 푸른 하늘이
가슴 설레도록 좋았으나
지금은 내 사는 곳 흙의 향기가
온몸 가득히 황홀케 한다.

그때 그 눈부신 햇살 아래선
보이지 않던 들꽃이여,

흙냄새 아련하게 그리워짐은
내 육신 흙 되는 날 가까운 탓.
들꽃 애틋하게 사랑스럼은
내 영혼 이슬 되기 가까운 탓.

학교

봄 반,
스케치하는 손놀림이 부지런하다.
목탄으로 그리고, 지우고·········
어느새 캔버스엔 한 세상의 윤곽이
떠오른다.
이제는 붓끝으로 툭 쳐
사물들을 하나씩 잠에서 깨울 차례,
파아란 물감 풀어 하늘.
초록 물감 풀어 산, 그리고
노오란 물감 풀어 들.

여름 반은 체육 시간,
세상은 커다란 운동장이다.
시끌벅적
숲들이 벌이는 한마당의 씨름판,
헐레벌떡
바다로 달려가는 강물들의 뜀박질,
교정의 한 모퉁이에선 쫓고 쫓기는
짐승들의 술래잡기가 한창이다. 그리고
일순의 폭우,
그 상쾌한 샤우어.

가을 반은 독서 시간,
여기저기 온통 글 읽는 소리다.
풀잎은 풀잎대로, 숲은 숲대로, 개울은 개울대로
스산한 갈바람에 목청을 실어………
오늘은 베짱이와 매미의 순서다.
이야기의 주인공은 태양과 달, 그리고
은하 건너 멀리 떠난 별들의
로망스.

겨울 반은 시험 시간,
이제 더 이상 배울 것은 없다.
밤새 싸락눈 내려
세상은 하이얀 한 장의 백지,
그 여백에
무엇을 쓸까. 망설이는데
아아, 갈잎처럼 북풍에 날려버린
나의 그 허술한 답안지.

성좌星座

우주는 선과 악이 두는 바둑판이다.
용호상박龍虎相搏,
언제 끝날지 모르는 한 판의 대접전.
신神이 천원天元에 쌍패를 두면
악마는 화점花點에 호구를 친다.
그 적경赤經과 적위赤緯의 교차점에 놓인 바둑을 일러
북두칠성이라 하거니
지금 어느 귓가의 집이 힘없이 무너지는가.
카시오페이아 근처에서
와르르 떨어져 지상으로 내리는
한 무더기의 별똥별.

그러나 신神이여,
제발 승부수를 던져
끝내기 바둑으로 판을 쓸지만은 마시기를……
우리는 오직
밤하늘의 아름다운 별 하나를 두고
내일을 믿나니……

감자를 캐며

눈에 보이는 것보다
보이지 않은 것의 현신顯身은 얼마나
찬란한 경이이더냐.
음陰 6월, 해가 긴 날의 어느 하루를 택해
호미로 밭두렁을 허물자
우수수 쏟아지는 감자, 감자,
겉으로 드러난 줄기와 잎새는
시들어 보잘것없지만
흙 속에 가려 묻혀 있던 알맹이는
튼실, 풍만하기만 하다.
부끄러워 스스로를 감춘 그 겸손이
사철 허공에 매달려 맵시를 뽐내는
능금의 허영과
어찌 비교할 수 있으랴.
보이지 않는 것은 보이는 것의 어머니,
세상이란 보이지 않는 반쪽이 외로 지고 있을지니
눈에 보이는 것보다
보이지 않는 것의 현신은
얼마나 아름다운 경이이더냐.

딸에게

가을바람 불어
허공의 빈 나뭇가지처럼 아빠는
울고 있다만 딸아,
너는 무심히 예복을 고르고 있구나.
이 세상 모든 것은
붙들지 못해서 우는가 보다.
강변의 갈대는 흐르는 물을,
언덕의 풀잎은
스치는 바람을 붙들지 못해
우는 것, 그러나
뿌리침이 없었다면 그들 또한 어찌
바다에 이를 수 있었겠느냐.
붙들려 매어 있는 것치고
썩지 않는 것이란 없단다.
안간힘 써 뽑히지 않은 무는
제자리에서 썩지만
스스로 뿌리치고 땅에 떨어지는 열매는
언 땅에서도 새싹을 틔우지 않더냐.
막막한 지상으로 홀로 너를 보내는 날,
아빠는 문득 뒤꼍 사과나무에서
잘 익은 사과 하나 떨어지는 소리를
듣는다.

자화상

전신이 검은 까마귀,
까마귀는 까치와 다르다.
마른 가지 끝에 높이 앉아
먼 설원雪原을 굽어보는 저
형형한 눈,
고독한 이마 그리고 날카로운 부리.
얼어붙은 지상에는
그 어디에도 낱알 하나 보이지 않지만
그대 차라리 눈밭을 뒤지다 굶어 죽을지언정
결코 까치처럼
인가人家의 안마당을 넘보진 않는다.
검을 테면
철저하게 검어라. 단 한 개의 깃털도
남기지 말고……
겨울 되자 온 세상 수북이 눈은 내려
저마다 하얗게 하얗게 분장하지만
나는
빈 가지 끝에 홀로 앉아
말없이
먼 지평선을 응시하는 한 마리
검은 까마귀가 되리라.

은산철벽

까치 한 마리,
미루나무 높은 가지 끝에 앉아
새파랗게 얼어붙은 겨울 하늘을
엿보고 있다.
은산철벽銀山鐵壁,
어떻게 깨트리고 오를 것인가.
문 열어라. 하늘아,
바위도 벼락 맞아 깨진 틈새에서만
난초 꽃 대궁을 밀어 올린다.
문 열어라, 하늘아.

잎새

나무가
생애를 바쳐 피워 올리는 것이
꽃이라고 하지만,
나무가 목숨을 던져 맺혀 올리는 것이
열매라 하지만,
아니다.
그의 마지막 결실은 아무래도
한 장의 메마른 잎새.

엽맥葉脈으로 새겨 넣은 산맥山脈과
색색으로 물들인 등고선登高線,
강이 흐르는 엽편葉片엔 잘 정리된 들과
실핏줄처럼 달리는 길도 보인다.

낙엽은 목숨의 지도地圖,
내세來世로 가는 한줄기 황톳길을 찾기 위하여
나무는
혼신을 기울여 오늘도 맨몸으로
거친 바람과
뜨거운 태양 앞에 선다.

맥박

잊고 있으나
홀로 되면 문득 들리는 그 소리,
저벅저벅……
끈질기게 내 뒤를 좇는 이 있어
돌아보면
길섶의 민들레가 노오랗게 웃고,
돌아보면 또

강변의 갈대꽃이 하얗게 울고,
산 넘고 물 건너
이제는 길도 다 끝나가는데,
마른 갯벌 너머 수평선만 아득히 흔들리는데,
저벅저벅……
어느새 다가와 내 목덜미를 쥐는
큰 손 하나 있어
내 심장에서 울리는 그 발자국 소리.

명품

명품은
소리가 맑아야 한다.

가만히 튜닝을 해보는 현弦,
소리에는 깊고 옅음이 있다.

도: 이마
레: 귓불
미: 입술
파: 목덜미
솔: 가슴
라: 배꼽
시: 히프, 다시
도: 는 다리.

누구나 가슴에 안아 다리로 휘감고 켜는 악기, 보케리니[1] 첼로 협주곡
B 플랫 장조
제2악장, 아다지오 논 트로포.

때로 흐느끼는 듯, 때로 절규하는 듯,
때로 신음하는 듯……
클라이맥스에서 드디어 터지는
그 격렬한 감창甘唱.

오세영 시전집 ── 시사백 사무사 詩四百 思無邪

---

1   루이지 로돌포 보케리니Luigi Rodolfo Boccherini(1743~1805).

풍장風葬

외진 공원길에 버려진
한 토막의 구리줄,
녹슨 쇠붙이라고 짓밟지 마라.
한때는
64메가 디램 컴퓨터 메모리칩의 연결선이었을,
한때는 대형 냉장고의 모터 동력선이었을,
그의 생애는
활기차고 아름답고 화려하였다.
그러나
그 누구든 인생이 그러한 것처럼
고전압에 벌겋게 달아올랐던 열이
단전斷電으로 싸늘하게 식어버린 후,
한 삶의 영욕은 얼마나 덧없던가.
이제 비로소 제 갈 길을 찾아
피곤한 육신 안식을 찾았나니
따뜻한 햇빛과 맑은 바람과 순결한 풀잎에 안겨
한 줌 흙으로 돌아가는 그의 풍장을
우리는 외려
경건히 모셔야 할 일이다.

산다는 것은 1

산다는 것은
가슴에 새 한 마리를 기르는 일일지도
모른다.
날려야 될 그 한때를 기다려
안으로 소중히 품어 안은
새.

산다는 것은
먼 박명薄明의 하늘을 날아
암흑을 건너가는 일일지도 모른다.
가둘수록 더 찬란하게 예비된
그의 비상.

이른 봄,
목련 가지에 옹기종기 모여 앉은 병아리 떼가
꽃망울 터지는 순간을 노려 나래 치듯

반짝,
성냥불처럼 밝히는 생의 불꽃 속에서
내 오늘
육신을 벗고 날아오르는 한 마리 새를 문득
본다.

심야深夜

스스로 풀어져야만
섬유에 촉촉히 스며서 때를 씻는
비누처럼,
스스로 풀어져야만
신경에 올올이 배어드는 설탕처럼,
풀어지지 않고서는 그 누구도 무엇을
어찌할 수 없다.
만져볼 수 있다면 사랑은 아마도
액체일지 모른다.
이성은 고체,
스스로 풀어져 대낮이
액체가 되는 심야에
설탕을 진하게 풀어
한 잔의 커피를 든다. 아, 이제
노동의 시간이 가고 지금은
사랑을 해야 할 시간.

화폐

중앙은행에서
일사불란하게 한 묶음씩 발급되어 나오는
초록 유니폼의 지폐들,
각자 신속히 주둔지로 떠난다.
영관급은 만 원,
위관급은 천 원,
사병급은 십 원
방어선을 보강하기 위한 환투기,
적진을 탈환하기 위한 긴급
대출,
위폐다! 병적 조회에서 드러난
간첩,
그러나 지금 우리 경제는 몇 년째 인플레이션이다.
미구에 예상되는 화폐 개혁,

쿠데타!

키스

마약麻藥은
아무 데서도 그 성분이 변치 않으나
술은 항상 밀봉된 병 속에서만
제맛을 지키는 것,
마시기 위해선 누구나
손으로 마개를 따야 한다.
아찔하고도 어지러워라.
전신으로 퍼지는 그 황홀,
그러나 이 세상엔
손으로는 결코 열리지 않는 술병도 있나니
입술로 뚜껑을 따서 마셔야만
하는 술
사랑,
입으로 듣는 비밀.

향기

스탠드에
촉촉이 술에 잠겨서
살포시 입술을 내미는 반라半裸의 글라스,
술을 마신다는 것은
사랑하는 여인의 향기를 느낀다는 것이다.
한 잔의 칵테일
— 첫사랑의 키스.
한 잔의 와인
— 첫 경험의 키스,
한 잔의 스카치
— 첫 외도의 키스.
아, 그러나 지금 나는 돌아와
투박한 한 조끼의 맥주로 마음을 달래고 있다.
잊을 뻔했던 아내의 그
아련하면서도 아늑한 체취.

기러기 행군

하늘 전광판電光板에
문자 뉴스 몇 줄 떠오르며 스쳐간다.
겨울 전선戰線 급속히 남하 중,
지나가던 지상의 허수아비들이
일제히 멈춰 서서 멍하니 허공을
바라보고 있다.

고향은

고향은 누군가가 기다려지는,
야트막한 산등성이 있어 고향이다.

그 산등성 너머 흰 연기를 토하고 달리던 하오 두 시,
완행열차의 기적이 있어 고향이다.

기적 끊긴 적막한 겨울 오후, 긴 날개의 그림자를 땅 위에 드리우며
하루 종일 하늘을 맴돌다가 사라지던 소리개가 있어 고향이다.

소리개를 좇아 불현듯 줄을 끊고 산 너머로 달아나버린 연, 그 연을 찾으러
함부로 뛰어다니던 언덕이 있어 고향이다.

머리 희끗희끗,
한번 떠난 고향으로 다시 돌아오는 길은
멀었다.
먼 항구의 불빛과, 낯선 거리의 술집과, 붉은 벽돌담과, 교회당의 뒤
뜰을 걸어서
그 언덕에 다시 섰는데
이제는 왜 이다지도 기다릴 사람이 없는가.

고향은 누군가를 기다릴 수 있어
고향이다.

노래하리라

내 아름다운 조국,
대한민국을 노래하리라.
수억만 년 전
까마득히 하늘이 처음 열리고
이 땅이 생명의 감동으로 전율하던 날,
지구의 동쪽, 찬란히 해 뜨는 곳에 한
목소리가 울렸나니
그로 하여 한 민족이 태어났고
그로 하여 한 세계가 깨어났노라.
아아, 한국어
그가 꽃을 부르면 꽃이 되고
그가 구름을 부르면 구름이 되고
그가 인간을 부르면 인간이,
사랑을 부르면 또 사랑이 되었나니
수천 년
이 신성한 땅의 주인들은
그 어느 곳보다 밝고, 아름답고, 순수하게
그들의 생존을 영위해오지 않았던가.
비록
태양의 율법이 그러한 것처럼
역사의 배면엔
가끔 엷은 그림자가 드리지 않았던 것도 아니지만
꽃이 가장 꽃답게 피고,

짐승이 가장 짐승답게 뛰놀고,
인간이 가장 인간답게 살아왔던 땅이
이 말고 세상 그 어디에 또 있으랴.
지금 세계사는
고단한 역사의 능선에서 밤을 맞고 있으나
우리는 신성한 우리의 모국어로 이 밤을
환하게 밝힐 것이다.
세계를 새롭게 명명할 것이다.
아아, 한국어
그 순결한 언어로
내 아름다운 조국
대한민국을 또 노래하리라.

제5부

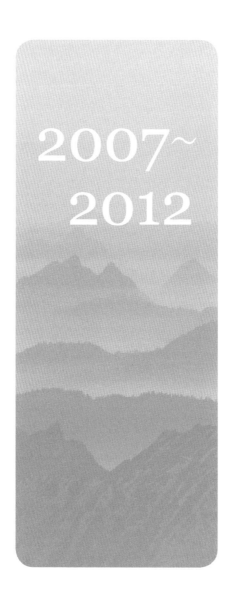

2007~
2012

사리舍利

백담사百潭寺 뒤뜰에
외롭게 서 있는 한 그루 산수유,

이른 봄부터 향불 피워
부처님께 공양하더니,
뇌우와 폭풍에도 아랑곳하지 않고 용맹정진勇猛精進
하더니
무서리 내리는 이 가을 오후
드디어 입적入寂하였네.

활활 타오르는 불길이여.
식은 잿더미 속에서 반짝거리는
그 붉고 영롱한 열매들이여.

마라톤 경주

무슨 일일까.
일순의 정적이 지나자
— 팡 —
빙벽氷壁 깨지는 소리.
스타트 라인에 선 건각健脚들 일제히
앞으로 뛰쳐나간다.
돌돌돌,
졸졸졸,
보폭과 보폭을 다잡으며
먼 대양을 향해 달리는 그들의
힘찬 역주力走,
양안兩岸에 늘어선 산벚꽃, 진달래가 환호작약,
잠에서 막 깨어난 다람쥐, 꽃사슴의
응원 소리 요란하다.

구만 리인가, 십만 리인가,
그 긴 마라톤 코스.

고드름

처마 끝 고드름
방울방울 낙숫물 진다.
증오가 풀리면 연민이 되는 걸까.
굳어버린 속눈썹,
싸늘하게 얼어붙은 시선에서 문득 녹아
뚝뚝
떨어지는 눈물.

한생

쇠붙이도 늙으면 검버섯이 피는가.
평생을
제 뱃속 채우는 일로 살아왔던
욕심쟁이 영감님,
노년 들어 간경변을 앓고 있다.

밤새 한잠도 이루지 못한 채
그렁그렁 신음하고 있는
주방의
그 녹슨 냉장고 하나.

안테나

아침에
잠에서 막 깨어나 창문을 열자

뜰 안 대추나무 고목에 앉은
참새 두 마리
무어라고 열심히 쫑알거린다.

밤새 수신한 뉴스.

파아란 하늘로 쭉 뻗은
가지 하나가
바람에
잔뜩 귀를 열고 있다.

달

한밤,
누가 인적 없는 골목길에 이처럼
화안히
보안등을 밝혀두었나?
어느 별이 소리 없이
CCTV로 사진을 찍나?

나 죽으면 저 세상에서 낱낱이
추궁받으리. 심판받으리.

시詩로 보는 태극기

일찍이 프랑스의 어떤 시인은
'오' 소리는 파랑,
'이' 소리는 빨강,
'아' 소리는 검정이라 하였고
분단된 우리 조국, 한국에서는
파랑은 자유민주주의,
빨강은 인민민주주의.
검정은 불길不吉의 상징이라 했느니
아아, 태극기

바로 그것이었구나.
중심원中心圓의 위 반쪽은 빨갱이,
남쪽은 파랭이 그리고
사방에서 압박해 오는 검은 사괘四卦는
미국, 소련, 중국, 일본 네 강국이 아니던가.
음양오행陰陽五行, 태극太極 이치 따랐다 하나
임오년壬午年 그 어느 날,
대한제국 일본 파견 수신사修信使 박영효朴泳孝여,[1]
그대는 이미 그때
앞날을 예견하고 있었구나.

---

1 태극기는 임오년壬午年(1882) 8월 9일 임오군란과 관련된 한일 관계를 마무리 짓기
위해 대한제국 특명전권대사 겸 수신사로 임명된 박영효가 일본 선박 메이지마루
明治丸을 타고 도일渡日할 때 처음 사용하였다.

천문대

하늘나라 백화점은
도시가 아니라 한적한 시골에 있다.
온 하늘 찌든 스모그를 벗어나,
광란하는 네온의 불빛들을 벗어나,
청정한 산 그 우람한 봉우리에 개점한
매장.

하늘나라 백화점은 연말연시가 아니라
대기 맑은 가을밤이 대목이다.
아아, 쏟아지는 은하수,
별들의 바겐세일.
부모의 손목을 잡은 채 아이들은 저마다 가슴에
하나씩 별을 품고
문을 나선다.

매장埋葬

이 우주에는
생명을 먹지 않고 생을 영위할 수 있는 생명이란
그 어떤 것도 있을 수 없나니

동물이든 기계든
스스로 움직이는 것들은 모두
무엇이든 먹어야 한다.
빵은 밀로, 석탄과 석유는 각각 동식물로 만든
연료.
그 연료로 엔진을 돌려
선박은 대양을,
차는 도로를 질주한다.

아, 기계들은 살아 있다.

지구를 보아라.
우주를 건너기 위해선 그도
연료를
충분히 비축해두어야 하는 것,
그 역시 게걸스레
이처럼
뱃속을 채우고 있지 않은가.

치매 1

배를 타면
누구나 멀미를 하게 된다.
가볍게 또는 심하게……
술 취해 기울어진 수평선을 비틀대다가
한순간 쓰러져 하늘이 노래지던
그 기억.

그러니 지구에 승선한 인간들 또한
당연하지 않겠는가.
우주宇宙 멀미,
아, 나는 항해 중 너무 오랜 세월을
대기의 파도에 부대껴 이제
정신이 혼미해져버렸다.

동안거冬安居

무금선원無今禪院[2] 뒷담
양지 바른 곳,
크고 작은 항아리들 수십 개가
올망졸망 장독대에 정좌하여 겨울 한철을
빛바래기 한 창이다.
간장독엔 간장이 출렁,
된장독엔 된장이 가득,
그 발효의 날을 기다려 빙폭氷瀑을 목탁 삼아,
칼바람 염불 삼아,
강추위에도 묵묵히 정진하는 그
부단한 참선수행參禪修行.

2 백담사 도량에 있는 선원. 조계종단의 기초 선원이다.

팽이

문밖
매서운 겨울바람 쏠리는 소리,
휘이익 내리치는 채찍에
온 산이 운다.

누가 지구를 팽이 치는 것일까.
봄, 여름, 가을 그리고
드디어 겨울,
회전이 느슨해질 때마다 사정없이
오싹
서릿발로 갈기는 그 회초리,
강추위로 부는 바람.

하늘은 항상
미끄러운 빙판길이다.

강설降雪

산간 오두막집,
굴뚝으로 한 줄기 연기를 피워 올리자
지체 없이 투입되는 병력.
하늘엔 일사불란하게 하강하는 낙하산들로 온통
가득 찼다.
지상에 내린 하얀 스키복의 공수대원들에게
재빨리 접수되는 산,
이곳저곳 간단없이 출몰하던
멧돼지, 고라니들이 자취를 감췄다.
한순간에 제압된 그 겨울 숲속
게릴라들의 준동.

피항避港

명절날
거실에 모여 즐겁게 다과茶菓를 드는
온 가족의 단란한 웃음소리,
가즈런히 놓인 현관의 빈 신발들이
코를 마주 대한 채
쫑긋
귀를 열고 있다.

내항內港의 부두에
일렬로 정연히 밧줄에 묶여
일제히 뭍을 돌아다보고 서 있는 빈 선박들의
용골龍骨.
잠시 먼 바다의 파랑을 피하는 그
잔잔한 흔들림.

간첩

겨울 숲.
비트에 몸을 숨긴 딱따구리 한 마리
예의銳意
주위를 경계하며 다다 따따따 다다
난수표에 따라
비밀 암호를 타전한다.
"거점 확보, 오바"
산 너머에서 대기 중인 봄이
예하 부대에 긴급히 내리는 명령,

진군이다.
행동 개시!

철새

긴 목을 ‘?’ 표 하고
호수의 오리 가족 한 떼 분주히 발을 놀려
수면 위를 헤엄친다.
한 놈, 두 놈 차례로 자맥질도 한다.
무엇을 찾고 있을까.
어제
밤하늘을 날다가 실수로 떨어뜨린
그 나침반인지도 몰라.

비행운飛行雲

한여름 오후
뇌우雷雨를 동반한 천둥번개로
하늘 한 모서리가 조금 찢어진 모양,
대기 중의 산소가 샐라
제트기 한 대가 긴급 발진
천을 덧대 바늘로 정교히
박음질한다.

노을에 비껴
하얀 실밥이 더 선명해 보이는 한 줄기 긴
비행운飛行雲.

구름

구름은
하늘 유리창을 닦는 걸레,
쥐어짜면 주르르 물이 흐른다.

입김으로 훅 불어
지우고 보고, 지우고
다시 들여다보는 늙은 신의
호기심 어린 눈빛.

일몰日沒

온 종일 지구를 끌다가 저물녘
지평선에 누워 비로소
안식에 든 산맥.

하루의 노역을 마치고
평화롭게
짚 바닥에 쓰러져 홀로 되새김질하는
소잔등의
저 처연하게 부드러운 능선이여.

푸른 스커트의 지퍼

농부는
대지의 성감대性感帶가 어디 있는지를
잘 안다.
욕망에 들뜬 열을 가누지 못해
가쁜 숨을 몰아쉬기조차 힘든 어느 봄날,
농부는 과감하게 대지를 쓰러뜨리고
쟁기로
그녀의 푸른 스커트의 지퍼를 연다.
아, 눈부시게 드러나는
분홍빛 속살,
삽과 괭이의 그 음탕한 애무, 그리고
벌린 땅속으로 흘리는 몇 알의 씨앗.
대지는 잠시 전율한다.
맨몸으로 누워 있는 그녀 곁에서
일어나 땀을 닦는 농부의 그 황홀한 노동,
그는 이미
대지가 언제 출산의 기쁨을 갖을까를 안다.
그의 튼실한 남근이 또
언제 일어설지를 안다.

화산

어느 공장에서 만든 제품들일까,
아름다운 꽃,
싱싱한 나무,
활기찬 짐승, 아아, 거기에는
생각하는 인간도 있다.
밤낮 쉬지 않고
검은 연기를 내뿜는 저 거대하고 우람한
산정의 굴뚝을 보아라.
어느 용광로에 틈이 갔나.
수시로 불쑥 토해내는 뜨거운 마그마,
번쩍
전기 용접에서 튀는 번갯불,
간단없이 선반旋盤의 압착기가 두드리는
우레 소리,

그러나 아직 공급물량이 부족한 물품도
적지는 않다.

　─ 중동의 사랑,
　─ 한반도의 화해,
　─ 미국의 희생,
　─ 유럽의 양심,

— 아프리카의 나눔,
　　— 남미의 상생,

지구는 우주의 거대한 대장간, 그러나
지금은 지배인을 갈아야 할 때가
지나지 않았을까.

예수 혹은 석가
아니면 공자?

타종打鐘

흉악범에게 가해지는 징벌의 나날인가.
낮고 깊은 신음 소리,
날카로운 저 비명 소리,
발가벗겨 온 생을 허공에 매달린 채
종은 무시로
채찍에 맞아 울부짖는다.
누만년 총칼로,
창과 방패로, 탱크와 군함으로, 폭탄으로
평화를 짓밟고
수억 인류를 살상한 그 씻을 수 없는 죄.
쇠붙이 하나를 희생양으로 붙잡아 하늘에 고하고
단죄하나니
평화의 날을 기약하며
덩, 덩, 덩……
종신鐘身에 태형을 가하는 그
타종 소리.

『시작』2009년 봄

이데올로기

야반도주인지 강제 이주인지는 아무도 몰라.
주인이 떠난 지는 십여 년이 넘었건만
대문은 아직 굳게 잠겨 있다.
녹슨 지 오랜 자물쇠.
부숴야 열릴 문.
그 문틈으로 엿보는 집 안은 폐허다.
가라앉은 지붕, 부서진 기둥, 나뒹구는 서까래,
개망초, 민들레, 정원의 무성한 잡초.
필시 그가 심었을
넝쿨장미 하나 월담해 밖으로 쫑긋
귀를 내밀어
내 그 꽃에게 행방을 묻노니
주인은 어디 가셨나?

아직 이름만 남아
바람이 불 때마다 아슬아슬 허공에 흔들리는
폐가廢家의 그 녹슨
문패.

암초

입안에 드는 것은 때로 육신을
병들게 하지만
귀로 드는 것은 마음에 상처를 낸다.
공해 물질에 오염된 식품을 먹고
걸린 암, 그러나
한순간의 폭언暴言이 격발시킨 그
광적狂的인 원한,
육신의 병은 자신을 죽게 만들지만
마음의 병은 타인을 해친다.
천 길 물속은 알아도 한 길 마음속은
모른다 하나
언뜻 잔잔해 보이는 수면 아래서 몰래
밀물과 썰물로 칼을 갈고 있는
그 바다 속 암초.

손목시계

근대에 들어
'신이 죽었다'고 떠벌리는 인간들에게 신은
신성 모독의 벌로
손목에 시간의 수갑을 채웠다.
인간들이
성범죄자의 발목에
전자 팔찌를 채우는 것처럼……

파도는

간단없이 밀려드는 파도는
해안에 부딪혀 스러짐이 좋은 것이다.
아무 미련 없이
산산이 무너져 제자리로 돌아가는
최후가 좋은 것이다.
파도는
해안에 부딪혀 흰 포말로 돌아감이 좋은 것이다.
그를 위해 소중히 지켜온
그 자신 모두 것들을 후회 없이 갖다 바치는
그 최선이 좋은 것이다.
파도는
해안에 부딪혀 고고하게 부르짖는 외침이 좋은 것이다.
오랜 세월 가슴에 품었던 한마디 말을
확실히 고백할 수 있는 그 결단의 순간이 좋은 것이다.
아, 간단없이 밀려드는 파도는
거친 대양을 넘어서, 사나운 해협을 건너서
드디어
해안에 도달하는 그 행적이 좋은 것이다.
스러져 수평으로 돌아가는
그 한생이 좋은 것이다.

울음

산다는 것은
제 스스로 울 줄을 안다는 것이다.
아니 누군가를 울릴 수 있다는 것이다.
갓 태어나
탯줄을 목에 감고 우는 아기,
빈 나무 끝에 홀로 앉아
먼 하늘을 향해 우짖는 새,
모두 처마 끝에 매달린 풍경같이
울고 또 울린다.
삶의 순간은 항상 만남과 헤어짐의
연속이므로……
바람이 우는 것이냐. 전깃줄이 우는 것이냐.
오늘도 나는 빈 들녘에 홀로 서서
겨울바람에 울고 있는 전신주 하나를
보았다.
그들은 절실한 것이다.
물건도 자신의 운명이 줄에 걸릴 때는
울 줄을 아는 것이다.

표절

그믐밤 하늘엔
반짝반짝 빛나는 수천 수만 별들의
대군중집회.

은하댐 건설 반대!

같은 날 밤 지상엔
손에 손에 등불을 밝혀든 수십만 인파의
야간 촛불 대시위.

사대강四大江 사업 반대!

생이란

타박타박 들길을 간다.
자갈밭 틈새 호올로 타오르는
들꽃 같은 것,

절뚝절뚝 사막을 걷는다.
모랫바람 흐린 허공에
살풋 내비치는 별빛 같은 것,

헤적헤적 강을 건넌다.
안개, 물안개, 갈대가 서걱인다.
대안對岸에 버려야 할 뗏목 같은 것,

쉬엄쉬엄 고개를 오른다.
영嶺 너머 어두워지는 겨울 하늘
스러지는 노을 같은 것,

불꽃이라고 한다.
이슬이라고 한다.
바람에 날리는 흙먼지라고 한다.

산다는 것은 2

산다는 것은
눈동자에 영롱한 진주 한 알을
키우는 일이다.
땀과 눈물로 일군 하늘 밭에서
별 하나를 따는 일이다.
산다는 것은
가슴에 새 한 마리를 안아
기르는 일이다.
어느 가장 어두운 날 새벽
미명未明의 하늘을 열고 그 새,
멀리 날려 보내는 일이다.
산다는 것은
손 안에 꽃 한 송이를 남 몰래
가꾸는 일이다.
그 꽃 시나브로 진 뒤 빈 주먹으로
가만히 향기만을 쥐어보는 일이다.
산다는 것은
그래도 산다는 것이다.

개미

숲속 산책길,
바위에 앉아서 잠깐 땀을 식히며 쉬고 있는데
따끔 정강이가 아프다.
반사적으로 손이 가
잡고 보니 불개미 한 마리,
내 손가락 끝에서 우왕좌왕
어찌할 바를 모른다.
만물의 영장을 몰라보는 이 방자한 놈,
짓눌러 죽일까 말까.
발밑을 굽어보니
수백, 수천 아니 수만의 개미들이 떼를 지어
흙 위를 부지런히 바자니고 있다.
아, 거기에 한 세상이 있구나.
푸른 하늘을 우러러 본다.
행여 풀숲을 기는 벌레들을 밟아 죽일까 봐
올이 성긴 바닥의 짚신을 신고 다닌다는 스님들의
이야기가 문득 생각나서 나는
이놈을 풀잎 끝에 살짝 놓아준다.

사랑하고, 미워하고, 의지하고, 배신하고, 감사하고, 분노하고, 저주
하고, 용서하고, 시기하고, 질투하고, 무고하고, 모략하고, 욕하고, 칭
찬하고, 기뻐하고, 슬퍼하며……… 분주히 돌아가는 한 세상 인간사도

하늘에서 보면
한 무리의 개미 떼!

"이놈 짓눌러서 죽일까 말까."

그렇지 않더냐

모든 추락하는 것들이 거듭나나니
땅에 떨어져 새싹을 틔우는 씨앗이
그렇지 않더냐.
겨울의 마른 나뭇가지 위에서 뚝 떨어져
바닥에 나뒹구는 열매,
가문 허공에서 후두둑 떨어져 흙을
적시는 빗방울,
아래로 아래로 미련 없이 떨어지는 것들이 마침내
새 생명을 잉태하나니
어찌 바람에 흔들리는 나무라고
탓할 수 있으랴.

모든 금간 것들이 또 새로운 세상을 여나니
깨져 자신을 버림으로써 싹 틔우는 씨앗이
그렇지 않더냐.
금간 바위 틈새로 빠끔히 내미는
난초 꽃 대궁,
갈라진 구름 틈새로 화안히 내비치는
맑은 햇살,
한생을 다스려 집중한 그 절정의 순간에
바싹 깨져 빈 공간을 만드는 것들이 마침내
새 생명을 잉태하나니
어찌 봄밤에 스스로 금가는 바위라
탓할 수 있으랴.

오세영 시선집 — 시간의 쪽배 詩四百 思無邪

깃발 1

정의가 정의에만 집착하는 정의는
정의가 아니다.
사랑이 사랑에만 집착하는 사랑 그 곧
감옥이 되는 것처럼……

어떤 놈은 당당히 떠나고,
어떤 놈은 끄을려서 떠나고,
어떤 놈은 슬며시 떠나고,
어떤 놈은 몰래 떠나고,
어떤 놈은 속이고 떠나고,
어떤 놈은 외면하고 떠나고……

동지들은 하나, 둘씩 사라져 남은 자 아무도 없는데
어찌 그 우둔만을 탓할 수 있으랴.
빈 하늘을 우러러 높이 든 깃발,
깃발!

그러나 강추위로 온통 얼어붙은 지상에는
떨어질 자리도 없다.
이제는 다만 생존을 위해서 생존할 때까지
마른 나뭇가지 꼭대기에서
위태위태
매달려 있어야만 하는 그 처량한
붉은 감 한 알.

산불

꽁초,
함부로 버리지 마라.
온전히 연소해 재가 되지 않는 불은
한恨을 갖는 법,
길바닥에 내 팽개쳐 짓밟히기보다는
차라리
그대 가슴 까맣게 불태우리라.
한때 농락의 대상으로 달아올랐던 몸,
아직 채 식지 않은 관능,
입술로 자근자근 씹고 혀로 살살 애무하다가
차창 밖으로 휙 내뱉은 꽁초 하나가
일을 낸다.

새 2

새들은
누군가가 이미 낸 길은
가지 않는다.

새들은
길 아닌 길도 길임을 아는 까닭에
결코 뒷걸음을 치지 않는다.

새들은 스스로
제 몸을 버려 가벼워질수록
더 무거운 짐을 끌 수 있음을 안다.

줄도 매달지 않고
봄, 여름, 가을, 겨울을 날아
망막한 우주로 쉼 없이
지구를 끌고 가는

새.

새 3

이정표도 없이, 신호등도 없이
새들은 하늘을 난다.

나침반도 없이, 전조등도 없이 새들은
깜깜한 밤하늘을 난다.

아아, 새들은 하늘에
발자국 하나도 남기지 않는다.

길만이 길이 아니고
이 세상 모든 것이 길임을 아는 자들은
누구도 어디에도 발자국을 남기지 않는다.

봄바람처럼,
갈바람처럼……

오세영 시선집 ― 시사펙 사무사 詩四百 思無邪

새 6

어떤 새는 F 단조로 날고
어떤 새는 G 장조로 난다.

오르고 내리는 반복의 그 동선動線,
음악은 청각 속에만 있는 것이 아니었다.

한 악장으로 끝나도 좋다.
완벽한 연주가 되어주기만 한다면……

새벽녘
하늘의 커튼이 열리기를 기다려 무대에서

온몸으로 허공에 곡선을 긋는 그 한생의
선율.

새 7

낮말은 새가 듣고 밤말은
쥐가 듣는다 하지 않던가.

온종일 나뭇가지에 앉아 쫑알쫑알 지껄이던 새들이
해 지자 오간 데 없다. 어디 갔을까.

그가 아니고서는 이렇듯 속속들이
알지 못한다.
인간의 잘잘못을 일일이 단죄하시는
우리 하느님,

오늘도 이 밤, 하늘 저 너머, 은하수 건너
반짝반짝 별밭에 모이를 뿌려놓고
짝짝 박수쳐
지상의 새들을 불러 모으시는
우리 하느님.

제6부

2013~
2017

한 철

꽃들이 장마당을 벌였나?
경향 각지에서 몰려든 손님들로
왁자지껄 시장은 소란스럽다.
이 가게 저 가게로 몰려드는 벌,
이 주막 저 주막을 넘나드는 나비,
거리에서 유객하는 등애,
부지런히 물품을 져 나르는
개미.
…………………………
저마다 사고파는 상술이
장난 아니다.

봄 한 철의 장사로 일 년을 먹고사는
꽃!

파도 소리

수평선 가득, 한 행 두 행,
겹겹이 파도의 이랑을 이룬 바다는
지면紙面 빼곡하게 문장들로 넘실대는
한 권의 소설.

등댓불 아래서
밤새 웅얼웅얼
글 읽는 소리 낭랑하다.

오세영 시선집 ─ 시사백 사무사 詩四百 思無邪

사랑한다는 것은

사랑한다는 것은
빈집에 등불을 밝히는 일이다.
그 불빛 아래서
내가 너에게, 네가 나에게
나직이 이름을 불러주는 일이다.
사랑한다는 것은
어제까지도 어둠 속에 갇혀 있던 폐가廢家 직전의
어느 집 현관의 녹슨 철문이
채 키를 꽂기도 전 한순간
센서 등燈에 감응하여
환하게
빈방을 밝히는 일이다.
그리하여 이제는 그 불빛 속에서
내가 너의 이름으로 또 네가
나의 이름으로 부르고,
불리어진다는 것이다.

바람

살풋 흙더미 다독여 새싹 틔우고,
살짝 가지 간질여 꽃봉오리 터트리고,
언뜻 수면 건드려 안개 피워 올리고,
얼풋 구름 꼬드겨 빗방울 떨어뜨리고,

황지荒地로, 황지로
밤낮 없이 뛰어다니는 바람의 숨은
항상 가쁘기만 하다.

그의 다함 없는 스킨십으로
깨어나는 봄.

그러나 오늘은 모처럼의 휴일이다.
한적한 공원의 빈 그네에 홀로 앉아
무심히 줄을 밀고 당기는 그의
쓸쓸한
뒷모습.

가을 오후

어차피 전면 보수를 해야겠다.

지은 지 50여 년이 넘은 노후 주택.
배관도, 슬라브도 성한 것은 없지만
급한 것은 아무래도 자주 눈에 띄는 외벽과
창틀이다.

그동안 뜨거운 햇살과 모진 비바람에
군데군데 흠이 나고 얼룩진 그 얼굴.

타일을 모두 걷어내고
은회색 드라이빗을 덧씌워본다.
산뜻한 알미늄 창호窓戶로 갈아본다.

모처럼 용기를 내서
남몰래 성형외과를 찾는 어느
가을날 오후.

돌

정원 한구석에
바위 하나 자리를 지키고 있다.

옆의 매화나무가 활짝 몸을 열 때도
눈길 한번 주지 않았다.
앞의 라일락이
물씬 암향暗香을 내쏟을 때도,
뒤의 장미꽃이 넌지시 추파를
던질 때도……
없는 듯 그림 같은 자세로 오만하게
시선을 감옥에 가두는 돌,
돌은 운명처럼 제자리에 갇힌다.
그러나 보라.
어느 봄비 내리는 날 밤,
뜰 건너
등불 화안히 켜진 창문 안을 들여다보며
뺨을 적시는 그 한 줄기 눈물을.

돌은 소리 없이 울 줄도
아는 것이다.

0

없는 것도 있는 것이다.
태초에
있음은 없음에서 비롯했나니
그 태어난 구멍 또한 하늘이 아니겠느냐.
갓 태어난 아이가 최초로
있음을 증명하기 위해서 부르짖는
하늘의 소리
'응아'
아아, 어지시도다. 우리의 세종대왕
숫자 0으로 이응 글자를 삼으셨나니
이 세상엔
없는 것 또한 있는 것이 아니더냐.

1

둘,
아니 하나여야 한다.
둘 혹은 셋인 우주는 없으므로……
따라서 하나는 우주,
둘은 부딪히고 마주쳐 소리를 내지만
하나는 홀로인 까닭에 스스로
울 줄을 안다.
태반에서 갓 떨어져 나오는 아가의
저 청청한 울음소리를 들어보아라.
스스로 울 줄을 안다는 것은
그 자신 우주가 된다는 것,
웃음은 항상 그 누구와 함께 웃지만
울음은 혼자서 운다.
홀로 되지 않고 우는 자 이 세상
그 어디에 또 있던가.

2

혼자서는,
아니 둘이라야 한다.
부싯돌도 두 개가 마주쳐야 불을
내지 않던가. 타오르는 성냥개비도……
보석함에 채워둔 자물쇠,
오랜 기다림에 지쳐 녹이 슬었다.
열쇠를 꽂아도 이젠 열리지 않는 문,
굳어버린 마음.
혼자서 찔끔찔끔 드는 술이 알코올중독으로
가는 것처럼
어차피 인생은 녹슬기 아니면 닳아지기다.
그래도 역시
둘이 마주쳐 반짝 내는 불빛이 더
아름답지 않던가.
홀로 어둠을 지새기보다는……

3

다정하게 아니 평등하게
손목과 손목을 잡고 있는 그 모습을
보아라.
진정한 하나는
하나가 하나가 아니고
여럿이 하나 된 하나여야 하느니.
하나는 홀로 있고
둘은 각자가 대립하지만
땅에 우뚝 서 하늘을 받드는 인간이
이를 거느려
우주를 지고 움직이지 않더냐.
하나는 존재, 둘은 의식意識,
셋이 되어서야 비로소 만물이 생동하는
그 숫자 '3'.

다랭이 논

깊은 바다나, 옅은 강이나,
자고로 물고기는 투망으로 잡았다.
저인망, 안강망, 정치망, 유자망, 채낚기, 통발을 던지고,
끌고, 쳐서 잡는 저
싱싱한 해산물의 펄떡임이여.
어찌 이뿐이겠는가.
나는 새, 기는 짐승 역시 혹은 그물을 치고 혹은
덫이나 올무를 놓아 포획하지 않던가.
무릇
살아 있는 생명은 공중이나, 지상이나, 물속이나
인연의 끈을 비비고, 꼬고, 묶고, 엮어 만든
매듭에 한번 얽히면
더 이상 도망칠 수 없나니
아하, 저 농부 봄 되어 날 풀리자
논두렁, 밭두렁 손질이 부산하다.
비록 땅에서 소출하는 작물이라 하나
그 역시 뭍에서 사는 생물일시 분명할지니
어찌 투망을 치지 않고서 거두어낼 수 있으랴.
봄에 던져
가을에 걷어 올릴 논둑 밭둑 저 성긴 올의
저인망 그물이여!

이라크 전쟁

일찍이 신神의 정원에서 사과를 훔쳐 먹은 인간은
그로 하여 이후 고통과 노역의 형벌을 받게 되었다고 한다.

그런데 이제는 생쥐처럼
신이 숨겨놓은 술독을 찾아내
두주불사 몰래 퍼마시기 일상이다.
수억만 년 동안 당신이 땅에 묻어 숙성시킨
그 술.

정유공장에서 정제한
발효주,
증류주,
희석주에 취해서
발광하는 이 시대의 주사酒邪여.

그 형벌로 받은 중동의 그
전쟁과 살육!

허술

피피피……
웬 소리인가 싶어 덧문을 여니
오래 방치해두었던 옥탑의 수조水槽에
직박구리 한 쌍이 새끼를 쳤다.
하나, 둘, …… 다섯.
깨진 창틈으로 드나든 모양.
그것만이 아니다.
햇빛 드는 바닥 쪽으론 도랭이피 몇 주도
뿌리를 내렸다.
쓸모없어 그저 버려두었던,
그 잊힌 공간이 생명을 기른 것은
아마도 낡아 허술해진 문짝 때문일 것,
허공을 채우고, 허공을 비우고……
모든 운신運身은 허공에서 비롯하나니
밀폐된 곳이라면 어찌 거기서
숨인들 제대로 쉴 수 있을 것인가.
미완未完은 완결의 어머니.
나 또한 이 허술한 우주의 틈을 빌어 비집고
이제껏
삶을 영위해오지 않았던가.

사막

사막은 저희끼리 산다 하더라.

바람에 쓸려간 꽃잎들이,
바람에 증발한 눈물들이,
바람에 바래버린 내 청춘의 별빛들이……

사막에서는,
이 지상에서는 이미 사라진 것들이
꿈꾸듯 산다 하더라.

돌아서던 네게
마지막으로 건네던 한마디 말이,
바람 앞에 선
운명의 그 슬픈 그림자가
흘러흘러 모여든 사막은
바람들의 고향.

내 죽으면 잃어버린 첫사랑을 찾아
사막으로 가리라.
기우뚱 기우뚱
낙타 등에 희미한 등불 하나 달고,
터벅터벅
낙타 목에 구슬픈 방울 하나 달고,

수부水夫

심야深夜의 내 서재는 밤바다,
스탠드의 불빛이 깜빡이기 시작하면
나는 낡은 포경선 한 척을 끌고
원양遠洋 어장을 찾아 헤맨다.
바다는 수많은 어휘들의 파도로 반짝이지만
은빛 비늘을 퍼덕이며
심해를 유영遊泳할 그 해도海圖 속의
찬란한 시어들은 지금 어디 있는가?
나는 한쪽 다리를 잃어버린 에이허브 칸,[1]
뭍에는 지탱할 힘이 없어
눈은 저 멀리 바다로 나아갈 수밖에 없다.
내가 찾는 것은 수직 꼬리지느러미를
높이 치켜들고
푸른 하늘을 향해 점프하는 향유고래.
발틱해, 북극해는 벌써 지나쳤는데
내 연약한 펜촉으론 작살 한번 던지지 못한 채
다만 무망無望의 수평선 한쪽을 회유할 뿐
오늘도 쓸쓸히
귀항의 깃발을 올려야 하나 보다.

먼 언어의 파랑을 헤치며 돌아오는
피곤한 새벽녘,
낡은 포경선 한 척.

---

1   허먼 멜빌Herman Melville의 소설 『모비 딕Moby Dick』의 주인공.

페트병

빈 페트병 하나
잠길 듯 말 듯 수면에 떠 있다.
부착된 상표는 아직도 선명하다.
그 브랜드로 한때는 높은 가격에 팔리고
한때는 농익은 여인의 입술을 탐했거니
지금은 버려져
위태위태 파도에 흔들리고 있다.
바람이 분다.
바다가 사나워진다.
병은 물을 함빡 먹고 토하기 시작한다.
아아, 이 세상은
덧없이 불다 사라지는 한 줄기 바람.
그 바람으로 태풍이 일고
그 바람으로 해류가 바뀐다.
그러나 제 서 있는 이곳이
바로 수평선인 줄을 모르는 내 영혼은
그 바람에 기대
지금 어떤 다른 수평선을 향해 가려 하는가?
해와 달과 별이 손짓하는, 저 건너
먼 마을을 향해
바다를 건너는 빈 페트병 하나,
파도에 휩쓸리고 있다.

철새

가서 많이 배우고 돌아오라던 당신의 말씀.

한생은 공부라는데
스승 찾아 구만리 산 넘고 물 건너
숱한 배움터를 떠돌아다녀도
말로서 말은 아직 깨우침이 없다.

나는 누구인가.
지식은 많으나 진리가 없는 내 영원永遠은
굽이치는 저녁 물안개.

벌써 가을,
당신께 돌아가야 할 날은 다가왔는데
그 숱한 세상의 말씀은 아무 쓸모가 없어

백로 한 마리
해 저무는 강가에 홀로 서서 물끄러미
강물 소리를 듣고 있다.

깃발 2

때에 절어
장롱 한구석에 처박아둔 옷가지도
깨끗하게 빨면 당당히
푸른 하늘에 휘날릴 수 있다.

깃발은
— 아름다워서가 아니라,
— 질겨서가 아니라,
— 값비싸서가 아니라,
순결해서 입는 우리의 옷이다.

봄 되어
주인은 꽃구경을 가고 없지만
의연히 홀로 빈집을 지키는
빨랫줄의 그 눈부시게 펄럭이는
빨래.

종鐘

너의 신음은
차라리 하나의 복음福音일지니,

첨탑 끝에 매달려 밤낮 없이
매를 맞고 있는 동종銅鐘.

십자가 높이 못 박혀
로마 병사들의 회초리에 몸을 맡긴
어느 성인聖人처럼 너 역시
그여 울음으로 이 세상 모든 업장을
대속代贖하고 있구나.

총포, 화약, 창칼, 폭탄……
쇠붙이가 저지른 이 지상의 살육과 학살.

이제 너를 그 대표로 붙들어 하나하나 정죄하나니
덩,
덩,
덩.
울리는 종소리.

주민등록번호

달랑 이름 하나 들고
잠깐 머물다 떠나는 행성行星.

소지품 일절 반출 불가
출국 수속이 너무 간단하다.

내 여권 번호는
420804-3301787.

십자가 무성茂盛

천국天國의 이동통신은
이제 지상에서도 사업 확장,
도시에서나, 산간에서나
무차별로 들어서는 기지국들의
저 높은 줄 모르고 경쟁하는
안테나들.

과속

교통사고였나 보다.
땅바닥에 흥건히 젖은 피.
간밤
영산홍 굵은 가지 한 개 부러진 채로
쓰러져 있다.
붉은 꽃잎들이 스산하게 흩어져 뒹군다.

빵소니 바람!

피 한 방울

— 어머니

펜에 잉크를 찍어
원고지에 꾹꾹 눌러쓴 시 한 편,
심혈을 기울여 썼다고 생각했다.
정성을 다 바쳐 썼다고 생각했다.

그러나 그게 아니었다.

공부를 몹시 싫어했던 내 어느 소년 시절, 삯바느질로 생계를 보태시
던 어머니가
바늘에 손가락을 찔려 뚝뚝 피를 흘리시던 모습,

— 엄마, 아파?
— 아니다. 네가 공부하지 않은 것보다 마음이 더 아프지는 않다.

그때 짓다 만 하얀 옥양목 두루마기 깃에 번지던 그
순결한 피 한 방울.

내 오늘
셔츠에 단추를 달아주는 아내의 손놀림을 보면서
비로소 깨달았나니

내가 펜에 찍어 쓰는 잉크는
기실 그 핏방울이었다는 것을.
꾹꾹 눌러쓰는 원고지 한 페이지는
그 하얀 옥양목 천이었다는 것을.

가을 빗소리 2

한 편의 교향악인가?
불어서, 두드려서, 튕겨서 혹은 비벼서
각기 다른 음音을 내는 악기들.
가을 밤, 비 내리는 소리를 들어보아라.
피아노를 치는 담쟁이 잎새,
실로폰을 두드리는 방울꽃,
바이올린을 켜는 구절초,
트럼펫을 부는 나팔꽃,
북을 울리는 해바라기,
빛이 없는 밤에는 꽃들도 변신해 모두
악기가 된다.
비와 바람과 천둥이 함께 어우르는,
실은 신神이 지휘하는 자연의
대오케스트라 연주演奏.
낮게 혹은 높게, 작게 혹은 크게
화음和音을 이루는 그 아늑한 선율이여.
일상의 소음에 지친 우리를
사르르 잠들게 하는 가을 비,
그 빗소리여.

별 1
— 어머니

어머니,
문득 당신을 불러봅니다.

— 착하게 살지도 못했습니다.
— 떳떳하게 살지도 못했습니다.
— 아름답게 살지도 못했습니다.

이제 보니
당신의 이름은 참회였습니다.

어머니,
남몰래 당신을 불러봅니다.

— 그처럼 빨리 가실 줄 몰랐습니다.
— 그처럼 그리울 줄 몰랐습니다.
— 그처럼 보고 싶을 줄도 몰랐습니다.

이제 보니
당신의 이름은 또 슬픔이었습니다.

시詩가 되지 않는 저녁,
가만히 창문을 열고 어두운 밤하늘을 바라다봅니다.
아득히 먼 지평선 너머에서 반짝이던 별 하나가

또르르 내려와 내 눈에 글썽입니다.

— 아가, 그만하면 잘했다. 잘했어.
울지 마라.

어머니는 허공의 별이 되어
그동안
날 지켜보고 계셨던 거였습니다.

나비

주사침을 들고
분주히 복도를 오가는 정신과 병동의
간호사들.

5월,
봄엔 꽃들도 우울증을 앓고 있나?

나풀거리며
사뿐
병실들을 드나드는 그 흰 가운,
가운들.

용접

어디서 날아 든 돌멩이인가.
어젯밤
운석 하나 하늘을 깨고 이 지상에 떨어지더니
오늘은 피지직 —
우르르 꽝!
요란스레 번개가 친다.

누군가가
사다리를 타고 재빨리 올라가
금 간 하늘을 땜질하는
그 파아란 불꽃.

그 도요새는 어디 갔을까

파도가 나자
도요새 몇 마리가 쪼르르 달려가
쉴 새 없이 먹이를 쫀다.
드러낸 사구沙丘의 갯벌 위로
어지럽게 발자국들이 찍힌다.
파도가 들자
다시 지워져 텅 빈 모래밭,
어머니 손을 잡고 들어서던
초등학교 운동장도,
선뜻 가버리지 못하고 울먹이며 돌아서던
그녀의 뒷모습도,
강의실의 그 초롱초롱 빛나던 학생들의 눈빛도,
빈 원고지 칸을 메꾸다 지쳐 쓰러져 잠든
내 여윈 손가락 사이의 만년필도
덧없이
지워지고 없다.

파도가 들고 나가는 사이,
누군가가 TV의 리모컨으로
찰깍,
한세상을 닫아버리는
그사이.

북양항로北洋航路

엄동설한,
벽난로에 불을 지피다 문득
극지를 항해하는 밤바다의
선박을 생각한다.
연료는 이미 바닥을 드러내기 시작했지만
나는
화실火室에서 석탄을 태우는
이 배의 일개 늙은 화부火夫.
낡은 증기선 한 척을 끌고
막막한 시간의 파도를 거슬러
예까지 왔다.
밖은 눈보라.
아직 실내는 온기를 잃지 않았지만
출항의 설렘은 이미 가신 지 오래,
목적지 미상,
항로는 이탈,
믿을 건 오직 북극성, 십자성,
벽에 매달린 십자가 아래서
어긋난 해도海圖 한 장을 손에 들고
난로의 불빛에 비춰보는 눈은 어두운데
가느다란 흰 연기를 화통火筒으로 내어 뿜으며
북양항로北洋航路,

얼어붙은 밤바다를 표류하는,

삶은

흔들리는 오두막 한 채다.

다만 바람이 불었다

당신이 나를
이 쓸쓸한 해안으로 불러낸 것은
분명 어떤 생각이 있어서일 터인데
나는 그 생각을 모르겠다.
언덕에 핀 해당화의 생각도,
부질없이 밀려들고 쓸려가는 파도의 생각도
그 백사장에 누군가가 짓다 반나마 허물어진
모래성의 생각도……
다만 바람이 불었다.
그 바람에 꽃잎이 흩어지고,
그 바람에 파도가 일고
그 바람에 모래가 꿈틀거렸다.
모두가 바람의 장난이라고 생각하는 나에게
바람은 정작
왜 그런 장난을 치는지를
가르쳐주지 않았다.
꿈꾸듯 꿈꾸듯 그의 손짓에 끌려
땅 끝까지 온 나에게 당신은 다만
밤을 기다리라고 한다.
바람에 돛폭을 활짝 편 쪽배를 타고
너도 물때에 맞춰
이 무서운 바다를 건너라 한다.
너도 이제 바람을 타라고 한다.

마른 가지 끝에 매달린 가랑잎들이
바람에 휩쓸려 하롱하롱
푸른 하늘을 건너듯.

모래성

누군가가 나를
쿵 떠밀어 이 세상에 온 것처럼
어느 햇빛 밝은 날,
누군가가 다시 나를 쿵 떠밀어 어딘가로
내보낼지 모른다.
떠밀리지 않기 위하여 경계를 긋고
스스로 삼가하지 않은 것도 아니었으나
빛을 좇아 살아온 내 한생은
오히려 그 빛의 눈부심으로
자주 선을 밟기도 했다.
수평선, 지평선 그 너머에는
무엇이 있을까.
과거는 기억, 현재는 다만 감각일 뿐인데
그 감각 너머엔 대체
무엇이 있다는 것일까.
누군가에게 쿵
떠밀려온 이 세상은 기실 빛이 가두어놓은
함정,
그 출구를 찾아 도달한 해안엔
어떤 천상의 아이들이 놀다 갔을까.
성城은 이미 무너졌으나
모래밭에 그어 희미하게 흔적만 남은
그 금선禁線 한 줄.

발자국

아마 여기가 그곳인지 모른다.
어머니의 품에 안겨
빛이 처음 내 동공을 비추던 순간
파도 소리 아득히 들려오던 어느 바닷가.
그 파도 소리를 좇아 헤매던 한생이
하이얀 원고지같이 텅 빈 모래밭에
무언가를 써본다.
그러나 금방 밀물이 들어 지워버린다.
오직 바람만이 제대로 읽었을 것이다.
전에 왔던 그 누군가도,
그 이전의 이전, 또 그 이전의 이전의 이전의
누군가도 그랬으리라.
내 영원은 어디 있을까.
가없는 수평선의 한 끝자락을 붙들고
모래밭에 안간힘을 써보는
몇 줄의 시행,
그리고 그 아래
순간의 살아 있음을 확인하기 위해서
부질없이 찍어보는
낙관落款.

동화童話

그림자를 벗어버려야 나는
내가 되는 줄 알았다.
그래서 나는 항상 당신의 손목을
놓고 싶었다.
입학식에서
당신의 손을 뿌리치고 학생이 되었다.
결혼식에서
당신의 손을 뿌리치고 지아비가 되었다.
은퇴식에서
당신의 손을 뿌리치고 백수가 되었다.
내가 누구인지도 모른 채 나는 즐겨
중력의 함정으로 떨어지는 멧돼지가,
혹은 빛의 그물에 걸려 퍼덕거리는
나비가 되기도 하였다.
그때마다 당신은 다시
내 손목을 잡아 주었다.
그러나 이제 내게 뿌리칠 것이 없어진
노년의 어느 날,
어디선가 피리 소리가 아스라이 들려왔다.
바람이 부는
그 피리 소리에 홀려 어디론가 길을 나서다
문득 헛발을 디딘 순간,
나는

천길인지 만길인지, 벼랑인지, 수심인지
아득한 허공을 미끄러 떨어져 내렸다.
나는 그것을 비상飛翔이라 생각했다.
황홀했다.
막 사정된 정충精蟲이었을까?
대기권 밖에서 생명줄을 놓친
우주인이었을까?
아, 나는 드디어
그림자 없는 내가 된 것이다.
갈바람에 팔랑
나뭇잎 하나가 떨어지고 있었다.

한 생애

빛의 거미줄에 걸려 퍼덕거리는
한 마리 나비였을까?
빛이 있어 보고, 빛이 있어 확인하고,
빛이 있어 사랑하고
한세상은 빛이 펼치는 환영.
실은
어머니 품에 안겨 처음으로 눈을 뜬
그 순간도
빛으로 가득한 허공이 아니었던가.
그러나 아!
나는 한 사랑을 가졌어라.
빛으로 볼 수 없는 당신을
사모하는 사랑을.
그리고 이 지상은 안개, 아득히 몰려오는 구름과
저녁 어두움,
아무리 앨 써도
떼려야 뗄 수 없는 그림자,
그 안개를 헤치고 어디선가 들려오는
종소리,
그 종소리를 좇아
벌레처럼 빛의 시원을 찾아 헤매던 한 생애는 실로
얼마나 고달팠던가.
마침내 한 마리 나방이가

촛불에 스스로 몸을 태우듯
빛으로 활활 타오르는 화로에 육신을 사른 뒤
문을 나선 화장장火葬場.

석양빛에
은빛 몸체를 반짝 뒤집던 비행기 하나
한순간 구름 속으로 사라지는
허공을 본다.

모닝 콜

뻐꾹뻐꾹,
모닝 콜 소리에 문득 눈을 뜬 집 한 채
망연히
뜨락을 내다보고 있다.

낙엽 흩날리던 폐원廢苑은
어느새 꽃들의 눈부신 난장亂場.

겨울의 깊고 슬픈 잠은 끝났다.
드디어 열어젖힌 눈까풀.

그 유리창 사이로 스며드는 햇살.

뻐꾹뻐꾹 봄을 기다려
신神이 하늘 벽에 걸어두신 그
뻐꾹새 시계.

꽃눈

죽은 자는 모두
깜깜한 땅속에 묻힌다.

답답하다.

그러나
거센 겨울바람의 소요가 그치고
사위 문득 조용해지자 이곳저곳
문틈 새로 스며드는 봄바람에 두리번거리며
하나, 둘……
살며시 밖을 엿보는 눈빛들.

산과 들엔 온통
꽃들이 지천으로 피었다.
죽은 자도
이 세상은 궁금한 것이다!

제왕절개 수술

잠든 육신은 흔들어서 깨운다.
잠든 영혼은 어떻게 깨우나?

상처 없이 태어난 생명이 어디 있으랴.

어머니의 몸을 찢고 나오는 태아의
그 날카로운 비명같이 움트는 새싹을 위해

이른 봄
잠든 땅에 쟁기를 댄다.

흙 속 깊이 상처를 낸다.

야간학교

지구는 하나의 커다란 학교.
영장류는 대학생,
포유류 중고생,
개구리는 아무래도 초딩생[2]들이다.

대낮
산짐승들의 체육 시간이 끝나면
초저녁 숲속에선 새들의 작은 음악회.
방과 후엔
맹꽁이들의 목청이 시끌벅적하다.

이삼은 육, 이사 팔, 이오 십······

선생님 들어라 하늘을 향해
목청껏 외쳐대는 학습 지진아들의
그 구구단 외는 소리.

2 초등학생.

당신의 부지깽이는 어디 있나요?

한밤중
눈보라 치는 소리에 문득 잠이 깨었다.
가냘프게 어디선가 돌돌돌
보일러 도는 소리,
방 안은 따뜻하다.
따뜻하다는 것은 곧 살아 있다는 것,
나도 모르게 가슴에 손을 대본다.
뜨거운 혈류가 도는 심장의
그 맥박 소리.

꽃,
새,
물고기 그리고
인간,

살아 있는 것들을 살리기 위해
아궁이에 주저앉아 종일
지구에 불을 지피고 계시는 나의
늙은 하느님,
오늘도 화산의 분화구에선
솔솔 연기가 피어오른다.

꽃밭 풍경

"아름답게 살자"
고
쉽게 말하지 마라.

아름다움도 때로 죄가 된다는 것은
꽃밭에 가보면 안다.
빛과 향이 지나쳐
영혼을 몽롱케 한 그 죄.

울안은 각자
수인囚人의 명패를 달고
인신 구속된 꽃들로
만원이다.

"아름답다"
고
함부로 말하지 마라. 어차피
삶은 원죄의 소산.

사랑이 죄가 되는 자들의
교도소가 거기 있다.

주목朱木

― 태백산 산정山頂 천제단天祭壇 부근에서 고사한 지 천 년이나 된
주목 한 그루를 보았다.

흔들린다고 탓하지 마라.
오직 똑바로 선 자가
흔들릴 수 있나니.

부러진다고 욕하지 마라
오직 한 자리만을 지키는 자가
부러질 수 있나니.

나무가,
꽃대가 그렇지 않더냐.

쓰러지지 않고 홀로 죽음을 맞이하는 자,
죽어서도 눕지 않고 오히려 하늘을 받들어
겸허히
곧추서 있는 그자.

술잔

— 나는 특별히 정신적으로 행복한 삶을 누리는 재벌이나 권력자들을 별로 본 적이 없다.

술은 종류에 따라 잔의 크기가 다르다.
허나
큰 잔에 채운 술이나, 작은 잔에 채운 술이나
그 한 잔에 담긴
알코올 함량은 항상 일정한 것.
큰 맥주 한 잔이라 해서 더 취하는 것도,
작은 양주 한 잔이라 해서 덜 취하는 것도
아닌,
인생이란 하나의 빈 술잔.
흔히 많이 가진 것을 부러워하고
모자라 적은 것을 한탄하지만
죽음 앞에서
한 생애가 누린 행幸 · 불행不幸의 총량은
크기가 다른 술잔의 동일한 알코올 함량처럼
모두 같다.
다만 신神이 따라준
그 술의 종류가 다르다면 다를 뿐.

화장火葬

한낱 쓰레기.

음식 쓰레기가 아닐까. 먹기 위해 살아온
한평생,
생활 쓰레기가 아닐까. 돈벌이에 몸 바친
한평생,
폐품 쓰레기가 아닐까.
권력에 눈이 먼 한평생,

아니
재활용 쓰레기가 아닐까.
베풂으로 살아온 한평생,

지나온 내 한생 아무래도
생활 쓰레기,
지상에 뿌릴 자양분 한 톨 남기지 못해
차라리
소각하는 편이 더 낫겠다.

쓰레기
분리수거하는 날.

인민재판

어제까지 사이좋게 지내던 친구들이
갑자기 등을 돌렸다.

돌멩이를 던졌다.
장대를 휘둘렀다.
사정없이
몽둥이로 두들겨 팼다.

모든 것이 털리고 마침내 거리로 내몰린
그 가여운 밤나무.

내가 무얼 잘못했나?

다만
가진 것이 죄가 되는
계절은 겨울의 초입.

비빔밥

음식 나라에선
비빔밥이 민주국가다.
콩나물과 시금치와 당근과 버섯과 고사리와 도라지와
소고기와 달걀…… 이 똑같이 평등하다.
육류 위에 채소 없고
채소 위에 육류 없는 그 식자재,
이 나라에선 모두가 밥권을 존중한다.

음식 나라에선
비빔밥이 공화국이다.
콩나물은 시금치와, 당근은 고사리와
소고기는 콩나물과 더불어 함께 살 줄을 안다.
육류 없이 채소 없고
채소 없이 육류 없는 그 공동체 조리법,
이 나라에선 아무도 홀로 살지 않는다.

음식나라에선
비빔밥이 복지국가다.
각자 식자재가 조금씩 양보하고
각자 조미료가 조금씩 희생하여
다섯 가지 색과 향과 맛으로 우려내는
그 속 깊은 영양가.

이 나라에선 어느 누구도 자연을
거스르지 않는다.

아아, 음식나라에선
한국이 민주주의다.
한국의 비빔밥이 민주주의다.

혁명재판

입춘,
혹독한 겨울은 이로써 끝이다.
날씨가 풀렸다.
전 국토 춘계 대청소 실시.
집 안팎,
거리 구석구석에서 그동안 쌓인 오물들을
털고, 쓸고, 닦고, 빨기에
여념이 없다.

집하장의 미화원들도
수거한 쓰레기를 분류하기에 바쁘다.
이놈은 매장, 저놈은 화장,
그놈은 재활용,
....

이윽고
— 땅땅 —
독재 잔당의 형량을 선고하는 법관의
의사봉 소리.

겨울옷을 빨래하는 계곡의
그 방망이질 소리.

온난화溫暖化

이미 수억 광년을 달려왔다.
시속 936000km/h.

빙하기 때 동파된 라디에이터를 수리하고
냉각수를 갈아 넣기는 했지만
과속이다.
거기다 또 엔진 과열,

오버히트된 차체는
뜨겁게 달아올랐다.
솟구치는 증기와 역류하는 배기가스가 혼합된
실내 공기는 API[3] 230

애프터서비스를 거둔 신의 슬픈 눈동자
안드로메다[4]는 시야가 흐리다.

오늘도 은하계를 헤매고 있는
폐차 직전의 행성 하나.

---

3   API : air pollution index(대기오염지수)
4   안드로메다Andromeda : 지구가 속해 있는 은하계와 비슷하나 그 크기가 두 배쯤 되
    는 우주의 다른 은하계. 지름이 약 22만 광년.

문장文章

구만리九萬里 장서長書,
혹은 한 편의 대하소설이라 했던가.

길고 긴 문장이 흘러 흘러 도달한
바다를
대단원의 막이라고 하지만

격류에 떠밀려
!! 떨어지는 계곡의 폭포.
어느 때는 역류다.
?로 소용돌이치긴 했으나
소沼에 이르러 비로소 분을 삭이는
격정, 그 안식
. 표.

지금 강물은 대평원을 지나고 있다.

갈대밭 삼각주에서
드디어 갯물과 섞여 한 몸을 이루는
수평선의 그 잔잔한
………………

오세영 시선집 — 시사뻑 사무사 詩四百 思無邪

제7부

2018~

찰칵

긴 것이나 짧은 것이나 한 편의 영화는
필름의
마지막 신[1]에서 끝나버린다.
그러나 사진은
한 번 찍어 영원한 것.

영원을
긴 시간에서 찾지 마라.
내일 아침에 헤어질 운명의 남녀도
한 몸이 되어 뒹구는 오늘 밤의 그
순간만큼은
내 사랑 영원하다고 말하지 않더냐.

무시무종無始無終이 어디 있으리.
반짝 빛나는 플래시의 섬광,
그 한 찰나가 바로
영원인 것을.

1   scene

은하수

소만小滿 되어
뒷산의 밤꽃이 흐드러지게 필 무렵,
와글와글 울어대는 밤하늘의 저
수많은 별들.

갓
모내기를 끝낸 견우의 무논은
영농營農을 자축하는 현대판 농무農舞.
한마당 K팝 공연장인가.
비티에스BTS*를 따라 부르는 맹꽁이들의 그
요란스런 떼창.

*BTS : 한국의 K-팝을 대표하는 세계적인 아이돌 그룹.

좌탈입망坐脫立亡

어느 가을 저물녘,
여름내 허공을 맴돌던 한 마리 고추잠자리가
바지랑대 하나를 골라 정좌하더니
날개를 편 채
자는 듯 생을 마감하였다.

순간,

— 반짝 —

투명한 그의 모시 장삼을 물들인
서천서역西天西域의 황홀한 노을빛.

하늘도 벽이었나.

백척간두百尺竿頭에서
화두 하나 손에 쥐고 입적한 그
노스님.

겨울 산

며칠째 내리는
폭설,
척尺 반이나 눈이 쌓였다.
붉고 노란 봄날의 꽃들, 한여름의 초록,
활활 타오르던 가을 단풍이
어느새 오간 데 없다.

제 새끼들도 잊었나?
버려진 고라니, 맷돼지, 산토끼들도
먹이 찾아 뿔뿔이 자취를 감춰버린 온 산은
멍텅구리 흰 색이다.

그래도 산문 입구를
빗자루로 정갈하게 쓸어 길을 내는
노스님,
하늘 병원 정신과 전문의專門醫인가.

치매癡呆에 걸린 산.

딜레이트[2]

잠을 잃은 밤,
창문 열고 무연히
어두운 하늘을 바라다본다.
서쪽 지평선으로
반짝,
떨어지는 별똥별 하나.

우리 하나님께서도 지금 시를 쓰시나?

입에 커서를 물고 워드 창밖으로
소리 없이 사라져버리는 그
단어 하나.

2 delate

말에 대하여
— 非禮勿言 非道勿行

그가 싫어하는 것 같아
살짝 다른 화제로 말머리를 돌린다.
길을 달리던 말이
불쑥 막아서는 장애물을 피하듯,
절벽을 만난 물이 슬며시 그 장소를
휘돌아 지나치듯……
그러니 그 지껄이는 말이나, 걷는 말이나
길이 아니면 기실
가지 말아야 하는 법.

백담百譚 계곡 어떤 절집,
요사체 한 방에 누워서 밤에
물소리를 듣나니
그 소리 문득
들판을 달리는 말발굽 소리 같기도 하고,
천년 전설 풀어내는 무당집
굿하는 소리 같기도 하고,
내 어릴 적
돌아가신 어머니의 애틋한
나무람 같기도 하고……

오세영 시선집 ― 시사벽 사무사 詩四百 思無邪

옷 한 벌

바늘에 귀가 있다니 정녕
바늘도 무슨 말을
들을 수 있다는 것이냐.

그렇다.
말이란 어휘와 어휘를 실로 꿰어
한 줄의 문장을 잇는 일이니
귀로 듣지 않은 말을 어떻게 실로 꿰어
한 벌
옷을 지을 수 있겠는가.

나 오늘
코 빠진 니트웨어[3]를 바늘로 깁다가 그만
손가락을 찔려 피를
흘렸구나.

잘못된 인연이란 얽힌
실타래.
그 매듭 풀기 위해선 싹둑
가위로 자르지 말고 무슨 말이든 한 번 엮어
경청해야 하느니.

3 knitwear.

윤회輪廻

돌고 돌아 돈이라던가.
그제 한 채의 오피스텔이었던 돈이 어제는
카지노의 칩,
오늘은 또 귀부인의
손가락에 낀 다이아 반지가 되었다.
인간人間, 아수라阿修羅. 축생畜生, 지옥도地獄道……

길을 걷다가 문득 눈에 띈
바닥의 백동전 한 닢.
하찮다고 발로 짓밟지 마라.
또르르 돈주의 지갑에서 출가를 결행해
면벽面壁 3년,
그는 지금 고행 중이다.

그동안 그는 이 사바세계를
얼마나 무시무시한 고독 속에서 홀로
견뎌냈으랴.

연명치료

타려면 오롯이 타야 한다.
한 줌의 재도 남기지 말고……
그래서 완전한 다비茶毘는
그 남은 뼛조각마저 갈고 갈아 가루로 만들어
바람에 휙 날려버린다 하지 않던가.
타버리고 나서도
고스란히 제 형상을 지키는 연탄재,
스스로 삭아 이승의 연을 끊을 수 없다면 누군가
그 고통 벗어나도록
도와주어야 한다.
생이란 오롯이 타버려야 하는 불꽃.
연탄재,
발로 걷어차버려야 한다.

연명치료

갈필渴筆의 서書

오늘도
분주하게, 한가롭게 혹은 다급하게
뒤뚱뒤뚱, 성큼성큼 두 발로 걷는 걸음,
사람들은 그것을 발자국이라 하더라만
실은 한 글자, 한 글자씩 또박또박
삐뚤빼뚤 맨땅에 써 내려간 문장의
어휘들일지도 모른다.
O자 다리, X자 다리, 팔八자 다리, 11자 다리,
아니 ㅅ자 다리라 하지 않더냐.
인생이란 백지 위를 걷는 만년필,
타고 날 때 가득 채운 그 푸른 잉크가
다할 때까지
행을 좇아 한 글자 한 글자씩 발걸음을 뗀다.
가도 가도 아스라한 지평선,
그 지평선을 넘는 날은 마침내
올 것인가.
절뚝절뚝 혹은 저벅저벅……

원고지에
한 편의 소설을 쓴다.

오세영 시선집 — 시사백 사무수 詩四百 思無邪

바람의 시

머나먼 서역西域, 한겨울의 고비戈壁에서는 산후 우울증에 걸린 어미 낙타가 갓 낳은 제 새끼의 수유授乳를 거부하며 홀로 칩거하는 일이 종종 있다고 한다. 척박한 환경, 궂은 기후 때문이다. 그럴 적에 유목민은 마두금馬頭琴 하나를 그의 목에 걸어주는데 바람이 연주하는 그 악기 소리에 점차 마음이 누그러진 어미 낙타는 처음엔 그렁그렁 눈동자를 적시다가 종내는 펑펑 눈물을 쏟아내며 제 새끼 찾아 품에 안고 따뜻이 젖 물린다 들었다.[4]

아아, 잘못 살아온 한생이었구나.
새 집을 지으면서 나도 처마에
풍경風磬 하나를 매달아놓는다.

바람이 쓰는 시.

바람의 시

---

4   유목민들은 이를 후스Hoos 요법이라고 한다.

출옥

한잔 한잔 비워 마침내
바닥이 드러나야
비로소 갇힌 장欌에서 풀려나는, 20년산
발렌타인.

포도주든, 위스키든, 막걸리든
술병은
자신을 비움으로써만 비로소
완전한 자유를 찾을 수 있나니

혀와 입술이 엮는 관능,
그 한 세상의 감옥.

인생 또한 장기수長期囚가 아니던가.

치매 2

갑자기
아내의 이름이 떠오르지 않는다.
회로에 어떤 손상을 입은 것일까.
전원電源은 아직 켜져 있는데
깜빡
딜레이트되기 일쑤다.
화면이 온통 하얀 백지다.
메모리 칩인지, 깔린 앱인지
요즘은 오작동誤作動이 일상.
어제는 지하철을 나서며 길조차
잃지 않았던가.
이승과 저승을 이어주는 와이파이를 붙들고
밤새 바둥거리며
한 편의 시를 쓰려다 절망한
이 아침,
지인의 부음訃音을 받았다.

마침내
온라인과 오프라인의 연결선을 끊고
초기화初期化로 돌아간
그 낡은 컴퓨터 한 대.

별 2

별은
별과 같이 있어 별이다.
서로 손과 손을 마주 잡고
등과 등을 기대
별이다.
별은
별과 함께 빛나 별이다.
해처럼,
달처럼
홀로 빛나지 않고
더불어 빛나서 별이다.
별은
어둠을 밝혀서 별이다.
대낮이 아니라, 정오가 아니라
오직
빛 없는 밤에만 반짝반짝
뜨는 별.

풍경風磬

한생의 목숨은 피고 지는 꽃잎.

무슨 심사인지
확 불어 불길 내지르다 팔랑
꺼버리는 바람 같은……

내 영원은 시방 어디 있을까?

그 바람의 행방을 좇아 처마에
풍경 하나 매달고

허공을 항해하는 삶은
흔들리는 오두막 한 채.

오늘도
귀 쫑긋 세운 물고기 한 마리 흰
구름 속을 헤매고 있다.

나목裸木

덩그라니 좌초된
해안의 빈 목선木船 같구나.
잎 진 산등성에 서 있는 나목 한 그루,
다시 올 봄을 기다려
먼 허공을 아득히 바라고 있다.
겨울 산은 썰물 진 바다,
봄 되어
개펄에 잔잔히 밀물이 들면
산 능선 작은 파도, 큰 파도 일어
온 산 초록 물 벙벙히 들까.
내린 돛 활짝 펴 하늘을 날까?
물 난 백사장의 외로운 소라같이
한 계절 봄꿈 꾸는
나목 한 그루.

노숙자

'1'은 '억億'보다 더 큰 숫자가 아니더냐?

그 하나가 그 자리에서 그 자신만의 모습으로
그렇게 있는,
그것이 우주다.

바삐 오가며 당신들은
아직도 제 갈 길을 찾고 있다만
그에게는 온 세상이 이미
모든 길.

속된 발이다, 걷어차지 마라.
그는 지금 명상 중이다.
자신을 비움으로써 무리에서 빠져나와
스스로 홀로된 그 나 하나.

길가에 나뒹구는 빈
콜라 캔 하나.

바람 불다

삶이란
중력重力을 거스르는 일,
봄바람에 피어나
위로위로 솟는 새싹처럼……

죽음이란
중력에 내맡기는 일,
팔랑
갈바람에 떨어져 아래로 아래로
나뒹구는 낙엽처럼……

매미

차르르 차르르 차르르

폭염에 시달리는 도심에서
돌연
요란하게 울리는 말매미 울음소리.

지구 온난화로
북극 빙하 태반이 녹아버렸다.
당장
열섬에 갇힌 시민들을 구하라.

차르르 차르르 차르르

오늘
녹색 소방방재청消防防災廳에서 긴급히 알리는
대낮의 그 재난 사이렌 경보.

어두운 등불 아래서

한겨울 밤,
정갈한 백지 한 장을 앞에 두고 홀로
네게 편지를 쓴다.
그러나
바람이 문풍지를 울리자
터벅터벅 사막을 건너던 낙타의 고삐 줄이
한순간 뚝 끊어져버리듯
밤바다를 건너던 돛배의 키가 불현듯 꺾여지듯
무심결에
툭,
부러지는 연필 심.
그 몽당연필 하나를 들고
흔들리는 등불 앞에서 내 마음
아득하여라.
내 마음 막막하여라.[5]

오세영 시선집 — 시사별 사무사 詩四百 思無邪

---

5   최치원崔致遠의 시 「추야우중秋夜雨中」의 한 구절, "창외삼경우(窓外三更雨)/등전만
    리심(燈前萬里心)."

아, 대한민국 2022년

저 멀리 남해 이어도 밖

푸른 수평선 위를 넘나드는 한낱

돌고래로 살꺼나.

아득한 티베트 고원

히말라야 설산雪山을 헤매는 외로운

눈표범으로 살꺼나.

옛 페르시아 고토古土 루트사막

침묵의 탑[6] 위를 맴도는 한 마리

독수리로 살꺼나.

아니야, 아니야.

그래도 바람에 날리는 한 갓털,

민들레 꽃씨가 되어

개마고원蓋馬高原, 전라도 갯땅쇠 아니 그

어떤 척박한 곳이라도

패거리 작당,

부화뇌동,

내로남불,[7]

당동벌이黨同伐異,

지록위마指鹿爲馬가 없는 땅이라면

국토의 그 어디에서나 사뿐 떨어져

---

6   고대 페르시아 시대에 조로아스터교에서 조장鳥葬을 치르던 곳.

7   내 살던 시대, '내가 하는 일은 로맨스 남이 하는 일은 불륜'이라는 뜻의 속된 유행어.

한 송이 꽃으로 살리.

나 죽어서 다시 이 세상에 태어나……

유학留學

나, 귀국하면 여기서 받은 학위로
높은 관직을 탐하지 않으리.
나 귀국하면 여기서 얻은 기술로
큰 돈을 벌려 하지 않으리.
한적한 길가, 사이프러스 시원한 그늘 아래
조그마한 빵 가게를 하나 차려
착한 셰프가 되리.
여기서 구한 사랑과 연민과 용서를 조국으로 가져가
빵으로 구워서
슬프고도 가난한 내 이웃들과 함께 같이
나눠 먹으며 살리.
나, 죽어서 저승으로 돌아가면 결코
여기서 배운 지식으로 권력을, 명예를 탐하지 않고
일개 셰프가 되리.
사랑과 연민과 용서를 눈물로 반죽한
그 소박한 한 덩이의 빵,
가난하지만 아름다운 내 이웃들과 함께 더불어
아침마다 나눠 먹으며 살리.
머지않은 날,
나 조국으로 돌아가면……

사람 인人

서로 등에 등을 기댄다는 것은
얼마나 아름다운 일이랴.
어려울 때
슬며시 내주시는 아버지의 등.
슬플 때
넌지시 들이미시는 어머니의 등.
외로울 때
남몰래 빌려주는 친구의 등.
그의 체온과 숨결과 맥박이
고스란히 나와 하나 되어 모진 추위를 막아주는
이 한겨울 밤,
침대가 아니라, 침랑이 아니라
따뜻한 온돌 바닥의 등짝이 내미는 그
어부바!
바닥에 등을 대고 누워서
어린 시절 어머니의 등에 업혀 그랬듯
적막한
우주의 숨소리를 듣는다.

환청幻聽

온 길은 어머니의 질膣이지만
가는 길은
사랑하는 사람의 귓속 달팽이관일지도 몰라.
내 고향 전라도 사투리로 길은 '질'이라 하고
귓구멍은 또
외이도外耳道라 하지 않던가.
다비茶毘를 치르던 그때
슬그머니 그곳을 빠져나와 한순간
시야에서 사라져버렸던 당신,
어디로 갔나 몹시 궁금했는데
아아, 자박자박 걸어
내 귀 속에 이미 들어와 있었구나.
그렇지.
사랑하는 사람을 버리고 차마 어떻게
멀리 떠나갈 수 있으리.
안쓰러워라.
어제처럼 촉촉하게 비 내리는 날은
자꾸 내 볼을 만지작거리고
심술궂어라.
오늘처럼 바람이 센 날은 자꾸
내 이름을 부르고……

폐결핵

백내장 수술을 받으려
예비 검진을 했더니 X선 검사에서
폐결핵 흔적이 있다고 한다.
그동안 까맣게 잊고 지내왔는데
가슴에
뻥 뚫린 허공 하나가 있다고 한다.
당신을 본 순간
미열에 들떠 황홀했던 그 첫사랑의 사진,
젊은 시절 앓았던 그 열병,
아, 그렇구나.
지금까지도 메꿔지지 않던 내
한생의 외로움,
한생의 우수.

이미 시야가 흐려서
옛 기억조차 모두 사라져버린 노년의
어느 서러운 날,
아무리 떠올리려, 떠올리려 안간힘을 써도
떠오르지 않던 당신의 그
아득한 모습.

소천김天

봉수대烽燧臺에서
화두火竇에 불을 지펴 가물가물
지평선으로 연기를 피워 올린다는 것은
국토의 어디에선가 비상 상황이
발발했다는 신호가 아니겠느냐.
한생의 죽음 또한 어찌 이에 미치지 못하리.
제단에 분향해서 그 타오르는 향으로
우리가 신神을 부르듯
육신을 불에 던져 한 줌 연기를
하늘로 피우는 것 역시
이 지상에서 신에게 올리는
봉화불이 아니던가.
내 오늘 화장장에서
사랑하는 사람의 죽음을 하늘에
고하나니
누구나 때가 되면 인간은
필히 한번
봉수대의 오원[8]이 되어야만 하는 것을.

---

8   오원五員 : 봉수군烽燧軍의 우두머리.

4차 백신 접종

지금 세상은
온 인류를 덮치는 코로나 팬데믹에
몸살을 앓고 있다.
허지만
어찌 육신만이 그렇다 하겠는가.
이 시대의 메스컴,
에스 엔 에스, 포르노, 드라마, 유튜브, 넷플릭스, 각종 영상, 상품들
의 피알P.R.을 통해서
밤 낮 없이 스멀스멀
바이러스로 침투해오는 그 무차별적 관능과 에로스.
아니 거기엔 즐거이
암컷에게 잡혀 먹히는 수독거미도 있다.
그러니 그 감염 피하기 위하여
마음도 정기적으로
백신을 맞아야 하지 않겠는가.
사랑하는 사람과 나누는 사랑은
욕정의 항생제,
오늘 밤 나도 그녀에게
파이자인지 모더나[9]인지 그 주사 한 대를
따끔 맞춰야겠다.

오세영 시선집 ─ 시시때 사무사 詩四百 思無邪

---

9   Pfizer vaccine : 2018년 중국의 우한武漢에서 발생하여 이후 세계적으로 유행한 코
로나 호흡기 감염증에 미국 의약품 회사 화이자가 만든 백신.
Moderna vaccine : 미국 의약품 회사 모더나에서 만든 동종同種의 백신.

총은 한 방이다

요즘 어느 강대국이 약소국을 침략하면서[10]
그만 실탄을 허비해
진퇴양난이라고 한다.
그러니 또
다른 어느 작은 나라에 무릎을 꿇고[11]
제발 도와달라고 애걸복걸하는 것
어찌 이상타 하랴.
미상불
당할 패배는 일단
피해놓고 보는 것이 상책.
그러게 애초부터 총질은 왜 했을까.
같이 잘 지내든지
남의 것을 빼앗는다는 건 아예 생각조차 하지 말든지……

그러니 실탄, 포탄, 미사일, 원자탄
다 소용이 없다.
옛 하얼빈의 우리 안중근 열사를 보아라.
총은 한 방이다.
한 방이 이 세상을 바꾼다.

10 2022년 러시아의 우크라이나 전면적인 침공.
11 2023년 북한에서 러시아의 요청으로 탄환 원조.

죽은 TV 화면을 벌떡 일으켜 한 세상
환하게 밝히는
리모컨의 그 총질 한 방.

부끄러움 3

　길지 않은 시간 같은데 사회자가 슬며시 다가와 쪽지를 내민다. '선생님, 이미 5분 초과했어요.' 정신을 차리고 객석을 돌아본다. 아무도 귀를 기울이는 자가 없다. 그저 의식儀式의 한 순서일 뿐 누가 듣겠는가. 시간 가는 줄을 모른 채 혼자 지껄이고 있는 꼰대의 도덕군자 같은 그 말, 모두 저들끼리 소곤소곤 잡담을 나누거나 딴전을 피운다. 황망히 말을 거두고 연단에서 내려온다. 그래도 우레 같은 박수소리. 계단에서 발을 헛디딘다. 서슬에 상의上衣에 꽂힌 꽃이 바닥으로 털썩 굴러떨어져 밟힌다.

　옷깃에 매달려 있다 한들 어쩌겠는가. 어차피 식이 끝나면 버려야 할 꽃. 입장할 때 원로라고 추켜세우며 그 젊은이가 좇아와 달아준 꽃. 이미 꺾여 내 옷자락에서 시들고 있는 그 노년의 한 송이 꽃.

부끄러움 5

청운靑雲의 뜻을 품고 상경上京했다 하더라. 하늘 바래 명문대에 합격했다 하더라. 그러나 그 허공에 무엇이 있었던가. 허망하게 지던 오색 빛깔 무지개, 덧없이 흐르던 흰 구름, 아스라히 사라지던 떼 기러기 울음소리, 위만, 위만 쳐다보고 살아왔던 이 한생, 종내 고개 숙일 줄을 몰랐던 내 슬픈 이마에 지금은 차갑게 싸락눈만 때린다.

겨울이다. 아차 빙판길, 미끄러진 노구를 일으켜 세우다 문득 내려다본 땅바닥, 지팡이를 짚고 조심조심 아래를 살피며 걷는다. 하얀 눈밭에 누군가가 찍어놓은 그 발자국. 아른 아른 푸른 하늘이 어리어 있다.

부끄러움 6

　노년에 드니 온 밤을 뜬눈으로 지새는 날이 많아졌다. 잠에 들려고 노력하면 할수록 보다 또렷해지기만 하는 내 의식. 원망스럽기만 하다. 이 긴 밤을 어떻게 보낼꼬? 외로움과 함께 몰려드는 두려움. 그래 그 지난 날 언젠들 잠이 안 와서 그처럼 고생을 해본 적이 있었던가. 돌이켜보면 낮에도 잠이 부족해서 항상 눈 뜨고 졸기만 했던 이 한생, 세상 어즈러운 일에 외면하면서, 바른 일에는 눈 맞추지 않고 살아온 청맹과니, 이리저리 요령껏 눈감고 세월을 보내 이처럼 오래 살지 않았더냐.

　아아, 미수米壽라고, 백수白壽라고 축수하지 말진저. 수치가 될 수는 있을지언정 결코 자랑이라 할 수는 없느니. 젊은 날 눈감고 졸며 살아 이처럼 노년 들어 잠을 잃어버리지 않았더냐. 눈보라 몰아치는 겨울 밤, 칠흑 같은 어둠 속에서 홀로 깨어 심야深夜에 우는 문풍지 소리를 듣는다.

부끄러움 7

　시를 쓰며 살아온 한생이라 하더라, 그 시로 누군가를 현혹했다 하더라. 땀 흘려 황지荒地를 개간하지 않고, 피 흘려 이 땅을 경작하지 않고 말로 만 한세상 잘 살았다 하더라. 그대가 유일하게 부릴 수 있는 것은 손도 발도 아닌 입속의 혀. 누에가 꽁무니로 실을 뽑아 집을 짓듯 입으로 술술술 쏟아내는 비단실, 그 말로 공중에 거미줄을 둘러치고 지상의 중생들을 지켜보고 있었구나.

　햇살에 반짝이는 처마의 보석, 영롱하게 빛나는 일곱 빛깔 무지개, 모두 그 비단 실에 맺혀 덧없이 사라질 아침 이슬이었거니. 나비야 속지 마라. 현란한 말의 성채城寨, 기어綺語와 양설兩舌[12]로 짜낸 허공의 그 거미집.

오세영 시선집 ── 시사백 사무사 詩四百 思無邪

12　말이 저지르는 구업口業들 중 하나.

부끄러움 9

휴대전화가 생활필수품이 된 이래 모든 행적은 그 안에 기록이 된다
하더라. 일상으로 나누던 대화, 주고받은 문자 메시지, 깊숙이 숨겨둔
속 마음, 천박한 밀거래, 부정한 청탁과 로맨스를 가장한 스캔들, 어제
밤 네게 보냈던 그 메시지가 하도 부끄러워 오늘은 모두 삭제를 하려는
데 아뿔사 누군가가 말하기를 휴대전화를 압수해 디지털 포렌식 재생
을 시키면 아무 소용이 없다 하지 않느냐. 그래서 범죄 피의자는 수사
를 받기 전 우선 자신의 휴대전화부터 불에 태우거나 강물에 던져버린
다고 들었다.

내 하늘나라에 가서 하느님 심판을 받을 적에 이 육신 디지털 포렌식
으로 재생시키면 그 죄상 얼마나 많이 드러날 것인가. 그러니 아들아,
내 죽거든 그 육신 땅에 파묻지 말고 부디 불에 태워서 그 뼛가루 강물
에 뿌리거라.

부끄러움 12

독자 한 분이 말한다. "남도 여행 중, 선생님의 시비詩碑를 보았어요. 반가웠어요". "그래? 주위에 읽어보는 사람도 있던가?" "시간이 그래서 그랬던지 저 이외는 없었던 것 같았어요." 그렇지. 누가 찾아와서 일부러 그 졸시拙詩 읽어주는 수고를 자청하겠는가. 관광단지를 조성한다고 해남군海南郡에서 땅끝 마을 바닷가에 세워준 내 그 같잖은 시비, 그러니 비, 바람, 눈보라 오두커니 맞으며 서 있는 그 자리가 얼마나 무안했을까?

그런데 나 오늘 갈바람에 무심히 지는 배롱꽃잎들을 바라보다가 문득 깨우친 바 있나니 그 시비, 실은 누군가가 읽어보라고 세워준 것이 아니라 그 자신 벼랑에 귀 대고 부서지는 파도소리를 들어보라 세워준 것이 아니었던가. 내 일찍이 그 돌덩이의 첫머리에 '끝의 끝은 시작'[13]이라고 새겨놓았던 것을…… 이제 이승의 끝에 와서 저승의 물소리를 들어야 할 때. 돌아보니 내 일생 쓴 시 2천여 편이 바닷가 벼랑에 부서지는 일개 파도소리보다 못하였구나.

0

13 전남 해남군 땅끝마을 바닷가 산 벼랑의 오세영 시비에 새겨진 시(「땅끝 마을에 와서」, 『임을 부르는 물소리 그 물소리』, 랜덤하우스코리아, 2008에 수록)의 일절. "누가 일러/ 땅끝 마을이라 했던가./끝의 끝은 다시/ 시작인 것을……/내 오늘 땅끝 벼랑에 서서/면 수평선을 바라보노니/오히려 천지天地의 시작이 여기 있구나.……"

부끄러움 15

오늘이 원고 마감 날인데 아무리 집중해도 시상詩想이 떠오르지 않는다. 컴퓨터를 앞에 두고 다시 명상에 든다. 음운音韻 하나만이 다를 뿐 '사랑'이 '사람'일까 '사람'이 '사랑'일까? 더 이상 생각 없어 머뭇거리는 사이 깜빡 화면이 꺼져버린다. 어제는 또 며느리의 핀잔을 듣지 않았던가. 기억이 가물가물한 그 이름, 내가 지어준 고 귀여운 손자 이름이 '우재'던가 '우제'던가. 날로 심해지는 치매기, 아, 이쯤해서 그만 절필하리라, 깨끗이 포기하리라 뇌이면서도 전원이 꺼진 컴퓨터를 붙들고 안간힘을 써본다. 시를 쓰려 온 하루를 보낸다.

놓아주어야 할 사람, 이제는 안아줄 힘도 없는데 그저 붙들고만 있는 내 사랑, 그래도 항상 곁에 두고만 싶은, 그래야 내 살아 있음이 증명되는 너.

어떤 날

삶이 슬퍼서
그 누구도 만나고 싶지 않는 날에는
홀로 벼랑에 앉아
갯가의 차고 비우는 물을 가만히
들여다보아라.
삶이 고단해
세상 모든 것이 귀찮은 날에는
썰물 진 바위에 홀로 기대 서서
먼 수평선 밖
그리고 지우는 흰 구름을 바라보아라.
삶이 외로워
내 자신조차 버리고 싶은 날에는
텅 빈 모래사장에 홀로 무릎을 꿇고
들고 나는 파도소리를 들어보아라.
밀물과 썰물은 지구의 호흡,
무심한 이 우주도 실은 이렇듯
숨을 쉬고 있나니
삶이 덧없어 아예
어딘가로 소리 없이 사라지고 싶은 날에는
바닷가 해당화 그늘 아래 홀로 누워서
조용히
자신의 핏줄에 들고 나는 동맥과 정맥의
그 푸른 물소리를 한번
들어보아라.

심판

정원에서 잡초를 뽑다가 문득
손에 잡힌 그 한 포기 들꽃,
내 호미 날 앞에서 가냘프게 떨고 있다.

밤 사이 어느 별에서 날아온 영혼일까.
죽어 가까스로 하늘을 건너온 그의 천국.

애잔한 눈빛으로 호소하듯 고백하듯
나를 향해
연분홍 꽃잎들을 오물거린다.
맑은 향기가 내 가슴을 적신다.

아아, 너는
전생前生의 온 날들을 기울여 쓴 시 한 편을
지금 이승의 내 앞에 와서 읊고 있구나.

사는 동안
나도 내 생의 전부를 바쳐 쓴 시 한 편을
빈손에 들고 죽어 저렇게
신 앞에서 낭송할 수 있을까.

그만 호미를 집어 던진다.
작아도 순결한 그 꽃.

수혈輪血

아직도 제 피는 붉습니다.
나무들의 피는 맑은데⋯⋯

세상 문 닫고 홀로 당신 앞에 꿇어앉아
피정避靜으로 보낸 그 석 달.

어찌할까요?
겨울 지나 봄 되어도 하느님,
저는 아직 푸른 하늘이 보이지 않습니다.

일곱 번씩 일흔 번을 용서해주어도
죄 많은 막달라 마리아.

하느님, 어찌해야 제 혈관에
고로쇠 그 맑은 수액을 돌게
할 수 있을까요.[14]

봄 되어 나무들은 저토록
푸른 하늘을 우러르는데.

14 한국에서는 이른 봄 기독교의 부활절을 즈음해서 고로쇠나무의 수액을 받아 마시
는 풍습이 있다.

봄비 소리

긴 겨울 방학은 이로써 끝이다.
전교생 일제히 등교.
창틀의 묵은 먼지를 털고,
바닥의 널린 쓰레기를 쓸고,
곧 맞이할 새내기들을 위하여
운동장, 복도, 교실 온통 물을 뿌리며
대청소로 분주한 하루.

어디선가 사각사각 빗질하는 소리.
어디선가 사륵사륵 물걸레 치는 소리.

이슬

눈동자에
눈물이 그렁그렁하구나.
지난밤에 무슨 일이 있었던 것이냐.
두 뺨에 눈물이
방울방울 맺혔구나.
샛별이더냐
닻별¹⁵이더냐?
늦저녁 도둑처럼 네 방에 몰래 들어
새벽같이 널 두고 홀로
떠나버린 그.

꽃아,
정녕 어젯밤 네게
무슨 일이 있었던 것이냐.

오세영 시선집 ─ 시사백 시무사 詩四百 思無邪

15 카시오페이아좌의 별.

호수

호수는 그 무엇이나 너그럽게
품어 안는다.
풍덩,
　— 차분하게 가라앉는 돌.
텀벙,
　— 조급히 뛰어드는 돌.
출렁,
　— 미끄러져 소용돌이치는 돌.
호수는 그 무엇이나 흉허물 없이
받아들인다.
철벅,
　— 팔매질로 날아오는 돌.
쫑쫑,
　— 물수제비로 떠서 오는 돌.
찰싹,
　— 발길질에 튀어 자빠지는 돌.
조약돌, 자갈돌, 수정돌, 차돌, 곱돌, 꽃돌, 몽돌……
호수는 그 무엇이나 따뜻하게
감싸 안는다.
모난 돌에도
파문만은 언제나 동그랗게 그리는 호수.

호수는 항상 푸른 하늘을 바라고 산다.

누가

누가 이처럼 산뜻하게
지중화地中化를 시켰을까?
봄 되어 얼음 풀리자
지하 수맥으로 졸졸졸 흐르는
전류.

누가
또 이처럼 하늘의 스위치를 눌러
일시에 전등을 켰을까?
어두운 겨울을 밀쳐내고
온 천지 화안하게 불 밝히는
나요. 나요. 이 봄의 꽃,
꽃들.

너를 위해 내가 죽고

밤 새워 써서 오늘
네게 불현듯 보낸 편지 한 통,
내 것인가 네 것인가.
종이에 쓰인 그 사랑한다는 말,
네가 가져야 할지.
내가 가져야 할지.
그렇다.
이 세상엔 네 것이 내 것,
내 것이 네 것인 것도 있나니
하느님이 내게 주신 내 남근은 기실 네 것,
네가 지닌 네 여근은 사실
내 것 아닌가.
그래서
내가 네가 되고 네가 나 되는 이치를 일러
사랑이라 하는 것을……
남녀 합궁을 보아라.
그래서 우리들
너를 위해 내가 죽고 나를 위해 네가
죽지 않더냐.

적멸

잔디를 깎다 말고 잠깐
댓돌에 앉아 쉬고 있는데

불시착인가?
어디선지 홀연 나비 한 마리가 날아와
사뿐
내 손등에 나래를 접는다.
뿌리치려다, 아니 붙잡으려다 그만 마음을 비우고
없는 듯 그에게 몸을 맡긴다.

어느 하늘에서 날아왔을까.
어떤 꽃을 찾아 헤매다 이렇듯 지쳤을까.
어떤 꽃이 문을 닫아걸고 이렇듯
내쫓아버렸을까.

그제는 주방에서 회를 치던 손인데,
어제는 시장에서 멱살을 쥔 손인데,
오늘은 정원에서 풀을 베던 손인데,
팔랑팔랑
먼 허공을 날아와 무연히
그런 내 손 안에서 안식을 꿈꾼다.

말라비틀어진 내 생을 잠시
푸른 꽃나무로 만들어준 그
나비 한 마리.

무게

유소년 시절,
하늘 높은 줄 모르고 쑥쑥 그저 위로 위로
자라기만 하던 키가 어느새 정점을 찍었나?
내 오늘 젊었을 적 착용했던 옷을 꺼내 다시
입어보니
바지의 기장이 땅에 끌린다.
단이 발에 밟힌다.
노년에 잃어버린 키 그 3센티미터 8밀리.
그것만이 아니다. 언제부터 아프기 시작했는지
제대로 당당히 고누 설 수 없는 허리,
그 구부정한 허리를 안간힘 써 펴고 올려다 본 하늘이 오늘따라
돌연 무겁다.
그렇구나. 왜 나는 지금까지
허공은 텅 비어 있다고만 생각했을까.
축생. 벌레. 미생未生 모두 한결같이
하늘이 두려워 땅을 기던 그 진실을,
내 어깨가
애시당초 감당할 수 없었던 그
허공의 무게를.

한 철은 석 달

설령 누군가에게 어떤 상처를 받았다 하더라도
그를 잠시만 미워하고 더는 오래 미워하지 말자.
미움은 미움을 낳을 뿐이니
그저 한 석 달 정도만 미워하고 오래 미워하지는 말자.
사랑하는 이가
어느 날 속절없이 우릴 버리고 멀리
떠나버렸다 해도
한 석 달쯤만 원망하고 길게 길게 그를 원망하지는 말자.
미움은 닫힌 마음에서, 원망은 굳은 마음에서 오는 것.
그러니 이쯤에서 우리 닫힌 마음을 활짝 열어 제치고
얼어붙은 마음을 따뜻하게 녹여서
눈이 시리도록 푸르른 하늘을 우러러 보자.
삼동三冬,
땅속에서 응어리진 씨앗이
따뜻한 햇빛에 갸웃,
고개 들어 밖으로 얼굴을 내어 밀듯,
한 석 달 캄캄한 흙 속에 갇혀 있던 새싹이 밖으로
갸웃, 꽃봉오리를 터트리듯.

카센터에서의 명상

자동차 운행 중
차선車線이란 그 어떤 상황에서라도 꼭
지켜야 하는 것을,
5분 빨리 가려다 한생 먼저
가버린다는 말도 있지 않더냐.
내 오늘
앞선 차가 미적거리며 진로를 방해하기에
이를 추월하려다가 그만
뒤차에 치받겨 차체를 구겨버렸나니
이 렌터카를 어찌 반납할꼬?
아름다운 제주도에서의 체류도 불과
며칠 남지 않았는데……

지상으로 휴가를 다녀오라며 잠시
어머니가 빌려주신 내 육신,
물끄러미 입원실 창밖을 내다보니
철은 아직도 이른 봄인데
바람 불자 정원의 흩날리는 벗꽃잎들이
와르르
무너져 내리고 있다.

가뭄

어느 시인은
'내 마음 어딘 듯, 한 켠에
끝없는 강물이 흐른다'[16]고 썼으나
어찌 마음만 그렇다 하겠는가.
입에서 항문까지 뻥 뚫린 그 공간도
기실 물이 흐르는 일개 작은 하천이었던 것을.
의사 선생님들도 역시 항상 강조하는 말이
그 수량 줄어들면 아니 되므로
아침에 일어나면 누구나 매일 잊지 말고
필히 냉수 한 컵은 꼭 들이마시라 하지 않던가.
그러나 어쩐 일인지 내 요즘 그 강물 말라붙어
오줌발은 찔찔,
눈물은 푸석푸석,
물 내린 힘줄은 바닥을 드러내
좀체 다시 서지를 않나니
그 강에서 매일 물을 긷던 아내도 이젠 지겨워
아예 두레박을 걷어버리지 않았더냐.
문을 닫아건 아내의 집
대문 밖으로 쫓겨나 홀로 노숙하면서
나 오늘도 무심한 하늘을 바래
그 굵은 빗줄기가 사정없이 들이칠 우기雨期를
하염없이 하염없이 기다리고 또
기다리고 있나니.

16 김영랑 「끝없는 강물이 흐르네」의 첫행.

시를 쓰면서

원고지가 그러하다.

한생, 무명 속 헤매는 나그네를
인생이라 하지 않던가.
한밤중 불빛이 없으면 길은
있어도 없는 것.
그러니 흐르는 물처럼 유장流長[17]하다고 말하지 마라.
한 줄의 시행은
물이 아니고 불이다.
한순간 부시 깃이 부싯돌과 부딪혀
만들어내는 섬광처럼
암흑 속에서
흰 백지와 검은 펜이 부딪혀 만들어내는
그 불빛!

17 遠源流長.

해후

다락에 앉아
한나절 멍하게 바라다보던 푸른 하늘에 지쳐
홀로 잔을 기울인다.

술잔에 아련히 떠오르는
당신의 얼굴,
찻잔에 쓸쓸히 비치는
내 얼굴.

돌아서 거울을 들여다보니 웬
낯선 사내 하나가
날
차갑게 응시하고 있다.

기다릴 사람도, 반길 사람도 없는 적막한
어느 가을날 오후.

언제였던가. 나와 당신, 그리고 나 아닌 나
세 사람이 함께 어울린 그 쓸쓸한 날의
해후.

비상飛翔

새해 벽두,
물감에 함빡 적신 붓을 입에 물고 물끄러미
빈 도화지를 바라다본다.
선을 그을까.
원을 그을까.
아니 먼저 점을 하나 찍을까.

마른 가지 끝에서 허공에 활짝 날개를 펼치는
그 하얀 두루미 한 마리의
앙다문 부리.

부정맥

대화를 나누다 한순간,
밧데리가 나가버린 휴대전화의 화면처럼
노년은 쓸쓸하다.
젊은 날엔
네 손목만 잡아도 짜릿짜릿 감전되던 그
전류가 아니던가.
그러나 지금은 한낱 녹이 슨 한 토막의
구리줄.
아무리 기억을 되살리려 해도 이젠
떠오르지 않는구나. 네 맑은 눈동자와
젖은 입술이……
지금
약한 전압으로 뛰는 나의 심박동心搏動 수는
1분에 60회다.
인생이란
사랑으로 충전된 밧데리,
그러나 그 충만했던 전기를 실없이 여기저기
방전해버리고
노년 들어 가슴에 심은
서맥성徐脈性 부정맥 인공심장 박동기 하나.

파도

때로는
안개 속을 헤매는 새벽도 있었다.
때로는 폭풍우가 몰아치는 정오도 있었다.
때로는 소용돌이에 휩쓸린 황혼도 있었다.

적도赤道를 지나 황도黃道를 지나
어디를 가는지 어디로 가야 하는지
자신도 모른 채 달리고 또 달려가기만 하는 파도는

때로
돌고래의 휘파람에 아침을 맞기도 하였다.
때로 수평선의 신기루를 보기도 하였다.
때로 밤바다의 반짝거리는 별빛에 온몸을
후줄근히 젖기도 하였다.

그러나
부대끼면서, 밀고 밀리면서
악착같이 앞서만 가려고 몸부림을 치는 파도는
대양을 건너, 연안을 거슬러 마침내
당도한 그곳에서

어떤 것은 해당화 곱게 핀 백사장에 실려와
스스로 소멸하고,

어떤 것은 해안가 절벽에 부딪혀 파멸하고
또 어떤 것은 뻘밭의 진구렁에 스러져
한낱 평형으로 돌아가는 그냥 물,
물거품.

그래서 한 방울의 이슬에도 우주가 있다고 하더라만

한 생애
야심차게, 가열차게
앞서만 가려고 몸부림 치는 파도는.

거짓말

"봄이 와서 산에 들에 꽃이 피었다"는 말,
아니다. 거짓말이다.
꽃은 대지의 폭약,
개화開花는 겨울 성벽을 무너뜨리는 지뢰의
일대 폭발이 아니던가.
꽃의 폭발로
— 쩡!
한순간에 무너지는 빙벽氷壁,
그리고 그 무너진 성을 넘어 당당히 진군하는
봄을 보아라.
봄은 꽃의 개화로 오는 것이지
봄이 와서 꽃이 피는 것은 절대 아니다.

골프를 치며

우주가 어디 별개로 있다더냐.
어떤 이는 한 방울의 이슬에 있고
어떤 이는 또 지구 밖에 있다고들 하더라만
아니다.
망원경 아닌, 현미경을 놓고 보아라.
한 방 사정射精으로 깜깜한 우주를 유영遊泳하는 그
수억만 마리의 정충精蟲들을.
갖은 난관을 극복한 그중 어느 한 마리가 마침내
난자卵子에 들지 않더냐.
그렇다. 수억만 년
블랙홀을 찾아 헤매는 지구는
하늘에 있는 것이 아니라 실상 여자의
자궁에 있느니.

오늘 밤도 나는 온 몸을 뒤채며
홀인원을 꿈꾼다.
드라이브 샷을 칠까 퍼트 샷을 칠까.

제8부

꽃과 동물의
시

설화雪花

꽃나무만 꽃을 피우지 않는다는 것은
겨울의 마른 나뭇가지에 핀 설화를 보면
안다.
누구나 한 생애를 건너
뜨거운 피를 맑게 승화시키면 마침내
꽃이 되는 법,
욕심과
미움과
애련을 버려
한 발 재겨 디딜 수 없는
혹독한 겨울의 추위, 그 절정에
홀로 한 그루 메마른 나목裸木으로 서면
내 청춘의 비린 살은 꽃잎이 되고,
굳은 뼈는 꽃술이 되고,
탁한 피는 향기가 되어
새파란 하늘을 호올로 안느니.
꽃나무만 꽃을 피우지 않는다는 것은
겨울의 마른 나뭇가지에 핀 설화를 보면
안다.

해당화

모든 꽃들이
몸이 달아 태양을 연모할 때도 너만은
홀로
가슴에 바다를 품었구나.
들끓는 지열地熱이 싫어
능구렁이, 꽃뱀, 꼭꼬댁거리는 수탉이 싫어
꽃밭과 초원과 산록山麓을 버리고 땅 끝
절벽에 섰다.
오늘도 해풍海風에 몸을 말리며
늘 듣는 안부는 밀물의 저 하이얀 목소리,
항상 먼 수평선만을 응시하는 푸른 네
눈빛에
잔잔히 애수가 고여 있구나.

매화

체열體熱은 펄펄 끓는데
몸은 자꾸만 한기寒氣가 들어

늦추위에 앓는 열병 오히려
입술이 칩다.

싸늘하다 이르지 마라.
혈관은 달아오른 숯가마보다도 더 뜨겁나니

언 땅을 녹이고 솟아나는 그
꽃봉오리를 보면 안다.

겉은 차가우나
안으로 안으로 내연內燃하는 열이여,

눈 그치자 이 아침
파아란 유리 하늘을 바라

전신에 돋는 홍역紅疫처럼
매화 눈꽃이 텄다.

배롱 꽃

아름다움이 애인의 것이라면 안식은
아내의 것,
무더운 여름날
아내의 무릎에 누워
그녀의 시원한 부채질 바람으로 낮잠을
자본 자는 알리라.
여자는 향그러운 꽃 그늘이라는 것을,
꽃의 아름다움보다는
그늘의 안식이 더 소중하다는 것을,
형체가 흐려
꽃보다 그늘이 더 넉넉한 꽃.
신神은
이 지상의 간난艱難을 위해서 누구에게나
이렇듯
한 여자를 예비해두셨다.

아카시아

아카시아 꽃그늘에는
내 유년의 어머니가 숨어 있어
바람이 불 때마다 당신의
포근한 체취가 어려온다.
아카시아 꽃그늘에는
내 어릴 적 죽은 누이가 숨어 있어
바람이 불 때마다
알싸한 그녀의 머리 냄새를 향긋
풍긴다.
아카시아 꽃그늘에는 또
내 청춘의 떠나버린 소녀가 숨어 있어
바람이 불 때마다
황홀한 그녀의 숨결이
어른거린다.
나는 영원한 이들의 술래,
오늘같이 바람 센 날에는
문득 어디선가 그녀들이
뛰쳐나올 것 같아.
가냘픈 목소리로
문밖
어디선가 아득히 날 부를 것만 같아……

치자꽃

얼떨결에 입술을 도둑맞고
무안해서 숲속으로 달아나 숨는 소녀의
아른거리는 하이얀
원피스

첫 키스의 그
알싸한 향기.

원추리꽃

호젓한 산속, 외진 무덤 곁에
원추리 꽃 한 그루가 서 있다.
고개를 숙이고 그냥 그렇게……

하늘엔
　— 자수정 햇빛이 부서지고,
　— 비단 구름이 흐르고,
　— 은실 빗발이 내리고,

그래도 그렇게 서 있다.
자세 하나 흐트리지 않고
그냥 그렇게……

하늘엔
　— 홍옥紅玉의 별들이 반짝이고,
　— 울금향鬱金香 바람이 사운대고,
　— 멀리 보랏빛 뇌성雷聲이 울고,

그래도 마냥 그 자리에 그렇게 서 있다.
고개를 떨구고……

구절초

하늘의 별들은 왜 항상
외로워야 하는가.
왜 서로 대화를 트지 않고
먼 지상만을 바라다보아야 하는가.
무리를 이루어도 별들은 항상
홀로다.
늦가을 어스름
저녁답을 보아라.
난만히 핀 한 떼의 구철초꽃들은
푸른 초원에서만 뜨는 별,
그가 응시하는 것은 왜 항상
먼 산맥이어야 하는가.

억새꽃

흐르는 것 어이 강물뿐이랴.
계곡의
굽이치는 억새꽃밭 보노라면
꽃들도 강물임을 이제 알겠다.
갈바람 불어
석양에 반짝이는
은빛 물결의 일렁임,
억새꽃은 흘러흘러 어디를 가나.
위로위로 거슬러 산등성 올라
어디를 가나.
물의 아름다움이 환생해 꽃이라면
억새꽃은 정녕
하늘로 흐르는 강물이다.

도라지꽃

지상에 떨어진 별들은 모두
어디 갔을까.
더러는 불타 허공에 사라지고 더러는
죽어 운석으로 묻히지만
나는 안다.
어디엔가 살아 있는 별들도 있다는 것을,
깊은 산속
구름 호젓하게 머물다 간 자리에 아아.
날개 상해 떨어진 별들이
한 무더기 도라지꽃으로 피어 있구나.
눈섭에
아슴히 맺히는 이슬은
다시 하늘로 돌아갈 수 없는 그
슬픔인 것을.

탱자꽃

탱자꽃도 꽃이라면
어찌 합환合歡의 즐거움을 모르겠는가. 그러나
피를 보지 않고서는
이루어질 수 없는 욕망,
네 사랑에는 가시가 날카롭구나.
너의 몸에서는 언제나
사향麝香보다 향그럽고 어지러운 체취가 풍길지니
그 유혹 앞에서 발길을 돌릴 자 과연
누가 있으리.
꽃들도
변태의 성애性愛를 모를 이 없는 것,
그 싸디즘이여.

코스모스

어디로 가는 것일까.
정거장을 뒤로하고
열차 하나 서서히 북을 향해
떠나고 있다.
북만北滿의 하이얀 설원雪原일지도 몰라.
얼어붙은 이르쿠츠크 호수¹일지도 몰라.
누가 버린 꽃다발인지
빈 플랫 폼엔 꽃잎 어즈러이 흩날리는데
차창 안에서
적막하게 손을 흔드는 소녀의 희미한
실루엣,
기적도 없이
가을 황혼을 조용히 달리는 북행열차北行列車는
아름답다.

1 이르쿠츠크에 있는 호수 바이칼.

튤립

세상이 왜 이다지도 갑자기 밝고
아름다워지더냐.
봄날 아침,
새소리에 문득 깨서 커튼을 걷자
찬란하게 쏟아지는 아, 햇살,
햇살.
어젯밤의 믿을 수 없는 그
황홀함으로
그대 항상 내 곁에 있음을
내 이제 확인하거니
눈부시게 하얀 시트 위에 선연히 남겨준
그대 한 방울의 순결한
핏자국.

백합

백합은 향기로 말한다.
등굣길,
흰 칼라의 교복을 단정히 받쳐 입고
재잘거리며 교문으로 쏟아져 들어오는 소녀,
소녀들,
아침 햇살에
톡
쏘는 향기가 청량하다.
봄 강물 자갈 굴리는 소리,
봄 바람 귓불 붉히는 소리,
백합의 향은
코로 맡을 것이 아니라
귀로 들어야만 한다.

모란

완벽한 아름다움이어서 아름다움이
아닌 꽃.
차라리
툭 쏘는 향기로 앨러지를 일으킨다면,
차라리 날카로운 가시로 상처를 입힌다면,
차라리 요염한 색깔로 잠든 관능을 깨친다면,
차라리 뒤틀린 꽃잎으로 내 게으른 시선을 빼앗는다면,
…………
미스 코리아가 결코
인기 탤런트가 되지 못하듯
너무 완벽한 아름다움이어서 다만
멀리 두고
바라만 보는 꽃이여.

달리아

맥하麥夏,
땡볕 이글거리는 지열地熱보다도
맨살이나, 사타구니나, 심장이나 그 아무 데서나
뜨겁게 솟구치는 피가 무서워
씩씩대며 물을 찾노니,
보았다.
그때 우물 한켠에서
태양에 몸이 달아오른 달리아가
아무 부끄럼도 없이
나신裸身에 한 바가지 물을 끼얹고 있음을.
잘생긴 얼굴보다도
둔부가 아름다운 여인이여,
네 아랫도리가 왜 항상 젖어 있는지를
이제 알겠구나.
유월 땡볕
이글거리는 지열이 무서워
내 몸에서 자꾸만 자꾸만 솟구치는 그 피가
무서워……

칸나

아무 일도 없었던 듯
　　— 하늘은 말갛게 개어 있고,
아무 일도 없었던 듯
　　— 땅은 이슬에 촉촉히 젖어 있고,
아무 일도 없었던 듯
　　— 벌떼 잉잉거리고,
　　— 나비 펄펄 날고,
아, 그러나 누가 흘려놓았나?
푸른 초장草場의 한 방울 붉은
피.
어젯밤
달님일까, 별님일까.
한 점 선연한 초조初潮의 그
흔적.

벚꽃

죽음은 다시 죽을 수 없음으로
영원하다.
이 지상에서
변하지 않는 것은 무엇일까.
영원을 위해 스스로
독배毒杯를 드는 연인들의
마지막 입맞춤같이
벚꽃은
아름다움의 절정에서 와르르
무너져 내린다.

종말을 거부하는 죽음의 의식儀式,
정사情死의
미학.

양귀비꽃

다가서면 관능이고
물러서면 슬픔이다.
아름다움은
적당한 거리에만 있는 것.
너무 가까워도 또 너무 멀어도
안 된다.
다가서면 눈멀고
물러서면 어두운 사랑처럼
활활
타오르는 꽃.
아름다움은
관능과 슬픔이 태워 올리는
빛이다.

연꽃

불이
물 속에서도 타오를 수 있다는 것은
연꽃을 보면 안다.
물로 타오르는 불은 차가운 불,
불은 순간으로 살지만
물은 영원을 산다.
사랑의 길이 어두워
누군가 육신을 태워 불 밝히려는 자 있거든
한 송이 연꽃을 보여주어라.
달아오르는 육신과 육신이 저지르는
불이 아니라
싸늘한 눈빛과 눈빛이 밝히는
불,
연꽃은 왜 항상 수면에
잔잔한 파문만을 그려놓는지를……

.

안개꽃

지상에서나 하늘에서나
멀리 있는 것은 별이 된다.
멀리 있으므로 기억이 흐린,
흐려서 윤곽이 선명치 않은 너의
이,
목,
구,
비,
강 건너 반짝이는 불빛 혹은
대숲에 비끼는 노을 같은 것,
사랑은
멀리서 바라보아야만 아름다운
안개꽃이다.
지상에서 천상으로 흐르는 은하
한 줄기.

소

이 세상의
생을 영위하는 자들 가운데서
황소만큼 든든히 대지에
발을 딛고 우뚝 선 자는 없다.
든든하다는 것은 곧
믿음직스럽다는 것.
모든 믿음직한 존재는 말보다
실천을 앞세운다.
등에 햇빛을 지고
온몸으로 대지를 갈아엎어
싱그럽게 생명을 키우는
짐승,
그의 노역은 정녕
운명을 사랑하는 실천일지니
그 처연한 눈동자에 스치는 흰 구름이
문득
하늘의 무게를 말해주는구나.

말

의연하고도 준수하여라.
한곳에 정착해서
달콤한 안식을 꿈꾸기보다는
현상을 버리고, 안주를 버리고
밖으로, 밖으로
뛰쳐나가
푸르른 전설로 달리고 싶은 마음이
눈은 항상 먼 지평을 향해 활짝
열려 있다.
휘날리는 하얀 갈기,
나는 듯한 네 발굽, 눈부신 목덜미.
말이여,
아득한 산맥을 넘어서, 구름을 넘어서
빛의 고향을 향해 달리는 바람의
아들이여.

돼지

탐욕이라 한다.
가리지 않고 무엇이나 먹어치우는 그 식욕,
절제하지 않고
뒤룩뒤룩, 살찌우는 그 맹목,
속되다 한다.
진흙탕에 함부로 몸을 뉘는
그 습성,
꿀꿀꿀 무시로 먹이를 두고 다투는
그 집착,
그러나
꿈에 돼지를 보면 누구든 복권을
산다 하지 않던가.
살찐 돼지는 잡아 으레 신神에게
제물로 바치지 않던가.
그러면서 그것을 탐욕이라 한다.
그러나 실은 내 심장에서 숨쉬는
돼지,
감추고만 싶은 늘 내 배 속에서 잠자는
돼지.

낙타

낙타는 사막이
까마득히 먼 여행길임을 아는 까닭에
오히려 천천히 타박타박 걷는다.

낙타는 사막에
쉬어 갈 주막 하나 없음을 아는 까닭에
제 몸에 식량을 예비해둘 줄을 안다.

낙타는 사막을
이정표도 없이 넘어야 함을 아는 까닭에
그 흘린 눈물의 흔적들을 기억해둔다.

타는 목마름이다.
사막을 건너는 한생이
어찌 절박치 않을 수 있으랴.

그래도 한 가닥
자존만큼은 지켜야 하는 것, 낙타는 때로
자신을 무시하는 자에겐
침을 뱉을 줄도 안다.

개

슬픔이
말이 아니라 눈으로 든다는 것은
개를 보면 안다.
주인이 돌아간 후
줄에 목이 매여
홀로 바닥에 주저앉아서 물끄러미
맨땅을 응시하고 있는 개의
두 눈동자를 보아라.
슬픔은
돌이킬 수 없는 존재의 자기 응시다.
일찍 자신의 운명에 순응해야 했을 것을,
야만이 싫어
인간에게, 인간에게 다가간 그
돌이킬 수 없는 실수.
그러나 두 발로는
끝내 걸을 수 없는 행보가 서러워 오늘도 개는
젖은 두 눈을 들어
말없이 차가운 흙을 내려다볼 뿐이다.

당나귀

차라리 흐느껴 울기라도 하여라.
차라리 앙칼지게 저주라도 하여라.
끄는 짐수레는 무겁기만 한데
산비탈 후미진 언덕길 한복판에 비켜서
처연히 매를 맞고 있는 당나귀.
그 큰 눈에
눈물이 없어 더 슬프구나.
수고하고 짐 진 자들아, 다 내게로 오라.
그렇다. 네가 끄는 수레는 기실
십자가.
로마 병사들의 회초리에 육신을 갖다 맡긴
어느 성인聖人처럼 당나귀야,
너는 지금
원죄의 태형을 맞고 있나니
네 진정 바늘귀에 들고자 함이더냐.
세상의 욕설과 저주와 무고를 혼자
네 커다란 두 귀로 받아 안고서
묵묵히
한세상을 건너는 당나귀야.
그 맑은 눈에
눈물이 없어 어쩐지 더 슬퍼만 보이는
짐승아.

쥐

일용에 필요한 정보는 무엇이든 다
얻는다.
다락이나, 창고나, 주방이나 그 숨긴 곳 어디든……
곡식, 과일, 빵, 과자……
양식을 구하기 위해
벽 구멍을 통과, 커튼을 타고,
천장을 건너뛰면서
경로를 찾아 치밀하게 사이트를 해킹하는
한 마리의 쥐,
그 반짝이는 눈, 기민하게 놀리는 발가락
아니 손가락,
우리 사는 삶은 정보의 바다라는데
쥐구멍에는 이미 볕들었던가.
당당히
내 서재 컴퓨터의 모니터 앞에 버티고 앉아
나를 빼꼼히 쳐다보고 있는 그
미키 마우스.

두더지

본 것을 보았다,
보지 않은 것은 보지 않았다고 말할 수 없다면
눈은 있어 대체 무엇에 쓰리.
허위와 가식의 한세상이 싫어서
스스로 빛을 등진
청맹과니여,
본 것을 보았다
보지 않은 것은 보지 않았다고
당당히 말할 수 없다면
그것은 분명
그림자 짙게 드리워진 이 지상의
밝음보다는 차라리
네 유랑하는 땅속 암흑이 더
진실하리니,
어차피 무명無明 속 중생이라 하지 않던가.
보라.
위선과 거짓을 차마 감당키 어려워
스스로 자신의 두 눈을 파내버린 수행자의 한생이
바로
여기에 있다.

소쩍새

얘야,
무엇이든 주고받는 시장의 원리가
지배하는 이 세상에서
울어서 될 일이란 이제
아무것도 없단다.
울 일이 있어서 우는 것이냐.
이 같은 현실을 우는 것이냐.
소쩍소쩍,
봄밤 하염없이 울어대는 소쩍새 소리.
그러나
한 시대를 살아가는 사람들 가운데서
너와 함께 울 수 있는 자는 오직
시인밖에 없나니
오늘 밤 나도 왠지 모를 슬픔에 젖은 채
한 잔의 술을 앞에 놓고 밤새워
시를 쓴다.
과거와 현재를 착각하고 사는 새여,
시인이여.

닭

하늘을 향해서
가능한 한 길게 목을 늘여 빼고
청아한 목청으로 우는 짐승이 이 세상 너밖에 또
누가 있으랴.
너의 울음은 차라리
하나의 제식祭式,
붉은 화관을 위엄 있게 갖춰 쓰고
횃대에 높이 올라
빛을 향해 홀로 홰를 치며 경건히
축문祝文을 외운다.
그래서 밤의 악령惡靈들은 언제나 날카로운
네 한마디 울부짖음에
속절없이 물러간다 하지 않더냐.
너는 죄 많은 이 지상의 중생들을 위해
특별히 신神이 보낸 사자,
네 호령 한 번에
빛은 어둠을 물리치나니
항상 푸른 하늘을 향해
가능한 한 목을 길게 빼고 우는 닭이여,
그 가장 높은 곳을 사모하는
신의 딸들이여.

제9부

문명 답사시

햄버거를 먹으며

사료와 음식의 차이는
무엇일까.
먹이는 것과 먹는 것 혹은
만들어져 있는 것과 자신이 만드는 것.
사람은
제 입맛에 맞춰 음식을 만들어 먹지만
가축은
싫든 좋든 이미 배합된 재료의 음식만을
먹어야 한다.
김치와 두부와 멸치와 장조림과………
한 상 가득 차려놓고
이것저것 골라 자신의 입맛에 따라
만들어 먹는 음식,
그러나 나는 지금
햄과 치즈와 토막난 토마토와 빵과 방부제가 일률적으로 배합된
아메리카의 사료를 먹고 있다.
재료를 넣고 뺄 수도,
젓가락을 댈 수도,
마음대로 선택할 수도 없이
맨손으로 한 덥썩 물어야 하는 저
음식의 독재,
자본의 길들이기.
자유는 아득한 기억의 입맛으로만
남아 있을 뿐이다.

직선은 곡선보다 더 아름답다

직선은 곡선보다 더
아름다운가.
긍정의 표시로 O표 대신 X표를 요구하는
아메리카식 체크,
당신은 전에도 미합중국에 입국한 적이 있습니까.
사회보장번호 등록 신청서에
'예스' 대신 치는 X표.
돌아가면 가는 길도 오는 길인데,
지구는 둥근 원인데,
한사코 직선을 고집하는
그들의 길.
직선으로 배열된 바둑판 거리,
직선으로 쭉 뻗은 프리 웨이,
직선으로 금을 그은 국경선,
직선으로 조합된 성조기.
인간은 때로
멀리 돌아서 가는 것이 더
아름다운 법인데
곡선보다 직선을 추구하는
아메리카의 길,
아메리카의
삶.

9자 한 자를 손에 들고

한국인이 '4'자를 싫어하듯 '13'을 싫어하는 그들이지만,

때론 엘리베이터 표지판에서

13층을 아예 지워버리기도 하는 그들이지만

구천九泉, 구만리장천九萬里長天, 구운몽九雲夢, 구십춘광九十春光, 구곡간장九曲肝腸, 구중궁궐九重宮闕, 구품정토九品淨土……

한국인들이 '9'자를 좋아하듯

그들 역시 '9'자는 좋아한다.

아이리쉬 커피 라지 사이즈 1불 99전, 햄버거 더블 2불 99전, 핏자 3불 99전에 토핑 추가 99전, 36 숏 코닥 필름 한통에 6불 99전, 레블롱 립스틱 네 개 들이 한 세트 19불 90전, 리바이스 청바지 한 벌 39불 90전, 에네시Hennesy 코냑 X.O. 1765년산 한 병 399불, 소니 캠코더 CCD TR 92년 형 699불, 동급 한국 삼성 캠코더 299불, 95년형 포드 토러스 6기통 배기량 3000CC 승용차 1만 5천 999불…….

항상 프라이스 태그[1]의 끝자리를 장식하는 '9'는

자본주의의 행운을 상징하는 숫자인가.

채 100불이 못 된다는 생각에서 고른

정가 99불의 메이드 인 유. 에스. 에이. 시티 캐주얼 한 벌,

아뿔싸, 카운터에서는 세금 포함 108불을 지불하였다.

아름다운 여인을 얻으려고

모로코 왕이 제비로 헛짚은 포샤의 금상자金箱子[2]처럼

---

1 프라이스 태그price tag : 미국 상점의 물건 값은 항상 끝자리가 9로 되어 있음.

2 포샤의 금상자 : 셰익스피어의 희극 「베니스의 상인」에서 여주인공 포샤가 배우자를 고를 때의 에피소드.

졸지에 털린 미합중국 세계 태환권 현금 108달러,
아아, '9'자는 물질을 낚는
자본주의의 숫자였던 것을……
그러므로 '9'자 한 자를 손에 들고 보아라.
낚시 바늘같이 생긴 '9'자, 덫의 올가미같이 생긴 '9'자,
튕겨오를 형세의 트랩 용수철같이 생긴 그 '9'자.

체크[3]

공란에 체크하란다.

당신은 전에 일 년 이상 미국에 체류한 적이 있습니까?

예, 아니오.

당신의 피부색은?

흰색, 노란색, 검은색, 갈색, 붉은색……

당신은 과거에 마약을 먹어본 적이 있습니까?

예, 아니오.

현금은 사절하고 체크만 받는단다.

매달 내는 월부 집세,

P.G & E[4]와 전화 빌 그리고 인슈어런스,

이름과 주소와 사회보장번호[5]가 확실히 적힌

체크,

항상 체크하며 살라고 한다.

알람 체크, 도어 체크, 메일 체크, 어카운트 체크

컴퓨터 체크, 약속 체크………

그러나 오늘 나는

파킹 체크에 걸렸다.

규정된 시간에서 5분이 지나 체크 당한 나의 차,

80불의 티켓을 손에 들고 트래픽을 체크하며

---

3   체크check.

4   P.G & E : 가스 및 전기 요금 청구서.

5   사회보장번호social security number : 우리의 주민등록번호에 해당됨.

요리조리 거리를 빠져나오지만
아, 가도 가도 끝이 없는
체크 무늬 아메리카의 미로.
교수 임용 재계약을 원하면 서류의 공란에
체크하란다.
당신은 지난 일 년 동안
마약을 먹어본 적이 있습니까?
예, 아니오.

아이스 워터[6]

생명이
따뜻한 물을 좋아하듯 물질은
차가운 물을 좋아한다.
거칠게 몰아쉬던 숨을 한 컵의 냉각수로 재우는
저 기계들의 일상을 보아라.
자동차의 엔진, 철공소의 선반, 제철소의 압연기, 발전소의 터빈들이
벌컥 벌컥 마셔대는 냉수,
물질은 원래 차기 때문에
찬 것으로 되돌아가고자 한다. 그러나
생명은 따뜻한 사랑의 존재,
그 따뜻함을 지키기 위하여 항상 따뜻한 물을 먹어왔거니
아, 여기서는 이제부터 나도 기계처럼
냉각수를 먹게 되었구나.
언제부터인가
나의 조국 코리아에서도
예전엔 따끈하게 데워 먹던 막걸리, 소주, 청주를
얼음처럼 차게 얼려 먹느니
이곳 아메리카에서는
도시 더운 식수를 찾아볼 수가 없구나.
냉수 한 컵을 들고 테이블에 와서
무턱대고 얼음을 쳐 넣는 웨이터에게

---

6 아이스 워터ice water : 미국인들은 식수로 꼭 얼음 냉수만을 마신다.

불현듯 외치는
노 아이스![7]
식수로 찬물을 드는 것은
인간이 물질로 환원되어가는 시대의 한
증거일지도 모른다.

7 노 아이스No ice!

왜 콜라를 마시는 것일까?

왜 콜라를 마시는 것일까.
콜라는 코카와 펩시밖엔 없다.
코카콜라를 들고(혹은 펩시콜라를 들고)
바삐 강의실에 들어서는 초 미니스커트의 소녀,
발을 꼬고 앉은 채 콜라를 빨면서
페미니즘과 사랑의 상관관계에 대하여 질문하는
저 당돌한 아메리칸 소녀,
그녀는 틀림없이 점심도 한 덩이의 햄버거와
라지 사이즈의 콜라를 들었을 것이다. 아니
2억 6천만의 아메리칸들은 어김없이 오늘도
2억 6천만 컵의 코카 혹은
펩시콜라를 들었을 것이다.
유아가 항상 우윳병을 차고 다니듯
콜라병을 차고 다니는 호모 코카콜라.
왜 콜라를 마시는 것일까.
몸에는 해롭지만
허전함 달래주는 그 달콤한 맛,
외로움 마취시켜주는 씁쓸한 그 맛,
콜라는
아메리카 성인들의 모유일까.
어머니의 젖을 먹지 않고 자란 사람들의
대리 대상일까.
사랑의 결핍을 채우려 마시는
아메리카의 콜라,
콜라는 코카와 펩시밖에 없다.

왜 콜라를 마시는 것일까?

성조기

아무 데나 국기를 꽂는구나.

모텔 울타리에, 어염집 정원에, 술집 지붕에, 빌딩 옥상에, 지하철 매표소에, 주유소 출납창구에, 카지노 선전탑에, 농장의 축사에, 쓰레기장에, 높으면 높은 곳이라서, 낮으면 낮은 곳이라서,

바다가 아닌 육지라서,

육지가 아닌 바다라서, 산이라서, 들이라서………

아무 데나 꽂는 국기.

국기로 손수건을 접고, 국기로 머리수건을 해 두르고, 국기로 티 셔츠를 받쳐 걸치고, 국기를 찢어 팬티를 지어 입고, 국기로 브래지어를 하고, 국기로 백을 만들어 잡동사니를 넣고 다니고………

아무 데나 국기는 휘날리구나.

맑거나, 흐리거나, 비가 오거나, 눈이 오거나, 밤이거나, 낮이거나, 바람이 불거나, 안개가 끼거나, 평일이거나, 국경일이거나, 사시사철 때를 가리지 않는구나.

새 것이 없는 것도 아니지만

어떤 것은 색이 우중충하고, 어떤 것은 천이 낡아 찢어지고, 또 어떤 것은 빛이 바래진 채로 밤낮 없이 바람에 휘날리구나.

이 땅이 미국토美國土임은 분명한데,

이 나라가 미국임은 분명한데,

무슨 불안이 상기 남아 있어서 이처럼

재확인을 해두어야 하는 것이냐.

국민학교 학생들이 자신의 소지품에 이름을 새겨 넣듯

자기 땅에 이름을 새겨 넣어야 비로소 안심이 되는

아메리카.

나의 땅 혹은 인디언의 땅?

아니라면

폭약을 적재한 트럭의 붉은 깃발처럼

건드리지 말라는 경고이더냐.

갖가지다

갖가지다.

구멍 낸 바지로 히프를 드러낸 소녀, 미니스커트를 터서 사타구니를 과시하고 걷는 아가씨, 찰싹 달라붙은 린넬 바지에 헐렁한 브래지어만을 한 숙녀, 걸레 옷을 걸친 신사, 나체에 헝겊으로 치부만을 가린 히피.

갖가지다.

코걸이를 한 아이, 귀걸이를 한 청년, 배꼽걸이를 한 숙녀, 눈썹걸이를 한 아가씨, 입술걸이를 한 여자, 유방걸이를 한 소녀, 허벅지걸이를 한 부인.

갖가지다.

스킨 헤드,[8] 모-혹,[9] 피그테일 브레이드,[10] 헤어 랩,[11] 말총머리, 변발, 반쪽 머리, 더벅머리, 진홍, 진초록, 진파랑으로 물들인 헤어 다이.[12]

다양도 하구나.

8   스킨헤드skin head : 머리를 면도칼로 밀어버린 이발.
9   모-혹mo-hoak : 머리카락에 무스를 발라서 송곳처럼 만들어 여러 개 세운 헤어 패션.
10 피그테일 브레이드pig tail braid : 머리 전체를 밀어버리고 뒤통수의 몇 가락만 쥐꼬랑지처럼 땋아 내린 헤어 패션.
11 헤어 랩hair wrap(혹은 dreadlocks라고도 함) : 실가지를 넣어서 머리를 여러 갈래로 땋아 내리는 것. 주로 밥 말리Bob Marly(1945~)등 자메이카 레게reggae가수들이 하는 머리치장에서 유래한 까닭에 레게라고도 함.
12 헤어 다이hair dye : 머리를 초록이나 빨간색 따위로 물들이는 것.

소비자의 관심을 끌기 위하여

독특한 디자인으로 포장해서 진열한

쇼윈도의 상품들처럼

기발하게 자신을 드러내는 저 욕망의 시장,

'Interest'란 원래

관심을 끄는 것이 곧 돈이 되는 일이라는 뜻인데

자본주의의 개성은

남의 관심을 끌어서 자신을 팔고자 하는

상품인가,

관심을 끌지 못할 때는

대량학살의 충격도 마다 않는

유나봄버의 폭탄.

유나봄버[13]

무엇을 널리 알린다는 것은
그것이 눈에 띄지 않기 때문이다.
눈에 띄지 않는다는 것은
스스로 변별성이 없기 때문이다.
스스로의 변별성이 없다는 것은
각자 서로 다름이 없기 때문이다.
상품은 하나같이 기계로 찍어내는 것,
그러므로 모든 획일적인 것들에겐
고유명사가 없다.
판매대에 진열된
캔 맥주1, 캔 맥주2, 캔 맥주3·········
식빵1, 식빵2, 식빵3·········
을 팔기 위하여
신문에 커다랗게 내는 광고,
광고는 항상
보통명사에게만 있을 뿐이다.
아, 그러나 나는 그 보통명사로 남아 있기가 싫다.

오세영 시선집 — 시시비비 詩非非 思無邪

13 유나봄버Unibomber : 미국인들이, 1978년부터 18년간 자신의 소위「산업혁명과 기술진보에 관한 선언문」이 뉴욕타임스나 워싱턴포스트에 게재되도록 협박한 미지의 사나이에게 붙여준 명칭. 주로 우편물 폭탄 테러(27회) 방법을 사용하여 그간 불특정의 세 명을 살해하고 스물세 명을 부상시킴. 95년 9월 19일 뉴욕타임스와 워싱턴포스트는 더 이상의 유나봄버의 테러를 막기 위하여 3천 5백만 달러 상당의 광고비에 해당하는 신문 광고란에 그의 선언문을 게재하였음. 선언문의 내용은 현대산업사회와 물질문명을 비판한 것임.

남이 알아주지 않는다 해도 군자君子는
노여움을 타지 말아야 한다는데
스스로를 선전하지 않고서는
살아갈 수 없는 곳, 아메리카.
고유명사를 되찾기 위하여서는 드디어
피까지 보아야 하는 보통명사,
유나봄버의 땅.

뚱보의 나라

걸리버가
미답의 땅을 한 군데 남겨놓았다는 것은
참으로 다행스런 일이다.
자본주의를 위해서
항상 새로움을 상품화하는
그 탐욕을 위해서……….
목하,
아메리카는 새로운 인종을 개량 중이다.
햄버거와 코카콜라와
핫도그에 의해서 비육된 뚱보의 나라.
예전엔 미래의 인간이
몸통은 작고 머리통만 덜렁 커지리라 상상했는데
아니다. 21세기의 새로운 인종은
달걀 몸통에 좁쌀 머리통의 체형,
그 무거운 체중의 유지에 따르는 식품을 팔아먹고,
그 불편한 보행을 담보로 탑승 수단을 팔아먹고,
그 비활동성 취미로 하여 비디오를 팔아먹고,
그 무딘 지능을 대신해 컴퓨터를 팔아먹고,
그 쇠잔해진 건강을 미끼 삼아 의약품을 팔아먹고
목하,
아메리카는 새로운 인종을 개량 중이다.
뚱보가 되는 원인이 간혹

354

오세영 시전집 — 시사편 사무사 詩四百 思無邪

'롱 푸드'[14]에서 기인한다는 견해도 없진 않으나

아니다. 그 롱 푸드도 먹지를 못해 에티오피아에서는

하루에도 수백 명씩 굶어 죽어가고 있다 하지 않은가.

걸리버가

미답의 땅을 한 군데 남겨놓았다는 것은

자본주의를 위해서

정말 다행스러운 일이다.

---

14 롱 푸드wrong food : 핫도그, 햄버거, 프라이드 치킨 등 불량 식품.

메이 아이 헬프 유?[15]

'무엇을 도와드릴까요?' 라는 뜻이
아니다.
메이 아이 헬프 유?
그것은 무엇 하러 왔느냐는 질문,
용무가 없으면 나가라는 명령이다.
베버리 힐스,
담 너머로 흘리는 그 재스민 향기에 취해
언덕길을 오르는데
불쑥 나타난 백인 하나,
'메이 아이 헬프 유?
금지 구역도 아닌 이 백인 동네를
나는 그저 산책하고 싶을 뿐인데
빨리 사라지라는 독촉이다.
인간이 항상
돕거나 도움을 받는 관계로만 산다면,
인간이
우월하고 열등한 관계로만 산다면
이 세상은 얼마나 살벌하고
슬플 것인가.
용무가 없으면 각자 관계를 끊고 살자는
아메리카의
메이 아이 헬프 유?

15 메이 아이 헬프 유May I help you?

수sue[16]

어제는
아래층 폴 할아버지가
수를 당했다.
자주 놀러와 그의 무료를 달래주던
옆집의 귀염둥이 소녀 니콜이
물 뿌린 잔디밭에서 놀다 미끄러져
무릎에 조금 상처를 입었기 때문…….
'쯧쯧 그냥 넘어가도 될 일을……'
혀를 차고 있는데
오늘은 또 내게 수가 날아들었다.
그가 일으킨 가벼운 자동차 접촉 사고,
양해해주고 돌아서면서 인삿말로 내뱉은 동양식 어법
'아이 엠 쏘리'가 화근,
말실수를 빌미 삼아 돈을 울거낼 심산이다.
그리 보니 알겠다.
며칠 전 베이커리에 들른 딸 하린이가
젖은 바닥에 미끄러져 넘어졌을 때
왜 웨이터가 그토록 친절하게 굴었는지.
왜 그가 공짜로 파이 한 접시를 주었는지.
새 학기 실라버스[17]를 짜며

---

16 수sue : 재판 소송.
17 실라버스syllabus : 대학의 강의 요목.

성적 산정 기준을 꼼꼼히 적어 넣는다.

① 중간고사 15%, 기말고사 15%

② 레포트 제출 네 번 20%

③ 두 번의 발표 10%

④ 출석 10%

⑤ 예습 점검 10%

⑥ 토론 10%

⑦ 오피스 아워[18] 상담 10%

◇기타 기일 내 제출치 않은 레포트는 받지 않음.

답안지 및 리포트 평가에 대한 이의 신청은 반환 후 일주일 이내만 허용됨.

no make up.[19]

학생들에게

수를 당하지 않기 위해서

정성들여 짜는 새 학기

K.155 Korean Modern Poem[20]의

실라버스.

오세영 시선집 — 시시떡 사무사 詩四百 思無邪

---

18 오피스 아워office hour : 정해진 학생 면담시간.

19 no make up : 정규 시험을 치르지 않았을 경우 다른 편법이 없는 것.

20 K.155 Korean Modern Poem : 버클리대학 동아시아어문학과에 설강된 강좌 이름.

굽이굽이 계곡을 돌면

허망도 하여라.
비경을 좇아 굽이굽이 계곡에 들면
막아서는 캠프장 하나,
선경을 좇아 줄기줄기 능선을 오르면
기다리는 비스타 포인트[21] 하나,
양파 껍질 벗기면 빈 속 나오듯
바비큐나 해 먹고 놀고 가란다.
나의 조국 코리아의 비경 끝에는
산신령께 기도 드릴 제단 있는데,
나의 조국 코리아의 선경 끝에는
시를 읊어 걸어놓을 정자 있는데,
허망도 하여라.
이 나라의 풍광 좋은 산과 계곡엔
R.V.[22] 공원만이 들어찼구나.
산신령과 한 몸 이룰 생각은 않고
이동 주택 끌고 와서
즐기는구나.

---

21   비스타 포인트vista point : 경치를 조감할 수 있는 지점.
22   R.V.(Recreational Vehicle) : 야외에서 숙식할 수 있도록 편의 시설이 갖추어 있어 휴
     가 때 이용되는 자동차. 이동주택 차.

노여움 가시면 슬픔이 있듯
— 산펠리페 인디언에게

앨버커키 지나면 산타페[23] 있다.
사막의 외딴섬
서러운 항구,
매운 모래바람에 쫓기운 사람들이
어깨와 어깨를 보듬고 사는 곳.
격랑에 떠밀려 온 난파선처럼
산타페에서는
먼 사막을 향해 창문을 내고
저마다의 가슴에 불을 밝힌다.
뭍을 향해 깜박이는 등댓불처럼………
앨버커키 지나면
산타페 있다.
캑터스, 어가비꽃[24] 밤에만 피고
별들은 언제나 지상에 뜨는
사막의 외딴섬, 서러운 항구.
노여움 가시면 슬픔이 있듯
앨버커키 지나면
산타페 있다.

오세영 시선집 — 시사적 사무사 詩四百 思無邪

---

23 앨버커키Albuquerque, 산타페Santa Fe : 뉴멕시코주의 사막에 있는 도시들. 원래 산
    펠리페San felipe, 타오스Taos 등 인디언들의 땅이었음.
24 캑터스Cactus, 어가비Agave : 선인장의 일종.

브루클린²⁵ 가는 길

제1의 백인이 걸어가오.
제2의 백인이 걸어가오.
제3의 백인이 걸어가오.
……………………
……………………
제13의 백인이 걸어가오.

길은 화려한 데파트먼트 앞 네거리가 적당하오.

제1의 백인이 가슴에 총을 숨겼다 해도 좋소.
제2의 백인이 가슴에 총을 숨겼다 해도 좋소.
제3의 백인이 가슴에 총을 숨겼다 해도 좋소.
……………………
……………………
제13의 백인이 가슴에 총을 숨겼다 해도 좋소.

총은 38구경 리벌버 6연발 피스톨이오.

제1의 흑인이 걸어가오.
제2의 흑인이 걸어가오.
제3의 흑인이 걸어가오.

25 브루클린Brooklyn : 뉴욕의 한 지명.

……………………

……………………

제13의 흑인이 걸어가오.

길은 한적한 은행 빌딩 모퉁이가 적당하오.

제1의 흑인이 가슴에 총을 숨겼다 해도 좋소.
제2의 흑인이 가슴에 총을 숨겼다 해도 좋소.
제3의 흑인이 가슴에 총을 숨겼다 해도 좋소.

……………………

……………………

제13의 흑인이 가슴에 총을 숨겼다 해도 좋소.

그들은 모두 무서워하는 사람과 무서운 사람들뿐이오.

제1의 백인이 '하이' 하고 웃소
제2의 백인이 '하이' 하고 웃소.
제3의 백인이 '하이' 하고 웃소.

……………………

……………………

제13의 백인이 '하이' 하고 웃소.

제1의 흑인이 '하이' 하고 웃소.

제2의 흑인이 '하이' 하고 웃소.

제3의 흑인이 '하이' 하고 웃소.

....

....

제13의 흑인이 '하이' 하고 웃소.

그들은 그렇게 무서우니까 웃는 사람과 무서워 웃는 사람들뿐이오.

'하이' 하고 제1의 황인이 걸어가오.

텔레그라프[26]

비정상이 정상으로 통하는 현실에 거역해서,
실재를 지시하지 못하는 언어에 절망해서,
그들은 이곳으로 모인다.
미합중국 캘리포니아주 버클리시 텔레그라프 애비뉴,
지상의 전화국은 없지만
하늘에다 대고 전보를 치고,
하늘에다 대고 전화를 걸고,
또 하늘에다 대고 편지를 쓰는
히피, 호모, 알코홀릭, 나르코틱, 홈리스……
들의 거리,
텔레그라프.
그들은 오늘도 흐린 동공을 우러러
하늘에서 올 답신을 기다린다.
광기와
혼돈과
무위無爲로 이룩된 천국의
입국 비자를,
논리의 지배를 깨뜨리기 위하여
동성끼리 연애를 하고
이성理性의 폭력을 거부하기 위하여

---

26 텔레그라프Telegraph : '전화국'이라는 뜻의 이 거리는 버클리시 버클리대학 정문으로 관통하는 대학가인데 60년대 비트 제너레이션과 히피들의 생활 공간이었다. 지금도 그러한 전통으로 인해 미 전역의 히피들이 모여들고 있다.

마약을 상용하고
제도의 압제를 벗어나기 위하여
집을 뛰쳐나오고.

항구 난트켓[27]

난트켓은 항구다.

추억에 산다.

예전처럼

떡 벌어진 어깨에 불거진 근육의 사내들도,

그 사내들이 내지르는 휘파람 소리도,

그 휘파람 소리에 들떠 머리에 석류꽃 꽂고 모여들던

처녀들도 없다.

난트켓은 항구다.

바람은 지금도 대서양 쪽에서 불어오고,

조류는 여전히 카리브해로 흐르고

황금빛 너울은 수평선 너머 멀리

가물가물 손짓하지만

이제 아무도 바다에 나가지 않는다.

한때 고래의 심장을 겨누던

은빛 작살과

힘의 긴장으로 반동하던 밧줄의 치차는

박물관 전시대에서 녹슬 뿐인데

난트켓은 항구다.

폐선이 되어 선창가에 묶인 배,

그 포경선의 갑판에는 이제 사내들이 음식을 나르고

오세영 시선집 ─ 시사백 사무사 詩四百 思無邪

27 난트켓Nantucket : 매사추세츠주의 대서양 연안에 떠 있는 섬 그리고 그 섬에 있는
    동명의 항구. 19세기에 미국의 고래잡이 기지로 유명했다. 허먼 멜빌의『모비 딕』
    의 배경이 됨.

처녀들은 술을 판다.
고래가 사라진 난트켓은
에이허브도, 이스마엘[28]도 없는
목포처럼 그저 항구다.
추억에 산다.

28 에이허브, 이스마엘 : 소설『모비 딕』에 등장하는 인물들.

애슐랜드²⁹에서

아, 깜깜하구나, 불을 켜라,
시종에게 고함을 지르는 클로디어스.
둘러보면 세상은
밝기만 한데,
낮도 기운 오후 두 시 반인데
클로디어스에겐 그것이 밤이었구나.
지붕이 없는 애슐랜드의 셰익스피어 극장에 앉아
연극 〈햄릿〉을 본다.
극중의 극을 본다.
시종은 객석에 촛불을 켜고
햄릿은 회심의 미소를 짓고 있지만
나의 무릎엔 10월의 햇살이 싸늘하다.
아, 이 세계는 진정 밤인가, 낮인가.
나는 관객인가 배우인가.
클로디어스여, 이제 왕관을 벗어라.
네가 믿었던 밤이 밤이 아니듯이
왕관에 박힌 보석은
별이 아니다.
'아, 깜깜하구나 불을 켜라.'³⁰

---

29 애슐랜드Ashland : 오리건주 남쪽 캘리포니아주와의 접경 지역에 있는 소도시. 셰
    익스피어극 전용 극장이 있고 매년 9, 10월에는 전 세계적인 셰익스피어 페스티
    벌이 열리는 것으로 유명함.
30 〈햄릿〉 3막 2장에 나오는 에피소드.

웨치는 그의 무대는 밤이지만

객석엔

'팔랑'

10월의 햇빛에 떨어지는

애슐랜드의

오크 트리 잎새.

나파³¹의 와인은 쓰다고 하더라

태평양이 바라다보이는 미 대륙의 끝

나파의 가을은 술 익는 계절,

집집마다 오크 통 속에서는

은은한 술향기가 배어 나온다.

해안에 상륙해서는 생존을 위해

맨 먼저 밀을 뿌리고

중부로 건너가선 서부로 달릴 말을 위해 콘을 심었거니

이제 마지막으로 대륙을 정복하고선

보르뉴 원산, 유럽의

포도나무를 심었구나.

나파의 와인은 쓰다고 하더라.

인디언의 피가 짙게 배인 아메리카산의 포도인데

어찌 그렇지 않을 수 있으랴.

화약 연기를 거두고, 손에 적신 피를 씻고

하얀 상보의 식탁에 마주 앉아 드는

한 글라스의 와인,

밖에는 잎 진 포도밭의 나뭇가지들이 앙상한데

만족과 허망의 이 풀 수 없는 아이러니를

쓸쓸한 입맛으로 감추는

나파의

아메리카산 백포도주 한 잔.

오세영 시전집 — 시간의 쪽문 詩四百 思無邪

---

31 나파Napa : 샌프란시스코 동북쪽에 있는 지역으로 세계적인 포도 산지이자 포도 주의 산지.

가자 라스베이거스로

가자. 보물섬으로
콘크리트 정글이 무성하고
네온의 꽃들이 현란하게 피어 있는
그곳은
황금이 묻혀 있는 땅.
오아시스의 생수, 위스키
한 잔의 불타는 물로 목을 축이고
사막의 섬, 라스베이거스로 가자.
일찌기 우리는 황금을 찾아서 여기 오지 않았던가.
황금을 찾아서 서부로, 서부로
달려오지 않았던가.
그러나 지금 우리는
개 목줄의 꼬리표 같은
한 장의 플라스틱 카드를 얻었을 뿐이다.
개표를 버리고
울을 뛰쳐나와 시들 수 없는 아메리카의 꿈,
가자. 보물섬으로
한 장의 지폐로 지도를 삼아
네바다 사막에 뜬 한 점 섬
라스베이거스로 가자.

한국편

백두산白頭山

누가 눈물 없이
백두산을 보았다 하는가.
알타이에서 뻗어내린 산맥이 동으로 치닫다가
땅 끝 반도의 북쪽에 우뚝 멈춰
대륙의 한 축을 받들고 서 있는
백두산.
한 민족이 그로 하여 태어나고
한 언어가 그로 하여 열렸나니 그대
태평양에서 들이닥친 그 사나운 태풍과
북만北滿으로부터 몰아쳐온 그 혹독한 눈보라를
어찌 이렇게도 의연히
대적할 수 있었다는 말인가.
오늘도 하늘은 어두워지고
반도의 해안엔 성근 빗발이 긋고 있지만
검은 구름 새로 우뚝 솟아 찬란히
그 이마를 태양과 마주한
백두 영봉靈峰이여.
그대 없인 이 땅 위에 역사도 생존도 없었거니,
그대 없인 이 민족엔
영광도 자존도 없었거니
단군檀君이 그곳에서 열어주신 그 보석 같은
한국어로
누가 눈물 없이 그대를 소리쳐

불러보았다 하는가.
아, 그러나 그 눈물은
새 희망과 새 출발과 새 감격의 기쁨일지니
누가 눈물 없이 또
백두산을 보았다 하는가.

지리산智異山

백두 아버지를 마주 보고 앉은
지리 어머니,
반도의 창생蒼生들은 모두
당신의 그늘에서 자랐습니다.
봄 산 바위가 지란芝蘭을 감싸안듯,
겨울 산 눈잣나무 다람쥐를 보듬듯
당신의 고운 열두 폭 치맛자락 안에선
전라, 경상, 충청이 따로 없나니
범을 좇아 범을 좇아 범을 만나면
범과 함께 놀고,
곰을 좇아 곰을 좇아 곰을 만나면
곰과 함께 놀고,
세석평전細石平田 철쭉 향에 아득히 취해
더러는
이 풍진 한 계절도 잊었더이다.
백두 아버지를 마주 보고 앉은
지리 어머니,
선도성모仙桃聖母 당신의 품 안에서 우리는
이렇게 자랐습니다.

한라산漢拏山

출가한 납자納子처럼
이 풍진 한 세상을 등지고 홀로
의연히 순결을 지키는 삶이여.
하늘을 사모하는 마음이
그 누구와 비할 바 없어
몸은 항상 흰 구름을 데불고 있구나.
발은 비록 물에 젖어 있으나
위로 위로 오르려는 그 염원.
너는 일찍이
번뇌와 욕망의 불덩이들을 스스로 말끔히
밖으로 토해내지 않았던가.
그 텅 빈 마음이 천년을 두고
하루같이 하나하나 쌓아 올린 오름을
일컬어 한라라 하거니
한라는 차라리
성스런 국토를 지키는 남쪽 바다 끝,
해수관음탑海水觀音塔.

금강산金剛山

금강은
아름답기보다는 차라리
성스러운 산.
아름다움의 궁극엔 황홀이, 황홀의 궁극엔
열반이 있을지니
내 금강의 순연한 자태에서
참선하는 수좌首座의 얼굴을 본다.
능단금강반야바라밀경能斷金剛般若波羅密經이던가,
마하연摩訶衍을 거스르는 물소리.
대방광불화엄경大方廣佛華嚴經이던가,
만폭동萬瀑洞을 울리는 바람소리.
돌아보면 세상은 풍진이 가득한데
한 발짝 네 앞에 다가서면 내 육신이 스러지고,
두 발짝 네 앞에 마주 서면
내 마음이 사라지고,
세 발짝 네 앞에 들어서면 드디어
내가 없느니
금강은
아름답기보다는 차라리
성스러운 산.

태백산太白山

사는 길이 막막하다고,
가는 길이 외롭고 고단하다고,
걱정하지 마라.
하늘 아래 태백太白이 있거늘
누구에게 무엇을 물어보랴.
일찍이 단군檀君이 말문을 여셨고
해와 달도 잠시 쉬었다 가신 곳.
봄엔 틀림없이 꽃들이 피어나고
가을엔 틀림없이 또 낙엽이 지듯
꽃은 꽃으로 말하고
잎은 잎으로 말하는데
우리 모두 태백의 주목朱木처럼
태양을 받들어 살면 그뿐 아니랴.
사는 길이 막막하다고,
가는 길이 외롭고 고단하다고,
걱정하지 마라.
예서 발원한 한강, 낙동강도
말없이 천리를 가지 않더냐.
하늘 아래 태백 있거늘
무엇이 답답하고 무엇이 또
두려우랴.

덕유산德裕山

남南 덕유德裕, 북北 묘향妙香이라 하거늘
다만 어찌 그 빼어난
경관만을 칭송할 수 있겠느냐.
낮아도 마음만은 깊어
삼도三道를 아우르는 산,
곱지만
지조가 굳어
옛 님이 청사靑史를 보존해둔 산[1]
향적봉 주목朱木들은
죽어서도 변함없이 하늘을 우러르고
구천동九泉洞, 계곡물은 흘러도
원천을 발설하지 않는구나.
이른 봄
백련암白蓮庵 석조 계단에 앉아
계곡의 얼음 녹는 물소리를 들어보아라.
남과 북을 얼린 강물 또한 필시
이 같지 않겠느냐.

---

1 덕유산 지맥의 적상산赤裳山 안국사安國寺에 조선왕조실록을 보관한 사고史庫가 있
   었음.

설악산雪岳山

예쁘다는 말을 들었을까,
볼그레 상기한 두 볼.
사랑한단 말을 들었을까,
새침하게 돌아서는 뒷모습.
그녀의 웃음 한번, 온 산 꽃피우고
그녀의 흘김 한번, 온 산 단풍 든다.
봄,
여름,
가을,
겨울,
변덕도스러울진저 그 아름다움.
누구의 따님일까.
천상에서 갓 내린 선녀인 듯
곱고, 튀고, 야하고, 순결하고, 예쁘고, 고결하고, 준수하고, 발랄하
고, 매혹적인
처녀 하나
동해 푸른 바닷가에 홀로 앉아
철없이 물장난을 치고 있다.

무엇에 깜박 정신이 팔려
떨어뜨리고 갔을까,
홍옥紅玉과
사파이어,
그리고 금강석金剛石이 하나로 어울려
반짝이는 바닷가 보석 하나를.

계룡산鷄龍山

백두대간을 외로 두고 홀로
명상에 든 산이여.
그만 잊고 일나거라, 일나거라,
금강錦江은 소리쳐 깨우건만
그대
천년을 한 자세로 결가부좌結跏趺坐 중이구나.
망국亡國 사직社稷이 허무해서 그런 걸까.
백제百濟 유민遺民이 서러워서 그런 걸까.
한을 품고 죽은 넋이 떠돌다 실없이
강신무降神巫를 낸다는데
계룡시鷄龍市 두마면豆麻面 부남리夫南里 신도안新都內엔
유달리 무당巫堂들이 많기도 하다.
그만 잊고 일나거라, 일나거라,
흐르는 금강은 소리쳐 깨우건만.

오대산五臺山

동해에 뜬 한 송이 연꽃이던가
가을 오대산은
하늘을 입에 함쑥 문 홍련紅蓮이어라.
동대東臺, 서대西臺, 남대南臺, 북대北臺, 중대中臺
타는 단풍으로 붉게 물드는 다섯 꽃잎.
꽃잎마다 인간으로
환생을 염원하는 개구리가 하나씩 정좌하고 있어
마하 반야………
밤새 푸른 울음을 운다.
아스라이
상원사上院寺의 범종 소리 들리는데
첨벙,
동해에 파문이 일 것 같다.

내장산內藏山

그 이름 내장산이라 했던가?
기쁨도, 슬픔도 안으로만 삭여,
미움도, 사랑도 가슴에만 묻어,
마침내 오늘 이처럼 그리운 이를 맞았거니.
이 기쁜 날
연지 곤지보다 더 붉게 달아오르는
그대 아미蛾眉여,
화용월태花容月態, 홍치마 노랑 저고리에 감싸인 그 수줍음이
참으로 아름답도소이다.
이제 백제 멸망의 한恨도,
조선 망국의 슬픔도 더 이상
가슴에 묻지 않아도 되리니
가을 산 단풍져 새잎이 돋아 오르듯
이 밤의 합환合歡은 다시
새날을 열리.

마니산摩尼山

사람들은 '산'이라고 하지만,
사람들은 정녕 '암벽'이라 하지만
아니다.
그것은 하늘 문에 걸린 사다리.
지상에서 욕된 자는 몸이 무거워 결코
정상에 오를 수 없나니
계단 하나에 욕심을 버려,
계단 둘에 미움을 버려,
계단 셋에 질투를 버려,
계단 넷에 교만을 버려,
....

마침내 내가 나를 버림으로써 텅 빈 내
곧 하늘일지니.
마니산 참성단塹城壇,
그 하늘 문 앞에서 국조國祖 단군檀君을 만난다.
지상에서
영원으로 가는 문,
그 마니산.[2]

오세영 시선집 — 시시별 시구사 詩四百 思無邪

2   마니산은 우리 나라 산 중 유일하게 기슭에서 정상까지 계단이 나 있다.

경주慶州 남산南山

경주 남산엔
아직도 옛 신라인新羅人들이 살고 있다 하더라.
욕된 삶이 싫어 속된 인연이 싫어,
몸을 벗어버리고, 색을 벗어버리고 마침내 이 땅을 벗어나
남산 그 어드메
온전히 혼령으로 살아 있다 하더라.
경주 남산엔
아직도 옛 신라인이 신라 말로 신라를 살고 있다 하더라.
낮에 굳어버린 저 돌부처,
모로 누워 침묵한 저 돌미륵,
그러나 그대 보리라.
달빛 푸르게 쏟아지는 어느 봄밤엔
돌부처 피가 돌아 숨 쉬는 것을,
돌미륵 벌떡 일나 춤추는 것을,
햇빛 부신 낮이 아니라, 어둠 짙은 밤이 아니라
처용處容이 춤추던 꼭 그 밝은 달밤에
그대
남산 솔바람에 실려 오는
만파식적萬波息笛,
그 영원한 피리 소리를 들으리라.

압록강鴨綠江

압록강은 흐른다.
역사를 굽이치고 시대를 넘어서
단군왕검檀君王儉 말씀으로 면면히 흐른다.
압록강은 흐른다.
요동遼東 벌 말달리며 대륙을 호령하던
호태왕好太王의 기상으로 당당히
흐른다.
보아라.
더운 심장에서 끓는 피,
툭 불거진 근육의 푸른 심줄에서
힘차게 뛰노는 그 맥박,
아아, 우리는 그 강인한 팔뚝으로, 가슴으로
수만 년 지금까지 나라를 지켜왔다.
세계로 뻗었다.
압록은
가슴을 덥히는 민족의 동맥,
역사를 굽이치고 시대를 넘어서
오늘도 도도하게 대양으로 흐른다.

두만강豆滿江

잃어버린 국토를 여기 두고
아, 누굴 찾아 어디로 가란 말이냐.
누구의 들녘을 적셔 이렇듯 흙을 살찌우란 말이냐.
고토故土 고구려高句麗 유민遺民이 흘린 눈물이
흘러 흘러 강이 된 두만아,
오늘도 무산茂山, 회령會寧, 나진羅津, 토문圖們을 거쳐 동해로 간다지만
아니다. 너는
하늘로 흐르는 강,
이 땅엔 더 이상 물길이 없어,
이 땅엔 더 이상 적실 흙이 없어,
마침내 하늘로, 하늘로 흐르는 강.
아, 이제는 땅을 빼앗겨
물조차 빼앗기겠네.
잃어버린 국토를 두고
누굴 찾아 어디로 가란 말이냐.
옛 선조 고구려 유민이 흘린 눈물이
흘러 흘러 강이 된
푸른 두만아.

한강 漢江

한강은
국토의 풍요로운 젖줄기,
이 세상 까마득히 열리던 시절부터
당신은 그 젖으로 우리를 키우셨다.
한 모금의 젖에 푸르른 대지,
두 모금의 젖에 약동하는 생명,
세 모금의 젖에 꿈꾸는 영혼,
아아, 당신의 따뜻한 숨결 하나만으로도
앞다투어 깨어나는 이 봄날의 화사한 꽃들이여.
한강은 오늘도
말없이 흐른다.
어머니의 사랑으로, 어머니의 헌신으로
민족의 가슴 깊이 쉬지 않고
흐른다.

오세영 시선집 — 시사백 사무사 詩四百 思無邪

낙동강洛東江

굽이굽이
반도 칠백리七百里를 휘돈다 하지만
낙동은 수억만 년을 거슬러
영겁을 흐르는 강.
역사를 종단하는 그 도도한 물길엔
어떤 거부도 배척도 없다.
미움도,
원한도,
분노도,
다만 한 가지 사랑으로 용해하여
민족의 풍요로운 자양을 공급하는
강,
백두대간白頭大幹에서 뻗은 태백준령太白峻嶺이
대지에 굳건히 선 척추脊椎라면
아아, 너는 영원히 살아 꿈틀대는 국토의
튼튼한 위胃와 장腸일다.

금강錦江

금강은
숨죽여 흐르는 강이다.
머리 숙여 강물에 귀를 적신 자에게만
들리는 그 물소리,
거기엔 왜적倭敵과 맞서 싸우다가 장렬하게 순국하신
칠백의사七百義士의 함성이 있다.[3]
거기엔 민중을 위해 항쟁하다 원통히 쓰러진
동학東學 의병義兵들의 절규가 있다.[4]
거기엔 나당羅唐 외세外勢를 막아내려다 분연히 숨진
계백階伯 오천용사五千勇士들의 노호가 있다.[5]
논산論山, 강경江景 외진 들을 보아라.
금강은 또한 유독 들꽃을 많이 키우는 강이다.
그 들꽃 속을 오늘도
숨죽여 흐르는 강.
실은 수심 깊이 물소리를 내며
민족의 심장으로 스며드는 강.

오세영 시선집 ─ 사사벽 사무사 詩四百 思無邪

3 금강의 상류인 금산錦山엔 칠백의총이 있다. 왜군과 맞서 싸운 이치전투 역시 금
   산에서 일어났다.
4 동학군은 금강 가 공주의 우금치 전투에서 관군에게 패했다.
5 계백이 이끈 백제의 5천 명 결사대는 금강 유역 황산벌에서 나당 연합군에게 패
   하여 전원 전사했다.

섬진강蟾津江

봄이 어떻게 오던가.
바람 따라, 햇살 따라 오던가.
꽃구름 타고 오던가.
아니다.
조국의 봄은 강물을 좇아 오른다.
어느새 추위 가시고
바다가 치마끈을 풀어
수평선 아득히 사리 부푼 날,
그대 하동포구 섬진나루 악양루岳陽樓에 올라
금빛 반짝이는 강물을 보아라.
물살을 거스르는 한 무리의 은어 떼,
그 물 비린내를 좇아서 북으로,
북으로 오르는 봄을.
매화, 벚꽃, 진달래 흐드러지게 핀 섬진의 물살은, 실은
북으로 흐른다.
내 조국으로 가는 봄의 길목 그
섬진강.

임진강臨津江
— 미당未堂의 「풀리는 한강가에서」에 대한 화답

분단 60년,
나무, 바위조차 등을 돌린 휴전선에
봄이 오다니
봄은 또 무엇 때문에 오는가.
얼음 풀린 임진강 나루터엔
쑥부쟁이, 개망초 하염없이 피고 지는데
무슨 미움, 무슨 슬픔 씻어내리려고
강물은 저렇게 철석이는가.
채 굳지 않은 피, 신음 소리, 비명 소리,
아스라이 들려오는 산 자의 호곡소리 또 총소리,
이 모두 생생한데
봄이 되었다고
무슨 원한, 무슨 저주 씻어내려
강물은 또 하얗게 울음 우는가.
분단 60년
나무, 돌멩이조차 등을 돌린 국토에
오로지 남북을 오가는 너 하나
민족의 양심으로 흐르는
강,
예지의 강아.

만경강萬頃江

수천 년,
농민의 피와 땀이 고이고 흘러서
찰랑대는 강.
너는 징게金堤 맹경萬頃 외에밋들,
너른 호남湖南 벌을 적시기엔 차마 모자라
이처럼 강변에 흔한 들꽃조차
피우지 않는다.
낮에는 오직 땅을 파는 농투성이,
밤엔 홀로 별을 안고 뒤척이는
평생 농군 아버지의
쓸쓸한 실루엣.
눈감으면 아직도 가물가물
갈대밭 사운대는 풍장소리 흥겨운데
아, 당신의 그 피땀으로 나는 이제
이렇게 대처에 자리를 잡았습니다.
아, 대한민국
오천년 생존을 힘겹게 버티어 준
호남 벌 농투성이
그 만경강.

마라도 馬羅島

긴 문장의 마무리가 그러하듯
대륙을 가파르게 달려온 백두대간이 대양大洋에 찍는
마침표.
한 점 섬 마라도는
침묵이 말씀인 땅이다.
먼 수평선 너머
국토의 안방은 한창 말들의 성찬.
그러나 바다의
성게는 눈빛으로 말하고
소라는 체온으로 어우를 뿐이다.
오늘도 대륙에서 들려오는 건
형제들의 다툼소리, 고함소리 그리고 또 총포소리.
잔물결, 큰 너울은 끊임없이 실려와
해안의 사구砂丘를 시퍼렇게 때리지만
해풍에 귀를 씻으며, 해류에 몸을 씻으며
묵묵히 제자리를 지키는 한 점 섬
마라도.
하늘이 처음 열린 날로부터
태고의 침묵 속에 찍힌 대륙의 그
마침표,
한 점 섬 마라도.

울릉도鬱陵島

밝음을 지향하는 마음이 얼마나 간절했으면
빛을 좇아 이렇듯 멀리 동으로 동으로
내달았을까.
밝음을 사랑하는 마음이 또 얼마나 애틋했으면
청정한 해류 따라 이렇듯 먼 대양에
이르렀을까.
그 순정한 사념思念, 변함없이 받들기 위해서
뜻은 한가지로 높은데 둘지니
너를 만나기 위함이라면
동해 거친 격랑에 몸을 맡겨
세상의 그 오욕칠정五慾七情을 모두 비워야 비로소
가능하구나.
신神이 이 지상에 떨어뜨린 한 알의 진주처럼
국토의 순결한 막내 누이여.
울릉도여.

흑산도黑山島

물길 300리,
국토의 외진 남서쪽 한 끝자락에
모진 풍랑에도 굴하지 않는 섬,
흑산도 있다.
사철 거친 바람이 불어오는 곳,
태평양 거센 물살 굽이치는 곳,
그러나 마음만은 항상 따뜻하여
지친 태양조차 편안하게 몸을 쉬었다 가는
그곳 흑산도는
대장도大長島, 소장도小長島, 다물도多物島, 홍도紅島……
옹기종기 섬들을 가슴에 품어 안고
눈보라 몰아치는 겨울에도
풍란風蘭, 백동백白冬栢 곱게 피운다.
외롭지만 외롭지 않은 섬,
춥지만 춥지 않은 섬,
국토의 외진 남서쪽 태평양을 여는 길목엔
모진 풍랑에도 굴하지 않는 섬
흑산도 있다.

백령도白翎島

지척에
해주海州, 연백延白, 장산곶長山串을 옆에 두고
돌아 돌아 거친 물길 400리,
예서 더 갈 수는 없다는 것이냐.
서해 낙도 백령도,
동강난 국토가 눈에 선히 밟혀서
마음은 붉은 해당꽃물이 들었구나.
요동遼東, 발해渤海 물범들은 수시로 넘나들고
북상하는 까나리 떼 휴전선이 없다마는
맑은 날 잔 파도에도
소리 없이 울고 있는 해안의 콩돌들.
인당수印塘水 맑은 물에 풍덩 뛰어들어
연꽃으로 환생해야 찾아갈 수 있을까.
동강난 국토,
오늘도 장산곶 매 표표히
푸른 하늘 날고 있다만
예서 더 갈 수는 아예 없다는 것이냐.

나로도羅老島

자운영, 장다리꽃 흐드러진 해구海溝에
나비 떼 봄눈처럼 펄 펄 펄 휘날리는
남해 그 아름다운 섬 나로도를 아시나요.

밤에는 별들이 수면 가득 내려앉고
낮에는 물고기 떼 해를 좇아 첨벙대는
먼 바다 가까운 마음 나로도를 아시나요.

뭍을 그리는 섬이라 한다지만
소란한 세상살이 애증의 삶을 피해
살포시 우주를 문 열어 하늘 바라 사는 곳.

칼바람 몰아치는 겨울 추위 괘념 않고
섬 내외 춘백春栢, 동백冬栢 다정하게 가꾸어
눈 속에 꽃을 피우는 그 마음을 아시나요.[6]

오세영 시전집 — 시사백 사무사 詩四百 思無邪

---

6   전남 고흥高興 반도의 끝에 자리한 나로도는 외外나로도와 내內나로도 두 섬으로
    되어 있음. 우리나라의 우주 항공기지가 있음.

연평도延坪島

언젠가는 다시 오리라.
실향 어민의 한 맺힌 가족처럼
기약 없는 세월로 한 세상을 견디는 서해 고도
연평도.
물속에도 휴전선이 쳐진 것일까.
뭍의 향락이
바다까지 금을 그은 그 욕심 때문에
봄 4월 훈훈하게 밀려드는 난류에도 다시 오지 않는
조기 떼,
그 조기 떼의 귀환을 기다려 사람들은
포구 밖 높은 언덕에 우뚝
망향탑을 세웠지만,
연평도 개모가지랑 깎아지른 벼랑에서
그대 먼 수평선을 바라보아라.
오늘도 실향어민의 가족이 짓는 한숨처럼
들리는 건 우우 ─
수조기⁷ 떼가 토해내는 울음소리.

---

7 수조기 : 조기는 아니나 조기와 비슷한 형태의 보다 큰 물고기. 연평도 부근 연안엔
   그 산란장이 있어 봄에는 우는 소리가 우우 하고 들려 시끄러울 정도라고 한다.

독도獨島

비바람 몰아치고 태풍이 불 때마다
안부가 걱정되었다.
아등바등 사는 고향, 비좁은 산천이 싫어서
일찍이 뛰쳐나가 대처에
뿌리를 내리는 삶.
내 기특한 혈육아,
어떤 시인은 너를 일러 국토의 막내라 하였거니
황망한 바다
먼 수평선 너머 풍랑에 씻기우는
한낱 외운 바위섬처럼 너,
오늘도 세파에 시달리고 있구나.
내 아직 살기에 여력이 없고
네 또한 지금까지 항상 그래왔듯
그 누구의 도움도 바라지 않았거니
내 어찌 너를 한시라도
잊을 수 있겠느냐.
눈보라 휘날리고 파도가 거칠어질 때마다 네
안부가 걱정되었다.
그러나
우리는 믿는다.
네 사는 그 곳을
어떤 이는 태양이 새날을 빚고
어떤 이는 또 무지개가 새 빛을 품는다 하거니

태양과 무지개의 나라에서 어찌
눈보라 비바람이 찾아들지 않으리.
동해 푸른 바다 멀리 홀로 떠 국토를 지키는 섬,
내 사랑하는 막내 아우야.

         —2005년 4월 8일 한국시인협회가 독도에서 개최한 독도 지키기
         행사에서 회장 자격으로 봉헌한 시

독도獨島

진시황릉에 올라

차라리
태산泰山을 바다로 옮길 수는 있을지언정
불로장생의 그 불로초[1]만큼은 끝내
구할 수 없었구나.
무소불위의 힘과,
무비無比 무한無限의 기개를 가졌다는 그대,
이 세상 최초로
천하를 통일한 진秦나라의 시황,[2]
황제 중의 황제.
내 오늘
중화인민공화국 산시성 시안[3]시 린퉁구
그대 무덤의 봉분에 올라 문득 묻노니
한생의 권력이 가져다준 그
부귀영화 어떠했느뇨.
이생에서 가졌던 그것을 저 생에서도 누리고자

---

1 불로초不老草 : 먹으면 영원히 살 수 있다는 신비의 약초. 삼신산三神山 혹은 탐라
   국(지금 한국의 제주도)에서 자란다는 전설이 있다.
2 시황始皇 : 역사상 최초로 중국을 통일한 진秦의 황제. 영원히 살길 바랐던 그는 신
   하인 서시徐市(서복徐福 혹은 서불徐巿이라고도 함)를 황해黃海 건너 동쪽 탐라국으로
   보내 신비의 영약, 불로초를 구하게 했다.
3 시안西安 : 옛 장안長安. 중국 산시성의 성도. 한漢, 위魏, 서진西晉, 수隋, 당唐의 수
   도이며 지금도 그 안에 장안성長安城이 남아 있다. 고대 중국의 수많은 유적이 산
   재해 있으며 그중에서도 진시황릉秦始皇陵과 병마용갱兵馬俑坑이 유명하다. 경주
   에서 출발하는 실크로드의 중요 거점이다.

수천 수만의 병마용⁴과 함께 죽음을

같이했다만

인생은 본래 가는 것이 오는 것.

불로초란 기실

아름답게 사는 비법을 가리키는 말이 아니고

무엇이겠느냐.

아직도 누구는 그것이

극락정토 삼신산⁵에 있다 하고

누구는 또 바다 건너 멀리

탐라국⁶에 있다 하더라만.

오세영 시선집 — 시시법 사무사 思無邪

---

4 병마용兵馬俑 : 중국 산시성陝西省 시안시西安市 린퉁구臨潼區에 있는 진시황릉 병마
용갱의 부장품. 1974년, 이곳에서 진시황이 파묻은 약 1만 구의 도제陶製 병마용
들이 발견되었다. 유네스코 지정 세계문화유산이다.

5 삼신산三神山 : 중국의 동쪽 바다를 건너 조선국에 있다고 여겨지던 세 개의 영묘
한 산들. 봉래산蓬萊山(금강산), 방장산方丈山(지리산), 영주산瀛洲山(한라산)을 뜻한다.

6 탐라국耽羅國 : 현재 한국의 제주도. 제주도에는 서시의 자취로 추정되는 유적들
이 아직도 곳곳에 남아 있다. 그가 도착했다고 전해지는 금당포金塘浦(지금의 조천
항) 바위에 새겨진 '朝天(조천, 도착한 다음 날 아침 신에게 제사 지냈다는 뜻)'이라는 글자,
역시 서귀포 바위에 새겨진 '徐市過此(서시과차, 서시가 지나갔다는 뜻. 이와 같은 문구는 해
금강에서도 발견된다)'라는 글자 등이 그것이다. 제주도의 '서귀포西歸浦'라는 지명도
'서시 혹은 서복이 (고향 땅으로) 돌아갔다'라는 뜻의 명문이라는 설이 있다.

둔황석굴[7]

네 일생의 소원이 무엇이냐?

속인은 일러 혹,

부자가 되는 일이라 하고 혹,

권력을 쥐는 일이라 하고 혹,

절세 미녀와 일생을

함께 사는 일이라 하더라만

이도 저도 다 틀렸다 오직

절대 자유에 드는 일이라고

주장하는 사람이 있더라[8].

내 우직한 판단에도 그럴 법해 보이나니

돈에 구속당하고,

권력에 구속당하고,

미녀에 구속당해 살기보다는 차라리

이 모든 것으로부터 초월해서 무애자재하게

살 수만 있다면 그 어찌

행복하다 하지 않겠는가,

---

7 둔황석굴敦煌石窟 : 중국 간쑤성甘肅省 둔황시敦煌市 남동쪽 20km 지점에 있는 약
   천여 개의 석굴 사원군群, 그중에서도 세계 최대인 막고굴莫高窟(천불동千佛洞이라고
   도 함)이 유명하다. 굴 안에 내장되어 있던 고문헌들은 중국의 고대 불교 예술 및
   정치, 경제, 문화, 군사, 교통, 지리, 종교, 사회생활, 민족 관계 등을 연구하는 데
   귀중한 자료를 제공해주고 있다. 727년 신라의 승려 혜초慧超(704~787)가 쓴 서역
   기행문『왕오천축국전往五天竺國傳』도 1908년 프랑스의 탐험가이자 동양학자인 폴
   펠리오P. Pelliot가 여기서 발견한 것이다. 유네스코 지정 세계문화유산이다.

8 석가세존釋迦世尊의 가르침.

실로 그것은
깜깜한 땅속에 묻혀 살던 굼벵이가
나비로 우화羽化하여 문득
푸른 하늘을 나는 이치, 혹은
암흑 속에서 줄탁啐啄으로 알을 깨고 나온 어린 새가
빛을 찾아 높이
비상하는 이치와 같나니
중국 간쑤성 둔황시의 막고굴,
네가 바로 그 고치이고 또
그 알이 아니었더냐.

타클라마칸 건너며

멸망한 누란의 원혼이더냐.

사라진 흉노의 발악이더냐.

아아, 어디선가 들려오는 짐승 소리, 아귀餓鬼 소리,

지하에서 울부짖는 사자死者들의

고함 소리.

바람이 분다. 카라보란⁹이 덮친다.

호수가 둥둥 떠서 방황을 시작한다¹⁰.

모래바람이 하늘을 향해 괴성을 내지른다.

사막이 곤추선다.

아아, 어디선가 다시 또 울려오는 노랫소리,

히히히 미친년의 웃음소리, 헉헉헉

웬 사내의 흐느껴 우는 소리,

유년시절에 들었던 외할아버지의 낮은,

글 읽는 목소리,

6·25 때 고막을 찢던 그 총포 소리, 비명 소리,

---

9   카라보란Kara Boran : 흑폭풍黑暴風. 타클라마칸에서 부는 검은 모래폭풍을 일컫는
    현지의 말이다.

10 로프노르Lop-Nor : 몽골어로 '많은 강물이 흘러드는 호수'라는 뜻이며 한나라 때
    '뤄부포羅布泊'라 불리던 것을 음역한 것이다. 허톈和田 동쪽 900km 지점의 타클라
    마칸 사막에 있다. 전설로만 전해지던 이 호수가 문헌에 등장한 것은 사마천司馬
    遷의 『사기史記』와 청나라의 강희제康熙帝가 쓴 『황흥전람도皇興全覽圖』이지만, 실체
    가 확인된 것은 1899년 스벤 헤딘Sven Anders Hedin(1865-1952)이 타클라마칸 사막을
    탐험하면서였다. 이 호수는 일명 '방황하는 호수'라고도 불리는데, 호수로 유입되
    는 타림강이 그 바닥에 쌓인 토사로 인해 1,600년을 주기로 100km씩 남북 왕복
    이동을 해왔기 때문이다. 불행히도 근대에 들면서 호수의 물이 고갈되어 1962년
    에는 아예 지도에서 완전히 사라져버렸다. 로프노르 서쪽에는 전설적인 고대 왕
    국 누란樓蘭의 유적이 남아 있다.

바람이 분다.

바르한[11]이 내 앞을 가로막고

유사하[12]가 뒤에서 뱀처럼 꿈틀거린다.

아아, 오늘도 어제와 다름없이

탐욕과 퇴폐로 저무는 하루,

이 세상의 멸망을 예고하는 것이냐.

이 시대의 종언을 축복하는 것이냐.

바람이 분다. 사막이 곤추선다.

모래밭 어디에선가 불쑥

해골 하나 떨어져 나딩군다.

나 그 해골을 이정표 삼아

타클라마칸[13]을 건넌다.

멸망한 누란의 원혼이더냐.

사라진 흉노의 발악이더냐.

11 바르한Barchan : 사구沙丘.

12 유사하流沙河 : 강물처럼 흘러 움직이는 모래 언덕. 카라보란이 불면 거대한 모래
    언덕이 강물처럼 움직인다.

13 타클라마칸塔克拉瑪干TaklaMakan : 투르크어로 '한번 들어가면 다시 나오지 못한
    다'는 뜻의, 중국 신장웨이우얼자치구에 있는 사막. 서쪽으로는 쿤룬산맥, 서북
    쪽으로는 파미르고원, 북쪽은 톈산산맥, 동쪽은 고비사막에 둘러싸여 동서 길이
    1,000km, 남북 길이 400km, 면적 33만 km² 에 달한다. 여름은 덥지만 그 외의 계
    절은 시베리아 기단의 영향으로 비교적 기온이 낮아, 겨울에는 영하 20도 이하로
    떨어지며 때로 눈이 오기도 한다. 실크로드 톈산남로天山南路는 투루판 입구에서
    이 타클라마칸 사막을 끼고 그 남쪽 쿤룬산맥 기슭으로 돌아 투루판, 허톈, 예청叶
    城 Yechang, 야르칸드莎车 Yarkant로 이어지는 서역남로西域南路와 사막 북쪽으로 톈
    산산맥 기슭을 돌아 투루판에서 쿠얼러, 쿠처 등의 오아시스 도시로 이어지는 서
    역북로西域北路로 나뉘어 달리다가 타클라마칸을 건넌 뒤 카스에서 다시 만난다.

카스[14] 지나며

옛 이름은

카스가얼이라 하더라.

지금은 세상에서 잊힌 그 위구르의 땅,

카스.

딸랑딸랑,

포플러 가로수 길을 달리는 당나귀 방울 소리.

짤깍짤깍,

양털로 카펫을 짜는 향비香妃의 베틀 소리.

타닥타닥,

바자르에서 양철판을 두드리는

장인의 망치질 소리.

피시지직,

화덕의 피로시키[15] 튀기는 소리.

꼴깍, 힌두쿠시를 넘어 서역으로

해 지는 소리.

14 카스喀什 : 중국 신장웨이우얼 자치구에 있는 인구 44만여 명(2007년 통계)의 오아
  시스 도시이자 타클라마칸 사막을 건너온 톈산남로의 두 길, 즉 서역남로(타클라마
  칸 사막 남쪽과 쿤룬산맥 기슭 사이로 난 길)와 서역북로(타클라마칸 사막 북쪽과 톈산산맥 남
  쪽 기슭 사이로 난 길)가 합류하는 동서 교역의 요충지다. 여기서 톈산남로는 다시 북
  으로 톈산산맥을 넘어 톈산북로天山北路(톈산산맥 북쪽 기슭을 끼고 도는 길)와 합류, 키
  르기스스탄, 우즈베키스탄, 이란, 아제르바이잔, 조지아, 아르메니아 등을 거쳐
  동로마의 콘스탄티노플(비잔티움. 지금의 이스탄불)로 이어지는 본 실크로드와 남으
  로 카라코람산맥을 넘어 파키스탄, 인도 쪽으로 가는 두 길이 분기分岐한다. 대대
  로 위구르인들이 살아오던 땅이다. 옛 위구르의 지명은 카스가얼喀什噶爾이었으
  나 지금은 한족漢族이 지배하며 지명도 카스로 바뀌었다.
15 피로시키Pirozhki : 위구르인들이 즐겨 먹는, 기름으로 튀긴 만두.

백옥白玉을 캐러

쿤룬 허텐으로 갈거나.

쿠란을 얻으려 페르시아

이스파한으로 갈거나.

그것도 아니라면 불경佛經을 구하러

천축天竺 탁실라로나 갈거나.

옛 이름이 없어져 지금은

말조차 사라져버린 옛 위구르의 땅.

딸랑딸랑,

당나귀 방울 소리만 들리고.

짤깍 짤깍,

향비의 베틀 소리만 울리고.

아아, 파미르

불타는 땅 타클라마칸을 건너,
칼바위산 초르타크¹⁶를 넘어,
얼음산 무스타거¹⁷를 올라
마침내 나, 파미르에 섰다.
해발 6,500피트,
위에서 굽어보는 세상은 어지럽기만 하다.
현기증과 두통과 무기력으로 지샌
고원의 하룻밤은 고달팠지만
실상 나는 뱃멀미에 시달리고 있었노라.
아, 파미르
거대한 시간의 호수.
예서 더 흐를 수 없는 시간의 쪽배에 앉아
내 지금 찰랑거리는 수면을 들여다보나니
과거, 현재, 미래라는 것이 이 얼마나
부질없는 말이뇨.
일찍이 서역을 정복한 고선지高仙芝¹⁸가
백만의 대군을 거느리고 개선했던 고성, 스토우청¹⁹

---

16 초르타크雀爾塔格산 : 타클라마칸의 오아시스 도시 쿠처庫車 Kùchē에서 키질克孜爾 Kizil 석굴로 가는 길에 있는, 거대한 암산. 흡사 수많은 칼들을 세워놓은 것 같은 모습이다.

17 무스타거산慕士塔格山 : 파미르고원에 있는 해발 7,546m의 얼음산.

18 고선지 : 당나라 장군이 된 고구려 유민. 당 현종玄宗(A.D.747) 때 파미르고원을 넘어 여러 차례 서역을 정복하였다.

19 스토우청石頭城 : 파미르고원의 타스쿠얼간塔什庫爾干 협곡을 지키는 산성山城으로

그 폐허에 핀 봉숭아 꽃잎[20]이

눈물겹고나.

오세영 시선집 ── 시사색 사무사 詩四百 思無邪

한나라 때 축조된 것이다.

20 파미르고원에는 봉숭아 꽃이 많다. 혹시 이들 봉숭아가 불교의 전래와 함께 우리
나라에 유입된 것이 아닌지?

쿤자랍 패스

한 모금 별빛을 마시러 왔더냐.

한 조각 달덩이를 따 먹으려 왔더냐.

굽이굽이 아슬아슬,

계곡과 벼랑을 타고 휘돌아 마침내 도달한

쿤자랍 패스[21].

여기는 색色과 공空의 경계를 가누는

해발 4,760m,

이승의 끝.

정작 붓다와 무함마드는 볼 수 없더라.

달과 별은 볼 수 없더라.

보이는 것은 다만 안개,

때 없이 불어쌌는 바람만 차더라.

쿠다바드[22] 여린 꽃잎들이

빙하수에 몸을 적신 채 파르라니 떨고 있는

이곳은

---

21 쿤자랍 패스Khunjerab Pass: 일명 '피의 고개'로, 옛 실크로드의 한 갈래. 중국의 카스
   (카스가얼)에서 파키스탄의 탁실라를 잇는 교역로가 반드시 넘어야 했던 카라코람
   산맥의 유일한 고개다. 예로부터 신라의 승 혜초와 중국, 인도 승들이 인도와 중
   국을 오갈 때 목숨을 걸고 통과해야 했던 위험한 고갯길이기도 하다. 좁고 가팔라
   사람이나 말만이 겨우 다닐 수 있었던 이 옛길을 1966년 중국과 파키스탄 양국이
   확장하기 시작해서 1980년, '카라코람 하이웨이'(여기서 '하이웨이'란 고속도로가 아니라
   높고 위험한 산길이라는 뜻)라 불리는 총 길이 1,200km의 2차선 자동차 도로를 완성
   시켰다.

22 쿠다바드khudabad: 카라코람 메마른 사막의 바위산에 피는 들꽃. 꽃은 푸른색 방
   울 모양이다.

동과 서가 만나는 카라코람
쿤자랍 패스.
굽이굽이 아슬아슬,
계곡을 건너 비탈을 타고 올라
마침내 나 여기에 섰다.
얼얼하게
두 뺨을 갈기는 우박만 치더라.
귓불을 때리는 싸락눈만 치더라.

훈자[23]에서

하필 사방 깎아지른 벼랑에
성채를 지었다.
고지高地 카림아바드 절벽을 딛고
위태위태 까치발로 서 있는 발티트[24].
해발 8,126m,
남쪽 낭가파르바트[25] 빙벽 너머에서 불어오는
봄 바다의 훈풍이 궁금했던 것이냐.
아니면
북쪽 다르먀니[26] 고봉에서 휘몰아쳐 오는
사막의 눈보라가 궁금했던 것이냐.
돌아보면 평균 표고 6,000m의

23 훈자Hunza : 파키스탄 연방통치 북부지구의 길기트Gilgit와 나가르Nagar 사이, 고도
2,438m의 훈자 계곡에 자리한 은둔 지역 이름이다. 카림아바드Karimabad, 알리아
바드Aliabad, 가니쉬Ganish 등 세 마을로 구성되어 있다. 옛날에는 왕이 통치하는
수장국首長國이었고 중심지 카림아바드의 절벽에는 왕이 거주했던 발티트성이 아
직도 남아 있다. 주위는 라카포시(7,788m)와 울타르(7,388m), 보야하구르 두아나시
르(7,329m), 겐타(7,090m), 훈자(6,270m), 다르먀니(6,090m), 버블리마팅(일명 '레이디 핑
거, 6,000m) 등 산봉우리들을 잇는 평균 6,000m 높이의 산맥으로 둘러싸여 있다.
1980년에 이곳을 가로질러가는 카라코람 하이웨이가 완공되기 이전까지는 세계
최장수 마을이었다.

24 발티트Baltit: 옛 훈자 왕국을 다스렸던 고성. 훈자계곡의 카림아바드 언덕에 자리
하고 있다.

25 낭가파르바트Nanga Parbat : 산스크리트어로 '벌거숭이 산'이란 뜻의, 히말라야 서
쪽 8,000m 급의 마지막 봉우리. 해발 8,125m로 전 세계 8,000m급 이상의 고봉
14좌 가운데 아홉 번째로 높다. 1953년 독일 · 오스트리아의 등반대원 헤르만 불
Hermann Buhl(1924-1957)이 첫 등정에 성공했다.

26 다르먀니Darmyani봉 : 훈자 계곡을 둘러싸고 있는 산봉우리들 중 하나. 해발
6,090m다.

만년설로 뒤덮인 카라코람 대장성大長城.

비록 가냘프게 뚫린 실크로드를 따라

간간이 들려오는 대상隊商들의 바깥 헛소문이

아예 없는 것도 아니다마는

사시사철, 살구꽃, 복숭아꽃, 자두꽃 피고 지는

이곳이 바로

무릉도원武陵桃源이 아니고 무엇이더냐.

발티트,

기왕에 까치발로 서서 먼 설산雪山을

치어다볼 양이면

차라리 레이디 핑거[27]가 가리키는 저

푸른 하늘을 우러러볼 일이니

하늘 아래 아름다운 곳이 이 말고

또 어디 있으랴.

오세영 시전집 — 시산맥 사무사 詩四百 思無邪

27   레이디 핑거Lady Finger : 카라코람 산맥 훈자 계곡의 바로 북쪽에 위치하여 검지를
     높이 치켜들고 마치 하늘을 찌를 듯한 모습으로 서서 훈자마을을 굽어보고 있는
     해발 6,000m의 산봉우리. 버블리마팅Bublimating이 정식 명칭이다.

베샴[28] 지나며

싸울 듯 말 듯,
다툴 듯 말 듯,
왁자지껄 웅성거리던 사내들이
나를 본 순간
일제히 말을 끊고 노려본다.
깊은 눈을 가진 사내들이다.
깡마른 얼굴에 유난히도 눈이
까만 사내들이다.

모두
맨발에 샌들을 신고
가운처럼 치렁치렁한 흰 옷을
발목까지 길게 늘어뜨렸다.

어디에도 여자는 없다.
여자 같은 것도 없다.
암캐도 없다.
거리에서도, 버스 정류장에서도, 시장에서도, 노천카페에서도
온통 흰 옷을 입은 사내들만 쏟아져 나와 저들끼리

---

28 베샴Besham : 카라코람 하이웨이가 인더스강을 따라 거쳐 가는 파키스탄 중북부의
    소읍. 이슬람 원리주의자들이 사는 마을이어서 여자들의 외출이 엄격히 금지되어
    있다. 밖에서는, 여자들이 해야 할 일도 모두 남자가 도맡아 한다.

참을 듯 말 듯,
저지를 듯 말 듯,
손짓 발짓 떠들어대다가
갑자기 얼어붙어 뚫어져라 나를 째려본다.
주먹을 불끈 쥔 사내들이다.
검은 수염이 광대뼈까지 무성하게 자란
사내들이다.

내가 이방인이어서가 아니다.

여자가 없어서 그런 것이다.
여자 같은 것이 없어 그런 것이다.

라호르성城²⁹

사람들은 이 지상에서

가장 아름다운 궁전이라고들 하더라만,

아니다.

그대는 지상이 아니라 하늘에

궁전을 짓고 싶었구나.

황홀하여라. 발아래 흐르는 구름,

천정의 반짝이는 별들³⁰,

사랑에 빠진 자는 누구나 사랑하는 이에게

하늘의 별도 따 바치겠다고

약속한다지만

무굴제국의 샤 자한 왕,

그대가

29   라호르Lahore성 : 파키스탄 동부 펀자브주 라호르 북서부 라비Rabi 강가에 있는
무굴 왕조의 궁전과 정원. 언제 축조되었는지는 분명치 않으나 고고학적 발굴에
의하면 그 기초는 적어도 A.D. 1025년 이전에 다져졌던 것으로 보인다. 현재의
모습은 1241년 몽골군에 의해 파괴된 성을 1566년 무굴제국의 황제 악바르Akbar
대제가 다시 지은 것이다. 동서 424m, 남북 340m, 넓이 약 16헥타르의 거대한 부
지에 21채의 궁전과 모스크, 성벽 그리고 아름다운 샬라마르 정원Shalamar Gardens
등이 배치되어 있다. 유네스코 지정 세계문화유산이다.

30   거울궁전Sheesh Mahal : 라호르 성채의 여러 궁전 가운데서 가장 아름다운 궁전.
1631년 무굴 제국의 5대 황제 샤 자한Sha Jahan이, 사랑했던 왕비 뭄타즈 마할Mum-
taz Mahal이 '구름 위를 걷고 별을 갖고 싶다'라고 해서 바닥에 구름 문양을, 천장에
거울 조각과 보석을 박은 별들을 만들어 치장했다. 쉬시마할 궁전 안에는 또 대리
석 건물 나울라카Naulakha 파빌리온도 있어 서쪽으로 라호르의 고대도시를 멋지게
조망할 수 있다. '쉬시마할'이란 '거울궁전'이라는 뜻이며, '나울라카'는 우르두어(파
키스탄어)로 9락laks, 즉 인도 화폐 90만 루피(1락은 10만 루피)라는 뜻이다. 그만큼 고
귀한 건물이라는 의미일 것이다.

아내 뭄타즈 마할에게 바친 그 거울 궁전,
별을 따 오기가 그렇게도 어려웠던가.
그대의 권력은 차라리 이 지상으로
하늘을 끌어내리는 일이 더
쉬웠을지 모른다.
그러나 돈을 탐하는 자, 금고金庫에 갇히고
권력을 누리는 자, 성城에 갇히듯
지상에 내려온 하늘은 이미 하늘이 아닌
감옥,
그대의 사랑도 이 지상에서는 한낱
감옥에 지나지 않았던가.

간단 사원[31]에서

울란바토르 간단테그치늘렌

라마교 사원 앞마당의 동자불童子佛 옆에는

나무 기둥 하나 높이 하늘을 찌를 듯

서 있나니

그 기둥에 귀를 대고 속삭이는[32] 몽골인들의 모습

꼭 서울의 강남대로江南大路

공중전화 부스에서

사랑하는 이에게 전화를 거는 다정한

연인들 같다.

그렇다. 이제 보니 그 기둥,

하늘로 가는 전신줄을 떠받치는 전봇대가

틀림없구나.

옛 우리 선조들이라면

신단수神壇樹나 당산목堂山木에다 당신들의

소원을 빌었을 터인데

---

31 간단 사원甘丹寺院 : 몽골의 수도 울란바토르에 있는 몽골 최대의 라마교 사원. 정
   식 명칭은 '간단테그치늘렌Gandantegchinlen 사원'으로, 몽골어로 '완벽한 기쁨의 위
   대한 장소'라는 뜻이다. 1838년 몽골 제4대 라마 보그드 게겐Bogd Gegeen이 불사佛
   事를 시작해서 제5대 출템 지그미드 담비잔찬이 완공했다. 사원의 명물은 20톤 규
   모의 금동을 들여 조성한 높이 27m의 중앙아시아 최대 관세음보살상이다. 경내
   에는 법당 이외에도 승려들의 기숙사, 부설 불교대학 등이 있다.

32 소원을 비는 기둥 : 간단 사원 앞마당에 세워놓은 높은 나무 기둥. 몽골인들은 이
   나무 기둥에 새겨진 구멍에 자신의 소원을 빌면 무엇이나 이루어진다고 믿는다.
   인간과 신을 연결해준다는 샤머니즘의 우주목宇宙木이나 세계수世界樹 world tree,
   혹은 그 변형이라 할 수 있을 것이다.

아, 또 그렇구나.
우리 사는 시대는 21세기,
대도시에 어찌 신목神木이 있을쏘냐,
불현듯 나도 옛
그리웠던 사람의 목소리가 그리워
슬그머니 그 나무 기둥에 여린 귀를
대보나니.

강링을 불어보리

카라코람 에르덴조 사원[33]에는

세상 번뇌 적멸하는 108개

스투파[34]가 있고

그 불단佛壇 앞에는 또 수백 년이나 되는

강링[35] 하나 놓여 있나니

기쁠 때 그 피리를 불면

하늘에서 꽃비가 내리고,

슬플 때 그 피리를 불면

땅에서

안개 향이 피어난다 하나니라.

죄 많은 이 사바娑婆 중생 죽어 어찌

도솔천兜率天에

---

33 에르덴조Erdene Zuu 사원 : 1586년 몽골의 중앙 평원, 옛 칭기즈 칸의 도읍지 카라코람에 세운 몽골 최초의 라마교 사원. 한때는 100여 채의 건물과 300여 채의 게르에 천여 명의 승려들이 거주했다고 하나 지금은 거의 폐허에 가깝다. 사원은 108개의 스투파를 연결해서 조성한 정사각형 담장 안에 있다.

34 스투파stupa : 원래 불교에서 석가의 사리를 보존하기 위해 만든 일종의 부도浮屠를 가리키는 말이었으나 후에 변용되어 석가의 머리카락이나 치아, 보석, 귀금속, 경문, 경전 등 법사리法舍利를 넣어 예배의 대상으로 삼는 불탑 혹은 불사리탑을 일컫는 말이 되었다. 팔리어로 '투파thupa', 스리랑카어로 '다가바dagaba(유골을 넣는 곳을 의미)', 영어로 '파고다pagoda(동양의 고탑, 상像, 종교 건조물 등을 일컫는 용어)'라고 하는데 한국어 '탑'은 팔리어 '투파'에서 전래 변용된 단어다. 기원전 3세기, 인도의 아소카 대왕이 석가 최초의 8탑 중 7탑에 내장된 사리들을 분골分骨해서 인도 전역에 8만 4천 개의 스투파를 조성했다고 한다.

35 강링ganglin : 라마교 의식에서 사용되는 일종의 피리로 고대 몽골에서는 사자死者의 뼈로 만든 것들이 많았다. 에르덴 조 사원에도 다수의 인골人骨 강링들이 있는데 그중 눈에 띄는 것이 18세 처녀의 대퇴골에 구멍을 내서 만든 것이다. 에르덴조 사원 박물관에 전시되어 있다.

오를 수 있을까?

일찍이 이승 환락歡樂에 노한 신이 하늘에서

지상을 연결하는 다리를 거둔 후[36]

오직 이 피리 소리로 불러낸

청정 비구니의 그 순결한 영혼으로만

하늘에 닿을 수 있다 하나니

이제 여생이 오래지 않은 나,

올 부처님 오신 날에는 꼭

몽골의 에르덴조 사원을 찾아

불단 앞에 무릎을 꿇고 그 피리를 한번

불어보리라.

36 다리 : 조로아스터교에서는, 사람이 죽으면 망자는 우주의 중심, 이승과 저승의
    경계에 걸려 있는 '친바트Chinvat'라는 다리를 건너 저승으로 가게 되는데 여기서
    미트라Mithra 신에게 심판을 받아 악인은 다리 아래 지옥으로 떨어지고 선인은 천
    국으로 건너가게 된다고 한다.
    하늘 사다리 : 티베트, 몽골 등지의 라마 불교에서는 '하늘 사다리'에 관한 전설이
    널리 퍼져 있다. 원래 신은 지상에서 하늘로 오르는 사다리를 인간계에 내려주셨
    고 인간은 필요할 때마다 이 사다리를 타고 하늘에 올라가 직접 신께 소원을 빌곤
    했다. 그러나 세월이 흐르면서 인간이 점차 사악해지고 죄를 많이 짓게 되자 이에
    분노한 신은 사다리를 걷어버렸다고 한다. 지금도 티베트, 몽골 등지의 라마교 사
    원이나 민가의 담벽에는 종종 이 흰색 사다리가 그려져 있다.
    사다리를 타고 하늘(천국)로 오른다는 생각은 모든 종교에 보편화된 원형 상상력
    이기도 하다. 가령 기독교에는 '야곱의 사다리'라는 것이 있다. 아브라함의 손자
    이자 이삭의 아들인 야곱은 부정한 수법을 써서 쌍둥이 형 에서로부터 장자권을
    가로챘다. 이로 인해 형의 노여움을 사게 된 그는 하란으로 도망을 치게 되는데
    어느 날 밤, 사막에서 돌베개를 베고 잠을 자다가 꿈속에서 지상과 하늘을 연결한
    사다리에 천사들이 오르내리는 장면을 목도한다(『구약성서』「창세기」 28 : 10~12). 이슬
    람에도 천국은 사다리를 타고 오른다는 상상력이 있다.

샹그릴라

안드로사케³⁷일까,

그 흰 꽃.

옥시트로피스³⁸일까,

그 분홍 꽃.

하얀 만년설을 머리에 인 매리설산³⁹이

고즈넉이 굽어다 보는 고원은 온통

노랑, 빨강, 자주, 분홍……

꽃들의 잔 파도로 반짝거린다.

보기엔 아름답고 평화롭구나.

아, 히말라야 산록 비타하이호⁴⁰,

두루미는 한가롭게 물가를 노닐고

고삐 풀린 야크 떼 무심히 풀을 뜯는데,

해 질 녘

---

37 안드로사케Androsace Lactea : 가냘픈 초록 꽃대에 다섯 개의 꽃잎을 피운 앵초과의 흰 꽃.

38 옥시트로피스Oxytropis Purpurea : 땅바닥에 고개를 숙이고 피는 우리나라의 자운영 같은 분홍 풀꽃.

39 매리설산梅里雪山 : 중국 윈난성雲南省에서 제일 높은 설산. 주변에 평균 6,000m 이상의 봉우리 13개가 포진해 있어 해발 6,740m의 주봉 가와격박伽瓦格博은 이름도 티베트어로 '설산의 신神'이라는 뜻이지만 13개 봉우리의 태자, 즉 태자십삼봉太子十三峰이라 불린다. 항상 많은 순례객이 찾는 라마교의 성산이다.

40 비타하이碧塔海 : 샹그릴라에서 서북쪽 7km쯤 떨어져 해발 3,538m의 고원에 있는, 길이 13km, 폭 1km의 호수. 티베트어로 '상수리나무가 지천인 호수'라는 뜻이다. 7~9월이면 설산에서 녹아 흘러내린 빙하수와 하절기의 풍부한 강우로 호수가 되지만 10월부터는 물이 증발해서, 습지와 초지로 변하며 매년 10월이면 검은목두루미, 시베리아흰두루미 등 다양한 철새들이 날아와 겨울 한 철을 보낸다. 그중에서도 호수 주변에 두견화가 만발하는 초여름이 최고의 절경이다.

은은히 들려오는 쑴첼링 곰파[41]의

둥첸[42] 소리.

비로소 마르크스 레닌의 이상理想, 지상천국이

이 땅에 실현되었다는 팡파르인가.

중화인민공화국

윈난성 장족藏族 자치구 샹그릴라[43]시,

공산주의 혁명으로

천국天國도 당黨의 지도를 받아야만 하는[44]

신중국新中國 80년[45]

저 무산계급의 유토피아.

41 쑴첼링 곰파松赞林寺 : 윈난성 최대의 티베트 불교 사원으로 샹그릴라시 중심에서
    5km 떨어진 포핑산佛屏山에 있다. 라싸의 포탈라궁布達拉宮을 축소한 모양이다.
    티베트어 공식 명칭은 간덴 쑴첼링 곰파Gaden Sumtseling Gompa. 간덴은 라마교의
    '겔룩파', 쑴첼링은 '세 명의 신선이 살던 땅', 곰파는 '사원'을 의미한다.

42 둥첸dungchen : 라마교 의식에서 사용되는 금관악기. '달마 트럼펫dharma trumpet'이
    라고도 불린다. 긴 나팔 모양의 중간 마디에 금속 링을 채웠으며 주재료는 칠보와
    놋쇠다. 악기들은 90cm에서 4.5m까지 그 길이가 다양한데 길이가 길수록 낮고
    두꺼운 소리를, 짧을수록 높고 거친 소리를 낸다.

43 샹그릴라香格里拉Shangri-La : 1933년 영국 작가 제임스 힐턴James Hilton이 그의 소설
    『잃어버린 지평선Lost horizon』에서 쿤룬산맥에 있다고 묘사한 라마교의 신비스런 이
    상향. 힐턴은 중앙아시아 어딘가에 숨겨져 있다고 전해지는, 티베트 불교의 전설
    적인 왕국 '아갈타阿竭陀'의 수도 샴발라香色拉Shambhala라는 유토피아에서 발상을
    얻어 이 소설을 썼다고 하는데 '샴발라'는 산스크리트어로 '내 마음속의 해와 달'
    즉 '평화', '고요한 땅'을 의미하는 말이다.

44 중국 정부는 2,001년 중뎬中甸현의 공식 명칭을 아예 샹그릴라香格里拉로 개명하
    여 관광지로 개발하고 있다.

45 소위 '신중국新中國', 즉 오늘의 중화인민공화국은 마오쩌둥毛澤東과 그가 지도한
    공산당에 의해 1949년 10월 1일 공식 건국이 선포되었지만 실질적으로는 중국 공
    산당이 창건된 1921년 10월 1일로 보는 것이 일반적이다.

호도협

일찍이 어느 옛 불교 선사禪師는
일컬어 살불살조[46]라고까지 했거니.
아버지를 버리고, 어머니를 버리고
마침내 집조차 뛰쳐나왔다 해서 그리
상심하지 마라.
모든 위대한 성취는
자신이 자라던 곳을 깨부숴
넓고 새로운 세계를 만나야만 이룰 수
있는 것,
모태母胎를 끊고 밖으로 나온 인간이 그렇고,
알을 깨고 하늘을 나는 새가 그렇고,
대양을 헤엄치는 물고기가 또
그렇지 아니하더냐.
히말라야 티베트 고원에서 발원하여
이제 겨우 강다운 강이 된 삼강병류[47]의

---

[46] 살불살조殺佛殺祖 : 당나라 말기의 고승 임제臨濟 의현義玄의 법어法語. '부처를 만나면 부처를 죽이고 조사를 만나면 조사를 죽이라'는 뜻이다. 혜연慧然이 엮은 『임제록臨濟錄』에 실려 있다.

[47] 삼강병류三江并流 : 티베트 고원에서 발원한 진사강金沙江(양쯔강揚子江의 상류), 란창강瀾滄江(메콩강의 상류), 누강怒江(살원강의 상류로 미얀마를 거치면서 살원강이 되어 양곤에서 미얀마해로 빠진다) 등 세 강이 윈난성云南省 서북, 쓰촨성 및 시짱자치구와 접하는 지역의 헝돤산맥橫斷山脈을 따라 동에서 서쪽으로 경내를 나란히 400여 km 흐르며 대협곡 등 독특한 경관을 이루고 있는 지역. 진사강, 란창강 사이의 최단 직선거리는 66km, 란창강과 누강 사이의 최단 직선거리는 16km로 이 세 개의 강 사이에 3대 협곡이 형성되어 있다. 이 강의 해발고도는 진사강 약 2,100m, 란창강 1,900m, 누강 1,600m로 고도 차이는 500m에 달한다. 이 구역을 벗어나면 세 강

그 진사강⁴⁸.

격류를 이룬

호도협虎跳峽⁴⁹의 소용돌이치는 울음소리가 천지를

진동하구나.

우지 마라 강물이여.⁵⁰

예서 히말라야를 버려야 비로소 너는

천하를 섬기는 장강⁵¹이 되느니.

은 각자 헤어져 제 갈 길을 가게 된다.

48 진사강金沙江 : 장강(혹은 양쯔강)의 주요 상류 중 하나. 길이는 2,308km, 유역 면적
은 49만 500km²다. 전체 장강 중에서 특히 이 강의 발원지인 티베트고원에서 칭
하이성靑海省 남부, 윈난성 등을 거쳐 민강岷江과 합류하는 쓰촨성四川省 이빈宜賓
까지의 구간을 가리키는 명칭인데, 상류에서 사금이 채취되어 이 같은 명칭이 생
겼다.

49 호도협虎跳峽Tiger leaping gorge(후타오샤) : 윈난성 리장麗江 북동쪽 60km 지점, 삼강
병류 지역의 진사강이 위룽쉐산玉龍雪山(5,596m)과 하바쉐산哈巴雪山(5,396m) 사이
에서 만들어낸 좁고도 깊은 대협곡. 협곡을 이루는 벼랑의 평균 고도는 2,000m,
구간의 길이는 16km이다. 사냥꾼에게 쫓기던 호랑이가 격류 속 바위를 딛고 한달
음에 이 계곡을 뛰어 건넜다 하여 붙여진 이름이다. 리장에서 샹그릴라로 향하는
차마고도茶馬古道의 길목에 자리 잡고 있으며, 차마고도 5,000km 중 가장 아름다
운 구간이다. 페루의 마추픽추, 뉴질랜드의 밀퍼드와 함께 세계 3대 트래킹 코스
로 알려져 있다. 삼강병류와 더불어 유네스코 지정 세계 자연유산이다.

50 삼강병류 지역의 호도협은 상류와 하류의 낙차가 170m에 이르러 강물이 그만큼
장대한 격류를 이룬다.

51 장강長江 : 티베트고원에서 발원한 진사강이 여러 지류와 합류한 뒤 큰 강이 되
어 중원을 관통, 상하이上海 부근에서 황해로 흘러드는, 유역 면적 180만 km², 길
이 6,300km의 강. 중국에서 첫 번째, 세계에서도 세 번째로 긴 강이다. 일찍이 중
국에서는, '하河'라는 글자는 황하黃河(황허)를 가리키고, '강江'이라는 글자는 장강
을 가리키는 고유명사였다. 그래서 장강 남쪽은 강남江南, 장강 남부 동해안 지역
은 강동江東이라는 지역 명칭이 생겼다. 강이 워낙 길다 보니 장강의 상류는 진사
강과 민강岷江. 그 아래 지역은 천강川江, 옛 형주荊州를 지나는 중류 지역은 형강荊

위대한 나의 조국,

고구려를 건국한 주몽[52]도

대한민국을 건국한 이승만李承晩, 김구金九도,

일찍이 성년이 되자 모두

아버지를 버리고, 어머니를 버리고

그 태어난 곳을 단신으로 훌훌

미련 없이 떠나지 않았더냐.

江, 그 하구 지역은 양자강(양쯔강)이라고 구분해 부른다. 그런데 개항 이후 서구인들이 주로 상하이에 주거하며 장강 전체를, 자신들이 살고 있는 그 지역(상하이) 장강 명칭인 양쯔강으로 부르기 시작하면서 지금은 장강을 양쯔강이라고도 부르는 관례가 생기게 되었다.

52 주몽朱蒙(BC 58~BC 19) : 고구려高句麗의 시조. 성은 고씨高氏다. 의탁하고 있던 동부여東扶餘의 금와왕金蛙王과 그 왕자들이 자신을 괴롭히자 가출해서 광대한 영토의 왕국을 건설하였다.

차마고도[53]

늙은 노새 한 마리를 타고,

늙은 노새 한 마리를 끌고 위태 위태

온종일 계곡을 기어올라

나 여기에 이르렀다.

차마객잔[54],

옥룡설산[55]을 마주 보는 대협곡, 합파산哈巴山[56]

비탈길 28굽이를 돌아

저물녘에 들어서야 비로소 힘겹게 몸을 푼

호도협 해발 2,860m의 수직

벼랑 끝.

발 아래 별이 뜨고, 발 아래 별이 지는 곳.

---

53 차마고도茶馬古道 : 실크로드 개설 훨씬 이전, 마방馬幇들을 통해 주로 중국의 차와 티베트의 말을 교역하던 옛 육상 무역로. 중국 서남부의 윈난성, 쓰촨성에서 티베트 고원을 넘어 네팔·인도까지도 이어졌는데 차 이외에도 자기, 비단, 소금 등의 물품과 파미르의 약재 등 지역 특산품들이 활발하게 교류되었다. 차마고도 5,000km는 대부분 해발 3,000~4,000m가 넘는 매우 험준한 산악길이지만 그중에서도 아름다운 곳이 리장에서 ── 샹그릴라의 길목이기도 한 ── 삼강병류의 호도협 구간이다.「호도협」의 주석 참조. 유네스코 지정 세계문화유산이다.

54 차마객잔茶馬客棧 : 차마고도 입구 차오타우橋頭(리장 동북쪽 50km)에서 출발해 산길 28밴드(28굽이)를 돌아 올라오면, 거의 수직에 가까운 1,000m 깊이의 호도협을 발 아래 둔 하바쉐산 해발 2,670m 높이 비탈에 자리한 객잔. 협곡 건너 코앞에 우뚝 마주 선 위룽쉐산과 계곡 아래 굽이치는 호도협의 경관이 절경이다. 객잔이란 옛날 중국에서 주로 상인들이 이용했던 숙박시설을 가리키는 말로 차마고도에는 오늘날에도 마방들이 이용하는 이 같은 객잔들이 하루 걸어 쉴 만한 장소에 하나씩 설치되어 있다. 차마객잔은 그중 하나다.

55 옥룡설산玉龍雪山(위룽쉐산) :앞의 주 참조.

56 합파산哈巴山(하바쉐산): 호도협 계곡을 끼고 위룽쉐산과 마주 서 있는 해발 5,396m의 산.

여창旅窓에 기대어 쩔렁쩔렁
바람에 실려 오는 마방[57]의 워낭소리를
듣는다.
문풍지 우는 소리를 듣는다.
서천서역西天西域 머나먼 인생의 길,
진사강을 건너 매리설산을 넘어 내일은 또
얼마를 걸어가야 할거나.
터벅터벅
늙은 노새 한 마리를 타고,
절뚝절뚝
늙은 노새 한 마리를 끌고.

---

57 마방馬幇 : 말과 야크를 이용, 중국의 차와 티베트 지역의 말 등 물품을 교역하기
    위해 차마고도를 오가던 상인.

포탈라궁[58]에서

그 약속, 아무리 영원하다 해도

이 지상에서 이루는 사랑은 결국

허무한 것,

그 누구라도 할 수 있는 세간의

속된 사랑을 피해

그대는 하늘 아래 하늘보다 더 높은

궁전을 지었구나.

송찬간포松贊幹布[59]

그대에게 사랑은

이 땅의 윤회를 벗어나

극락정토로 가는 밀교密敎였거니

침소는 마땅히 높은 곳에 두어야 했으리.

창 아래 굽어보는 이 세상은

오세영 시선집 ― 시사랑 시무우 詩四百 思無邪

58 포탈라궁布達拉宮Potala Palace : 시짱西藏 자치구의 수부首府, 라싸시拉萨市(2015년 기준 인구 약 90만 명) 북부 청관구城关区 경내의 마포일산玛布日山(홍산红山) 해발 3,600m 기슭에 있는 대규모 궁전 건축물군. '포탈라'라는 이름은 산스크리트어 '포탈라카 補陀落迦potalaka(관세음보살이 사는 산)'에서 유래했다. 7세기 초 최초로 티베트를 통일하여 강대한 토번吐蕃왕국을 건국한 송찬간포(617~650)가 라싸에 도읍을 정한 뒤 641년 당 태종의 조카딸인 문성공주를 두 번째 황후로 맞이하기 위해 건축하기 시작한 것을 17세기 중반 달라이라마 5세가 지금의 경관으로 완공했다. 건물은 요새 모양의 외관 13층, 실제 9층으로 되어 있고 규모는 전체 높이 117m, 동서 길이 360m, 총면적 10만 m^2에 이른다. 벽은 두께 2~5m의 화강암과 기타 목재들을 섞어서 만들었다. 건물 옥상에는 황금빛 궁전 세 채, 그 아래로 5기의 황금탑이 세워져 있다. 유네스코 지정 세계문화유산이다.

59 송찬간포松贊幹布 : 티베트를 통일하여 불교를 받아들이고 그 영역을 지금의 중국 칭하이성青海省까지 넓혀 당시의 세계 대제국이었던 당을 위협했던 토번의 초대 황제.

만다라曼茶羅.

동방의 하늘에서 내린 그 문성공주文成公主[60]는

다름 아닌 그대의

아름다운 비천飛天이 아니고

누구였더냐.

---

60 문성공주文成公主(625~680) : 641년 송찬간포의 두 번째 황후가 된 당 태종의 조카
딸(왕녀로 입양한 대신의 딸이라는 설도 있음). 시집을 오면서 당나라로부터 서적과 경
전, 불상, 씨앗 등과 함께 장인들도 데려와서 토번에 불교 문화를 크게 진흥시켰
다. 지금도 티베트인들은 그녀를 '갑목살甲木薩'이라고 칭하는데 이는 티베트어에
서 '갑甲'은 한漢, 즉 중국, '목木'은 여자, '살薩'은 신선을 가리키는 말, 곧 '중국에서
온 여신'이란 뜻이다.

남초호에서

'경經'은 '경鏡'일지니
일찍이 세존世尊께서도
자신을 거울로 비춰 보아 거기에
아무것도 없는 내[我]가 떠오를 때 비로소
깨달음의 경지에 이르른 것이라고
설하지 아니하셨더냐.
이 생 사는 동안 먹고, 마시고,
취하고, 누리기보다
마음을 거울처럼 닦고 또 닦아
명경지수明鏡止水 만드는 일이 이 무상한 윤회를
벗어나는 지름길이라는 것을
나 오늘 티베트의 녠칭탕구라산[61] 하下
남초[62]에서 새삼 되새기느니

---

61 녠칭탕구라念唐古拉山脉산맥 : 시짱자치구 중동부에 있는 산맥. 동서로 뻗어 있으며 서쪽에는 강디쓰산맥冈底斯山脉, 동쪽에는 헝돤산맥橫断山脉이 둘러싸고 있다. 전체 길이 1,400km, 평균 폭 80km이며 해발고도는 5,000~6,000m다. 녠칭念青은 티베트어로 '다음'이라는 뜻인데 이는 이 산맥의 규모가 탕구라산맥唐古拉山脉 다음간다는 의미다. 주봉 녠칭탕구라산봉은 해발 7,162m다.

62 남초호纳木措湖 : 라싸 북서쪽 약 110km 장베이고원藏北高原의 남동쪽, 녠칭탕구라산맥의 북쪽에 위치한 중국 제2의 염호鹽湖이자 세계에서 네 번째로 높은 지대(해발 4,718m)에 있는 호수다. 동서 간 넓은 곳이 70여 km, 남북 간 넓은 곳이 30여 km, 최저 수심 33m, 둘레 318km, 총면적 1,900여 km²이다. 호수는 푸른 수면에 사철 하얀 만년설로 덮인 녠칭탕구라산의 주봉이 어리어 매우 아름답다. 마나사로와르玛旁雍错호, 얌드록초羊卓雍错호와 함께 티베트의 3대 성스러운 호수 중의 하나이다.

그 뜻은 본디 하늘의 호수[63]라 하지만
주위를 순례하면서
하염없이 그 수면水面에 자신을 비쳐보는 저
죄 많은 중생들을 보아라.
그러니 이 또한
도솔천兜率天 높이 매달아둔 세상의 거울[64]이라 하지 않고
무엇이라 하겠느냐.

63 '남초'라는 말은 티베트어로 '하늘호수天湖'라는 뜻이다.
64 불교의『지장보살심인연시왕경地藏菩薩心因緣十王經』에 염라대왕은 사방팔방 거울
    을 달아두어 일체 중생의 업을 마치 바로 눈앞에 펼쳐지는 것처럼 볼 수 있다고
    하였다. 이를 업경대業鏡臺 혹은 업경륜業鏡輪이라고 일컫는다.

히말라야를 넘다가

시가체[65]에서
라체, 안바춘[66] 지나
간신히 갸솔라 패스[67]를 넘었는데
갑자기 하늘하늘
꽃잎들이 흩날리고 있었다.
그 하늘에서 나를 보고 손짓하시는
70여 년 전의 어머니!
초등학교 1학년 하교 시간,
소복을 하신 채
창밖 운동장의 목련꽃 그늘 아래서
나를 기다리시던 꼭 그때 그 모습이다.
아가, 예서 그만 돌아가거라. 오지 마라.
어머니!
나는 전신으로 하늘을 날려다 그만
발을 헛딛고
정신을 잃었다.
어디선가 아스라이 들리는
독경 소리, 목탁 소리, 덜컹거리는
지프차의 바퀴 소리.

오세영 시선집 — 시사빽 사무사 詩四百 思無邪

65 시가체日喀則 : 인구 약 84만 명의 티베트 제2의 도시.
66 라체拉孜, 안바춘安巴村 : 카트만두 국경에 가까운 티베트의 소읍들로, 라체의 인
    구는 약 4만 명이다.
67 갸솔라 패스Gyatso La Pass : 히말라야를 넘는 우정공로友情公路에서 가장 높은 고개.
    해발 5,220m다.

생사를 가르는 히말라야 해발 5,520m의 능선
갸솔라 패스의 한 외딴 마을, 팅그리[68]에서
산소통을 입에 물고 깨어난[69]
그 인생의 길.

나는 나비가 아니었다.

---

68 팅그리老定日Tingri : 히말라야 갸솔라 패스와 라룽글라 패스 사이, 네팔 국경 가까
    이에 있는 마을로 해발 4,390m 고도에 위치해 있다.
69 필자는 2006년 초가을, 공로 318번 길을 따라 지프로 라싸에서 히말라야를 넘어
    네팔의 카트만두로 가던 중 갸솔라 패스에서 그만 고산병으로 쓰러져 생사를 오
    간 적이 있었다.

스와얌부나트 스투파

스스로 타오르는 불은

온 천지를 환하게 밝힐지니

빛이 있어야

무엇이든 볼 수 있지 않겠느냐.

그러나 이 세상 보는 것 가운데서 가장

참답고 아름다운 심상心象은 꽃,

그래서 불꽃도 꽃이라 하고

꽃이 피는 것 또한 꽃눈이

튼다고 하느니

스와얌부나트 스투파![70]

그러므로 그대 이 세간世間 365계단 위에[71] 우뚝

연꽃의 자태로 서서

윤회전생輪回轉生 시방세계十方世界를 두루 살피는 것

또한 예사로운 일이 아니었구나.

그러나 본다고 모두 보는 것은

아닌 것,

진정 본다는 것은

소리조차 눈으로 보는 것을 일컫는 말일지니[72]

---

70 스와얌부나트 스투파Swayambhunath Stupa: 카트만두 중심가로부터 서쪽 2km 지점,
    네팔 히말라야 지역에서 가장 오래되고 영향력 있는 라마교 사원. 17세기 네팔의
    프라탑 말라 왕이 건립했다. 원숭이가 많이 살아 일명 원숭이 사원이라고도 한다.
    유네스코 지정 세계문화유산이다.

71 스와얌부나트 사원은 입구에서 365계단을 걸어 올라가야만 도달할 수 있는 언덕
    에 위치해 있다.

72 관음보살觀音菩薩이 그러하다.

오세영 시선집 — 시시별 사무사詩四百 思無邪

우리가 부처의 양미간에 박힌 눈 아즈나[73]를

마음속 깊이 품어야 함도 바로

그 뜻 아니랴.

---

73 아즈나ajna : 라마교 부처님 얼굴에는 인간과 달리 두 눈 이외에도 양미간 사이에
    제3의 눈 아즈나가 있다. 힌두교에서는, 인간의 몸에는 생명의 에너지, 기氣가 모
    이는 일곱 군데의 혈穴, 즉 차크라chakra들이 있다고 하는데 그 여섯 번째 차크라에
    해당하는 곳에 있는 눈이 '마음의 눈' 아즈나이다. 오늘날에도 결혼한 인도 여성들
    이 양미간 사이에 붉은 점 빈디bindi를 찍는 습관도 바로 여기서 유래한 전통이다.

푼힐⁷⁴의 일출日出을 보며

그래

꼭 그만큼의 거리를 두어야만

그처럼 아름답지.

막 떠오르는 햇살을 온몸으로 받아

찬란하게 빛나는 설산雪山.

그래

꼭 그만큼의 자리를 지켜야만

그처럼 순결하지.

막 세상을 여는 한순간의 정적을

눈부신 속살로 드러내는 설산.

안나푸르나⁷⁵,

내 너를 보러 여기 왔나니

---

74 푼힐Poon Hill : 네팔 제2의 도시 포카라 서북쪽 60여 km 지점에 있는 해발고
도 3,210m의 산. 그 정상에서는 히말라야 6,000~8,000m급 고봉 다울라기리
(8,167m), 안나푸르나 1봉(8,091m), 바라시카르(7,647m), 히운출리(6,441m), 안나푸르
나 남봉(7,219m), 닐기리(7,061m), 마차푸차레(6,998m), 투쿠체 피크(6,920m) 등을 한
눈에 파노라마로 감상할 수 있다. 특히 일출 시의 히말라야 경관은 장엄하면서도
아름답다. '푼힐'은 '푼족의 언덕'이라는 뜻인데, 푼족은 다민족 국가인 네팔을 대
표하는 종족이다. 산기슭에서 거의 낭떠러지에 가까운 경사면의 2,500여 개 계단
을 밟고 올라야 한다.

75 안나푸르나Annapurna 봉 : '안나푸르나'는 산스크리트어로 '수확의 여신'이라는 뜻
이다. 네팔 히말라야산맥 중부에 줄지어 선 길이 55km의 고봉군高峯群들 중 하
나로, 포카라 북쪽에 위치해 있다. 특히 해발 8,091m의 제1봉은 히말라야 14좌
(8,000m 이상의 봉우리)에 들며, 세계에서 열 번째로 높은 산이다. 안나푸르나 제1봉
은 1950년 6월 프랑스의 모리스 헤르조그Maurice Herzog(그는 이 등반에서 동상으로 손
가락과 발가락을 잃었다) 등반대가 처음으로 올라 인류 최초로 8,000m급 등정이 이뤄
진 곳이다.

오세영 시선집 ── 시사별 사무사 詩四百 思無邪

이 지상
2천 5백여 개의 계단을 올라
비로소 참답게 보는
너,
그래
나와 너, 아니 이 세상은
꼭 그만큼의 거리와
꼭 그만큼의 자리를 지키는 것이
아름답지.

지율 스님을 생각하는 시편

디아[76]를 띄우며

인생은 누구나

가슴에 불덩이 하나를 안고 산다는데

그 육신

미처 다 소진하지 못한 채 꺼져버린

마른 숯덩이를

마저 태우려고 찾아온 바라나시[77] 갠지스 강가

마니카르니카 가트[78].

육신은 윤회의 짐이 되므로

미련 없이 불살라 벗어버려야 한다는데

난 아직도 눈이 어두워 이처럼

이승에 집착이 많은 생生.

한 자루 초에 불을 붙여 흐르는 강물에

띄운다.

오세영 시전집 ── 시사백 사무사 詩四百 思無邪

76 디아dia : 나뭇잎을 실로 꿰매어 장난감 배 모양을 만든 후 그 위에 장미나 금잔화 등 생화를 담고 그 가운데 불붙인 초를 꽂은 것. 힌두교도들은 이 디아를 갠지스 강물에 띄우며 소원을 빈다. 소원을 적은 메모지를 그 안에 넣어두기도 한다.

77 바라나시Varanasi : 인도 우타르프라데시주의 갠지스 강가에 있는 인구 약 120만 명 (2011년 기준)의 도시. 인도인들이 가장 성스럽게 여기는 곳이다. 북쪽 10km 지점 에는 석가모니가 처음으로 설법을 한 장소 녹야원이 있다.

78 마니카르니카 가트Manikarnika Ghat : 바라나시 갠지스 강가에 주로 시신을 화장火葬 하는 가트. '가트'란 갠지스 강가에 설치된 돌계단을 가리키는 말로 바라나시에는 갠지스강 서쪽 강변 6km에 걸쳐 84개의 가트가 설치되어 있다. 힌두교도들은, 여 기서 갠지스 강물로 목욕을 하면 모든 죄업이 물에 씻겨 사후 극락에 갈 수 있다 고 믿는다. 이 가트들 중에서 아침 저녁으로 아르티 푸자Arti Puja(힌두교 예배의식)가 거행되는 다샤시와메드 가트Dashashwammedh와 큰 화장터가 있는 마니카르니카 가 트가 특히 유명하다.

아슬아슬 물결에 잠방대며,
팔랑팔랑 바람에 흔들리며,
망망대해로 떠가는 가랑잎 위의 그
가물거리는
촛불.

녹야원⁷⁹에서

최초로

당신이 설법을 하셨다는

그 언덕,

아래 연못에서 당신이 꺾어

푸른 하늘에 들어 보이셨다⁸⁰는

연꽃,

열반하신 후

위대한 아소카 대왕⁸¹이 지어

당신의 사리를 모신 다르마라지카 스투파⁸²와

오세영 시선집 ── 시사적 사무사 詩四百 思無邪

79 녹야원鹿野苑Sarnath : 석가가 깨달음을 얻고 부처가 되어 처음으로 설법을 전한 불교의 성지. 바라나시에서 갠지스강을 따라 북쪽 13km 지점에 있다.

80 부다가야에서 깨달음을 얻은 석가모니는 함께 정진했던 다섯 도반을 불러 그가 깨달은 '사성제四聖諦'와 '팔정도八正道'에 대해 최초의 설법을 하셨다. 그러나 그들은 부처의 설법을 이해하기는 했지만 깨달음에까지 이르지는 못했다. 이에 부처는 언어의 한계를 깨닫고 연못에 핀 연꽃 한 송이를 꺾어 허공에 비추셨다. 그러자 무리 가운데서 오직 가섭존자迦葉尊者 한 분만이 비로소 그 순간 홀로 깨달음을 얻어 그 기쁨을 부처님을 향해 빙긋 웃는 웃음으로 전해드렸다. 부처 또한 그 의미를 아시고 가섭존자에게 미소를 지으셨다. 소위 염화시중拈花示衆의 미소가 오간 것이다. 이를 부처의 팔상八相 가운데서 '초전법륜初轉法輪'이라 이른다.

81 아소카Asoka 대왕阿育王(B.C. 269(272 혹은 273?) ~ BC 232) : 인도 대륙에 최초로 통일 대제국을 건설한 마우리아Maurya 왕조의 제3대 왕. 인도의 정치, 군사, 문화 등 제 분야에 꽃을 활짝 피우고 불교 역시 크게 진흥시킨 위대한 군주였다.

82 다르마라지카Dharmarajika 스투파 : 아소카 왕이 부처의 성지들을 순례하다가 녹야원에 세운 스투파. 아소카 왕은 이외에도 부처를 숭모하는 다메크Dhamekh 스투파와 거대한 석주石柱, 불상, 불교사원, 불교학교들을 건립하였으나 13세기 전후 이슬람교도와 힌두교도에게 유린되어 지금은 상단부가 사라진 기단부 직경 약 28m, 높이 약 42m의 다메크 스투파와 부러진 석주 몇 개가 남아 있을 뿐이다. 다르마라지카 스투파 역시 모두 파괴되어 기단 부분만 겨우 그 흔적을 보여주고 있다. 아소카왕은 또한 부처의 사리를 모신 최초의 8탑 중 7탑의 사리를 분골分骨해서 인도 각지에 8만 4천 개의 스투파를 조성했다고 한다.

그 정원에서 뛰놀던

500여 마리의 사슴 떼[83],

지금은 남아 있는 그 어떤 것도

없구나.

무상한 세월이더냐.

아니다. 이 세상

이름을 가진 것치고 실재實在하는 것은

아무것도 없나니

실재도, 실재 아닌 것도,

실재 아닌 것의 아닌 것도, 실재라는 말도

없나니

부처를, 아버지를, 또 나를 죽이지 않고[84] 여길

찾아오는 자,

결코 그

연꽃을 볼 수 없으리.

---

83 사슴 떼 : 녹야원은 지명의 뜻 그대로 부처님 당시에 많은 사슴들이 뛰놀던 장소
였다. 『출요경出曜經』에 의하면 옛날 이곳에는 천 마리의 사슴 떼가 살고 있었다.
그런데 바라나시의 마하라자Maharaja(지배자)는 유독 사슴 고기를 좋아해서 매일 무
차별적으로 사슴들을 사냥했다. 하루는 사슴 떼의 왕이 마하라자에게, 자신들이
매일 순서를 정해 스스로 한 마리씩 죽어줄 터이니 무자비한 사슴 사냥을 중지해
달라고 호소했다. 그러던 어느 날, 그날의 순번에 해당하는 사슴이 마침 임신한
암사슴이었다. 사슴 왕은 그 임신한 사슴을 도저히 마하라자에게 바칠 수 없었다.
그래서 고민 끝에 암사슴 대신 자신의 목숨을 내놓았다. 이에 감동한 마하라자는
크게 자신의 잘못을 반성하고 더 이상 그 같은 악행을 저지르지 않게 되었다고 한
다. 이 사슴의 왕이 곧 전생의 석가모니(싯다르타)였다는 것이다.

84 살불살조殺佛殺祖 : 「호도협」 주석 참조.

타지마할

사랑을 위해선

왕관도 옥좌도

모두 초개같이 버렸구나.

무굴제국 제5대 샤 자한 왕,[85]

그러나 이 지상에서의 사랑은

누구에게도 영원할 수

없는 것,

그래서 그대는 그대의 사랑을

덧없이 바람에 흩날리는 종이 위에

문자文字로 쓰기보다

인도 대륙의 가장 단단한 반석 위

가장 단단한 돌에 새기고자 했던가.

아그라성 남쪽 한 언덕에 고즈넉이 서서

오늘도

무심히 흐르는 자무나의 저녁 강물에게

조용히 시 한 줄을 읊조리고 있는

오세영 시선집 ── 시시별 시무소 詩四百 思無邪

[85] 샤 자한Shah Jahan(1592~1666): 타지마할, 붉은 궁전, 자마 마스지드Jama Masjid, 라 호르성 등 여러 호화스러운 건축물들을 지은 무굴 제국의 제5대 황제. 타지마할 이 완공된 10년 뒤 1658년, 국가 재정의 파탄과 왕위 승계에 대해 불만을 품은 막 내아들 아우랑제브Aurangzeb의 반란으로 왕위를 찬탈당하고 아그라 요새의 무삼 만 버즈 탑에 유폐되었다가 1666년 사망했다. 그러나 그가 유폐된 무삼만 버즈 Musamman Burji는 다행히도 타지마할의 경관을 볼 수 있는 곳이어서 왕은 죽을 때 까지 왕비를 추억할 수 있었다고 한다. 사후 샤 자한 왕도 자신이 그토록 사랑했 던 왕비의 곁에 묻혔다.

타지마할[86].

대리석과 보석으로 쓰여진

그 슬픈 사랑의 시 한 편.

447

타지마할

[86] 타지마할Taj Mahal : 온갖 보석과 눈부시게 하얀 대리석으로 지은, 세계에서 가장 아름답고 빼어난 건축물들 중의 하나. 1631년 무굴 제국의 황제 샤 자한은 황후 뭄타즈 마할(샤 자한의 부왕, 즉 시아버지 자한기르가 내려준 이름으로 '황궁의 보석'이라는 뜻)을 대동하고 출전했다. 그런데 불행하게도 왕비가 전투 중 데칸고원의 야전 천막에서 14번째의 아이(공주)를 출산하다가 숨을 거두자 이를 몹시 비통히 여긴 황제는 수도였던 인도 우타르프라데시주 아그라 남쪽, 자무나Jamuna 강가에 국가의 전 재산과 국력을 무려 22년 동안이나 쏟아부어 전대미문의 아름다운 이슬람식 영묘를 건축. 1653년에 완공하였다. 유네스코 지정 세계문화유산이다.

타쉬라바트[87]에서의 하룻밤

낙타야,

너 어디로 가는 길이더냐.

가슴에 꽃등 하나 달고

하룻밤의 안식을 위해 찾아드는

여기는 카라반 서라이[88],

한쪽 등에는 애증愛憎을 한 짐.

거친 사막을 달려, 외진 강물을 건너

다른 쪽 등에는 희비喜悲를 한 짐.

막막한 황야를 걸어, 가파른 암벽을 넘어

쩔렁쩔렁 목에 방울 하나 달고 그대

이 한밤을 지새려 찾아왔구나.

사람들은 그 길을 실크로드라 한다지만,

사람들은 그 끝에 황금의 나라

신라가 있다고 한다지만

아니다.

그것은 하늘로 가는 길.

오세영 시선집 — 시사백 사무사 詩四百 思無邪

---

87 타쉬라바트Tash-Rabat : 국경 투루갓 패스Tourgart Pass로부터 키르기스스탄 나린 Naryn 지역의 서북쪽 약 40km 지점에 있는 초원의 한 계곡. '돌의 요새'라는 뜻. 비교적 원형이 잘 보존된 실크로드 시대의 카라반 서라이가 남아 있다.

88 카라반 서라이Caravan Serai : 페르시아어로 '상인들의 여관'을 뜻한다. 실크로드, 중동, 북아프리카 일부 등 이슬람 지역에 건설된 대상들의 숙소다. 우물, 식당, 목욕탕, 가축병원, 감옥, 기도실 등의 부대시설을 갖췄다. 실크로드의 경우, 낙타가 하루 걸려 도달할 수 있는 거리마다 설치돼 있었다.

이미 너는 톈산⁸⁹의 입구에 들어서지
않았더냐?
나 오늘 밤
이 초원의 에델바이스 꽃밭에 누워 문득
바라보나니
지금
저 하늘에서 무수히 반짝이는 별들은
그때 그대들이
고향을 등지면서 글썽이던 눈물방울이 아니고
또 무엇이겠느냐.

---

89 톈산天山 : 문자 그대로 '하늘의 산'이라는 뜻이다.

이식쿨 호수에서

내 오늘로 알았다.

새벽 하늘에서 유난히 반짝이는 별 하나가

왜 그렇게 밝고 맑게 빛나는지를……

천상에서 가장 가까운 호수 이식쿨[90]에 내려

밤마다 몸을 씻고 돌아와

그렇지 아니하더냐

겨울에도 춥지 않게 항상

데워두어야 할 별들의 목욕물.

내 오늘 밤, '샛별의 아버지'라 불리는

촐폰 아타[91] 호반에 숨어 가만히 엿보고 있나니

하늘에서 스스럼없이 내린 별 하나가

아이벡스, 아르갈리, 붉은 사슴, 눈표범, 야생마……

암각화[92]에 잠든 짐승들을 하나하나

오세영 시전집 ─ 사사백 詩四百 思無邪

90 이식쿨Issyk-kul : 키르기스스탄 동북부 해발 1,609m의 고지에 위치한 호수. 해발 3,800m 이상인 남측 테르스케이 알라타우Terskey Alatau산맥과 북측 퀸케이 알라타우Künkey Alatau산맥으로 둘러싸여 있다. 동서 177km, 남북 57km(폭이 가장 넓은 곳), 총면적 6,292km²로 사람의 '눈' 모양을 이루고 있으며 세계에서 두 번째(첫 번째는 바이칼 호수)로 넓은 호수다. '이식쿨'은 '따뜻한 물'이라는 뜻으로, 실제 이식쿨의 물은 겨울에도 얼지 않고 따뜻하다.

91 촐폰 아타Cholpon-Ata : 호수의 중심을 이루는 북쪽의 조그마한 호반 도시. '촐폰'은 샛별(금성), '아타'는 아버지를 뜻한다.

92 암각화 페트로글리프스Petroglyphs : 촐폰 아타 북쪽 교외에 있는 암석지대. 이곳에는 빙하기 때 톈산으로부터 쓸려온 수만 개의 암석이 널려 있는데, 그중 약 2천여 개에 아이벡스(야생 염소), 아르갈리(산양), 붉은사슴, 눈표범, 야생마 등의 동물들과, 이들을 사냥하는 사냥꾼들의 모습들이 새겨져 있다. 기원전 8세기의 작품들이라고 한다. 유네스코 세계문화유산이다.

호명해서 깨워내더니
희희낙락 물장구를 치고 있구나.
하늘의 호수 이식쿨에서는 별들도 이처럼
장난을 칠 줄 아는구나.

이식쿨 호수에서

탈라스 강가에 앉아

그를 찾아왔다.
고비戈壁를 건너, 톈산을 넘어
마침내 나 여기에 왔다.
패배를 마다하지 않고 스스로
자신의 등에 역사를 걸머진 자,
죽음을 마다하지 않고 스스로
자신의 두 어깨로 진실을 받든 자,
배신을 마다하지 않고 스스로
자신의 가슴 깊이 사랑을 품었던 자,
그 고구려의 사나이를 만나러
나 여기에 왔다.
흥안령 지나, 고비를 건너, 톈산을 넘어서
가까스로 가까스로 찾아든
키르기스스탄 포크로브카[93] 탈라스[94].
강물은 말없이 흐르는데,
하롱하롱
흐르는 강물엔 시름없이 꽃잎 몇 개

오세영 시전집 ― 시사백 사무사 詩四百 思無邪

---

93 포크로브카Porkrovka : 탈라스강이 흐르고 있는 키르기르스탄의 평원.

94 탈라스강Talas River : 톈산산맥의 한 지맥 스키알라타우Sky Ala-tau 산맥에서 발원하여 탈라스 계곡의 서쪽을 흐르다가 물길을 다시 북쪽으로 바꾸어 카자흐스탄의 뮌쿰Muyunkum 사막에서 사라지는 강. 길이 453km, 유역면적은 17,540㎢이다. 이 강의 포크로브카 평원지대에서 서기 751년 고선지 장군의 당나라 군대와 이슬람 세력 간의 그 유명한 탈라스 전투가 일어났다. 세계 전쟁사에서 한니발의 로마 정복 이상으로 평가되는 전쟁이다.

떠가는데,

마침내 사막에 이르러

덧없이 모래 속으로 스며 사라지는 강,

탈라스.

진실로 역사는

사막의 모래밭에서 피는 꽃이었던가.

황혼이 내리는 강가, 시든 풀밭에 앉아

나 이제 그대의 이름을 망연히

부르노니

패배를 마다하지 아니하고 결연히

역사를 정면으로 마주 대한 저

당당한 자,

죽어서 오히려 영원을 살고 있는

아아, 그대 이름,

고선지高仙芝[95].

탈라스 강가에 앉아

95 고선지高仙芝 : 안서절도사安西節度使로서 서역 원정에 큰 공을 세운 당唐 현종 때의 장수. 고구려 유민이다. 그는 이슬람 연합군과 치른 다섯 번의 전투 중 네 번은 대승을 거두었으나 서기 751년, 마지막 치른 다섯 번째 탈라스 전투에서 크게 패했다. 이후 755년 안록산安祿山의 난 때 정적들의 모함으로 당 현종에 의해서 참형되었다. 고선지의 서역 원정은 중국의 제지 기술과 나침반 등이 이슬람을 거쳐 서구 세계로 전파되고 이슬람 세력이 중국의 서역까지 확장되어 이 지역 불교문화를 쇠퇴시키는 계기를 가져왔다. 역사적으로 동서 문화 교류에 큰 영향을 끼쳤다.

아프라시압 언덕에 올라

사마르칸트[96]

아프라시압 언덕[97]에 오르면

하늘은 역사歷史의 푸른 스크린,

제라프강[98] 너머로 사라진 그

드라마의 주인공들을 만날 것만 같다.

카비르사막[99]을 건너, 힌두쿠시산맥을 넘어

바람처럼 지나간 알렉산더.

고비사막을 지나, 아랄해를 건너

폭풍처럼 몰려온 칭기즈 칸.

96 사마르칸트Samarkand : 우즈베키스탄에 있는 옛 티무르Timur 제국의 수도. 푸른색 타일로 치장한 수백 개의 모스크가 도시 곳곳에 산재해 있어 '푸른 보석의 도시'라고도 불린다. 기원전 5세기경 제라프샨강 아프라시압 유역에 살던 소그드인들에 의해 건설됐으며 실크로드의 중심에 위치해 예로부터 '동방의 에덴' 혹은 '중앙아시아의 진주'라 불릴 정도로 번영했던 국제적 상업도시였다. 유네스코 지정 세계 문화유산이다.

97 아프라시압Afrasiab 폐허 : 기원전 800여 년부터 소그드인들이 살아왔던 옛 사마르칸트의 폐허. 수 세기 동안 수많은 정복자들에 의해서 파괴와 건설이 반복되어 왔던 까닭에 오늘날 그 지하에 묻힌 유적만도 12개 층이나 된다. 1965년 사마르칸트의 동북쪽 아프라시압 언덕에서 우연히 7세기 전후 이 지역을 통치했던 바르후만Varkhuman 왕(650~670)의 별궁 터가 발견되면서 그 실체가 드러나 세계 고고학계의 비상한 관심을 끌었다. 유네스코 지정 세계문화유산이다.

98 제라프샨Zeravshan강 : 파미르고원에서 발원하여 서쪽으로 타지키스탄 북부를 거쳐 우즈베키스탄 남부를 흐르다가 키질쿰Kyjylkum사막 남쪽에서 사라지는 강. 길이 780㎞, 4만 2000㎢의 유역면적에 수많은 오아시스들이 있는데 그중에서 특히 부하라, 사마르칸트 등이 유명하다.

99 카비르Kavir사막 : 이란 고원 북부의 사막. 테헤란에서 파키스탄에 이르는 이란 북부와 서부를 관통한다. 높이 800m의 고원으로 일부 습지를 제외하면 대부분 소금이 넓게 깔려 있어 일명 '소금 사막'이라고도 한다. '카비르'는 원래 '크다'라는 뜻이다.

아스라이 시간의 강물에 휩쓸린

이름 없는 민초들도 보인다.

파미르고원을 올라, 타림분지를 걸어

구름에 달 가듯이[100] 가던 소그드[101]의

대상단大商團.

터벅터벅 낙타 등에 실려 무심히

한 세상을 건너버린 천축天竺의

순례자.

그러나 내겐

한 번은 꼭 만나야 할 이승의 그

사내들이 있다.

예서 일만 리, 비단길을 걸어왔나.

초원草原길[102]을 달려왔나. 아니 새처럼

아프간서약 오디세이

---

100 박목월의 시 「나그네」의 한 구절.

101 소그드粟特 Sogd : 소그드인은 원래 중앙아시아 소그디아나Sogdiana 지역에 사는 이 란계 스키타이Scythia 유목민의 일파다. 조로아스터교(배화교拜火敎)와 마니교를 믿 었으며 2세기에 스키타이제국이 멸망하자 3세기부터 8세기까지 돌궐제국의 비호 아래 실크로드 교역로를 장악한 뒤 동서 무역의 교량 역할을 담당하였다. 『신당서 新唐書』에 "소그드인은, 태어나면 혀에 꿀을 물리고(상술商術) 손에 아교를 바른다 (인색과 저축)"는 기록이 있을 정도로 교역과 장사에 천부적 수완을 가진 사람들이 었다. 타지키스탄의 후잔트Khujand를 중심으로 거주, 사마르칸트와 부하라가 이 들의 주요 거점 도시들이었다. 그러나 13세기 무렵, 칭기즈 칸의 침략과 흑사병의 창궐로 몰락하기 시작해서 14세기에 들어 이슬람 세력에 정복된 후 언어와 정체 성을 잃고 이 지역의 다른 민족들에게 흡수 동화되었다.

102 초원길Steppe Road : 근대 이전 실크로드와 함께 동서를 잇는 교역로들 중 하나, 사 막을 통과하는 비단길과 달리 몽골 고원에서 흑해 연안에 이르는 아시아 북부의 초원 지대를 횡단한다. 13세기에는 몽골군의 유럽 원정로로 이용되기도 했다.

훨훨훨

하늘길을 날아서 왔나,

머리에 꽂은 그 날렵한 깃털,

허리에 찬 환두대도環頭大刀,

아, 그대들은 분명 고구려의 늠름한

무사武士들이었구나.[103]

사마르칸트 아프라시압 폐허에 오르면

세계는 하나의 꿈꾸는 대극장大劇場.

그 하늘에서 1,300여 년 전의 옛

고구려 사람들을 만난다.

103 아프라시압 폐허에서는 옛 소그드 왕궁의 벽화도 발견되었다. 왕궁의 동서남북 4
면에 걸친 각각 가로 11m, 세로 2.6m 규모다. 기록에 의하면 7세기 소그디아나
(사마르칸트, 부하라Bukhara, 판자켄트Panjakent 등지를 아울렀던 도시연합국가)의 지배자 바
르후만왕 때 제작된 것이다. 벽화는 왕을 중심으로 여러 나라에서 온 사절단과 사
냥, 혼례, 장례 등 당시의 다양한 생활상을 사실적으로 묘사하고 있어 그 역사적,
문화적 가치가 매우 높다. 이 중에서도 특히 머리에 조우관鳥羽冠(새 깃털을 꽂은 관)
을 쓰고 허리에 환두대도(손잡이가 고리 모양으로 돼 있는 큰 칼)를 찬 서쪽 벽면의 두
인물은 고구려 사신들이라는 것이 학계의 정설이다. 이 벽화는 현재 사마르칸트
아프라시압 언덕에 있는 아프라시압 박물관에 소장되어 있다.

샤흐리샵스

흘러가는 시간을
덧없이 붙잡아두려 하지 마라.
붙잡힌 시간은 항상
한 조각 굳은 흙덩이가 되나니
그 어디에도 살아 움직이는 것이라곤 없다.
샤흐리샵스[104],
그 거대한 악사라이 궁전[105]의 폐허를 보면
안다.
해도, 달도,
나무도, 풀도,
사막에 부는 한 줄기 바람, 떠가는 구름도
여기서는 정지된 활동사진의 한
흑백 필름처럼
모두 고개 숙여 굳어 있지 않더냐.
살아 있는 내 생을 모르거니
사후死後인들 어찌 알리.
생전에 자신의 묘를

---

104 샤흐리샵스Shahrisabs : 아미르 티무르가 태어난 곳으로 사마르칸트 남쪽 약 90km
　　지점의 사막에 있는, 2,400년 역사를 지닌 소읍. 페르시아어로 '녹색 도시'라는 뜻
　　을 지니고 있다.
105 악사라이Ak-Sarai 궁전 : 티무르가 그의 고향에 세운 거대한 여름 궁전. 지금은 모
　　두 폐허가 되었으나 그 파괴된 유적에도 불구하고 아직 남아 있는 38m 높이의 궁
　　전 성문과 일부 성벽으로 미루어 그 규모의 장대함과 화려함을 유추해볼 수 있다.
　　유네스코 지정 세계문화유산이다.

샤흐리삽스
하즈라티 이맘 모스크[106]에 마련해두었던
중앙아시아의 대영웅 아미르 티무르[107]도
정작 죽어서는
사마르칸트 구르에미르에 묻히지 않았더냐.
진실로 세월이 덧없는 것이 아니라
그 시간을 붙잡아두려는 인간의 마음이
덧없는 것이어니……

106 하즈라티 이맘Hazrati Imam 모스크 : 티무르가 전사한 아들 자항가르의 영묘로 지
    은 샤흐리삽스의 한 모스크. 티무르도 이곳에 묻히기를 간절히 바라 생전에 자신
    의 묘를 만들어 두었으나 죽은 후에는 자신의 뜻과 달리 사마르칸트의 구르에미
    르Gur-Emir 모스크에 안장되었다.

107 아미르 티무르Amir Timur(1336~1405) : 14세기, 현재 우즈베키스탄의 사마르칸트를
    수도로 하여 동서로는 몽골에서 소아시아까지, 남북으로는 북인도에서 러시아의
    모스크바까지 광대한 지역을 정복하여 대제국을 건설한 중앙아시아의 영웅. 몽
    골계로 실질적으로는 왕이었지만 당시 유목민의 전통상 칭기즈 칸의 후손이 아니
    면 '칸Khan(유목민족 국가에서 왕을 가리키는 칭호)'이라는 명칭을 사용할 수 없었으므로
    — 비록 칭기즈 칸 가문의 딸과 결혼해 정통성을 보장받긴 했으나 — 백성들에게
    자신을 '아미르Amir(지휘관)'라 부르도록 했다.

히바에서

옛말에

예禮가 아니면 말하지 말고

길이 아니면 가지를 말라[108] 했다 하나

나 오늘 히바[109] 왕국,

이찬 칼라[110] 쿠나 아르크[111]

악 쉐이크 보보[112] 계단에 홀로 올라

천하를 한번 휘둘러보나니

길이 길이 아니고 이름이 이름이 아님[113]을

뒤미처 깨달았노라.

회명晦冥한 천지에 뭍과 물이 어딨으며

묘망渺茫한 하늘 아래 밤낮이 어딨으랴.

카라쿰 사막에 뜬 한 점 섬

히바,

---

108 비례물언 비도물행非禮勿言 非道勿行

109 히바Khiva : 우즈베키스탄 맨 서쪽 카라쿰Karakum 사막의 실크로드에 있는 오아시스 성곽도시. 도시 전체가 박물관이라 해도 과언이 아니다. 유네스코 지정 세계문화유산이며 발굴된 유적으로 미루어 이미 4, 5천 년 전부터 사람이 살았을 것으로 추정된다.

110 이찬 칼라Itchan Kala : 히바를 둘러싸고 있는 성벽. 내, 외의 두 성으로 되어 있는데 내성의 경우 높이 8m, 두께 6m, 총 길이 약 2km의 성벽을 자랑한다. 그 안에 20개의 모스크, 20개의 마드라사 그리고 6개의 미너렛이 있다.

111 쿠나 아르크Kunha Ark : 성안에 있는 히바 왕국의 궁전.

112 악 쉐이크 보보Ak-Sheikh-Bobo : 궁전의 높은 전망대. 이 전망대에 오르면 성곽 내 시가지는 물론 툭 터진 카라쿰사막의 장대한 풍광이 한눈에 들어온다.

113 도가도비상도 명가명비상명道可道非常道 名可名非常名.『노자老子』제1장에 나오는 말씀.

거친 모래 폭풍이 한바탕 불어제치면

사방은 깜깜한 밤바다가 되느니

보이는 것 다만 이슬람 훗자

미너렛[114]에서 반짝이는 희미한 등댓불.

그 이외에는 다른 아무것도 볼 수 없구나.

옛 현인은 일러

조문도 석사가의[115]라 했다지만

길이 길이 아니고 이름이 이름이 아닐 바에

그 어찌 가당키나 한단 말이냐.

끝나는 그 길에서 다시 길이 열리고

그 어디든 가는 걸음 모두 다 길인 것을.

카라쿰 사막, 왕국 히바에서

내 오늘 진정

길이 길이 아니고 이름이 이름이 아님을

새삼 깨달았나니.

오세영 시전집 ── 시사백 시무사 詩四百 思無邪

114 이슬람 훗자Islam Hoja 미너렛 : 히바에서 가장 큰 마드라사Madrasah의 가장 큰 미너
　　렛Minaret. 높이는 약 45m다. 사막의 등대로 예전에는 실크로드 대상들의 길잡이
　　역할을 했다고 한다.

115 조문도 석사가의朝聞道 夕死可矣 .『논어論語』이인里仁편.

페르세폴리스

세계 최초의 대제국,

하늘 아래 가장 큰 궁전을 보러 여기 왔나니

라흐마트산에 둘러싸인 남부 이란의 대평원

마르브다슈트.

아아, 장엄하고도 황홀하여라.

페르세폴리스[116],

진정 아름다운 것은 파괴되어도 아름답나니,

진정 아름다운 것은 죽어서도

아름답나니,

그래서 인생은 짧지만 예술은 길다

하지 않더냐.

죽인 자는 죽어도 죽임을 당한 자는

다시 사는 법.

'아름다움이 적을 이긴다'[117]는 그대의 말씀이

진실로 거짓이 아니었구나.

---

116 페르세폴리스Persepolis : 현 이란 파르스Fars주의 주도州都 시라즈Shiraz 북동쪽 60km
지점에 있는 페르시아 아케메네스조朝의 고도古都다. '페르세폴리스'란 고대 그
리스인들이 명명한 것으로 '페르시아Perse의 도시Polis'란 뜻이다. 중동 최대 규모
인 이 유적지는, 앞에는 마르브다슈트MarvDasht 평원이 펼쳐져 있고, 뒤에는 해발
1,770m의 라흐마트산Kuh-i-Rahmat(자비의 산)이 둘러싸고 있다. B.C. 520년경 다
리우스Darius대왕이 건설했으나 B.C. 331년, 페르시아 제국을 멸망시킨 알렉산더
Alexander(B.C. 356~B.C. 323)의 방화로 파괴되었다. 플루타르코스Plutarchos에 따르면,
알렉산더 대왕이 이곳 보물들을 고국으로 실어 보낼 때 약 2만 마리의 노새와 5천
마리의 낙타들이 동원했다고 전해진다. 유네스코 지정 세계문화유산이다.

117 페르세폴리스 궁전의 초석에 새겨진 다리우스 대왕의 명문銘文.

이 세상에
위대함이 더불어 아름답기조차 한 것을
나 아직 일찍이 보지도 듣지도 못했거니
아아. 장엄하고도 황홀하여라.
페르세폴리스.

오세영 시전집 ── 시사백 사무사 詩四百 思無邪

침묵의 탑
— 야즈드에서

이 세상, 모든 살아 있는 것들은
제 살아 있다는 증표로 각기
반항은 반항, 순종은 순종, 기쁨은 기쁨,
슬픔은 슬픔,
모두 그에 합당한 소리를 낸다 하더라.
심지어 산이나 바다조차
제 뜻에 반하면 고함을 치고 뜻에 순하면
속삭일 줄을 아나니,
그러나 이 세상에는 또한
소리로 표현할 수 없는 어떤 궁극
절대절명의 시간도 있어
신神이 천지를 창조하시던 그 순간,
신이 어떤 형상에
입김을 불어 넣어 생명을 만드는 그 찰나가
또한 그렇지 않더냐.
그래서 한 현인은 가로되 진리는
언어가 아닌 침묵 속에 있다 했거늘[118]
나 오늘 그 침묵을 찾아
옛 페르시아의 고토古土, 루트 사막[119] 야즈드,

---

118 석가세존은 '언어는 진리를 전달하지 못한다'고 했다. 즉, 언어도단言語道斷 불립
문자不立文字 직지인심直指人心 견성성불見性成佛이다.
119 루트Lut 사막 : 이란 중부를 종단하는 사막.

침묵의 탑[120]에 왔노라.

오직 신만이 고뇌하고 방황하는 그 정적의 모래밭에

홀로 서서

내 영혼 친바트[121]를 건네줄

한 마리 독수리[122]를 하염없이, 하염없이

기다리고 있노라.

120 침묵의 탑Tower of Silence : 조로아스터교에서 조장鳥葬을 하는 장례식장. 이란 중부 이스파한Isfahan 남쪽 260km 야즈드Yazd시에 있다. 조로아스터교에서는 시신이, 신성한 흙, 물, 불에 직접 닿지 않도록 매장이나 화장이 아닌 조장, 즉 새가 주검을 쪼아 먹도록 하는 방식의 장례를 치른다. 그 과정은 다음과 같다. 먼저 제관이 주검을 구덩이 위에 올려놓는다. 그러면 독수리 같은 새들이 기다렸다는 듯 몰려와서 살을 뜯어먹는데 그 남은 백골은 아래 바닥으로 굴러떨어져 차곡차곡 탑을 이루게 된다. 죽은 자는 말이 없고 탑도 말이 없으니 바람만 흐를 뿐, 그것이 침묵의 탑이다. 오직 침묵만이 마음의 고통을 사라지게 할 수 있는 것이다. 『왕오천축국전往五天竺國傳』을 보면 1,300여 년 전 신라의 승 혜초도 이 야즈드 지역을 방문한 것으로 기록되어 있다. 유네스코 지정 세계문화유산이다.

121 친바트 페레툼Chinvat Peretum : 조로아스터교에서 우주의 중심 이승과 저승의 경계를 나누는 강에 걸려 있어 죽은 자의 영혼이 천국으로 갈 때 필히 건너게 된다는 다리. 죽은 자의 영혼은 여기서 미트라Mitra에게 심판을 받은 후 악인은 다리 아래 지옥으로 떨어지고 선인은 천국으로 건너가게 된다고 한다.

122 조로아스터교에서 독수리는 신의 사자使者, 즉 죽은 자의 영혼을 저 세상으로 인도하는 안내자로 여겨진다.

이스파한

이스파한[123],

시오 세 폴 다리[124] 난간에 기대 서서

흐르는 강물 소리에 귀 기울이면

옛 페르시아의 서사 로망,

쿠쉬나메[125]를 음송하는 음유시인의

잔잔한 목소리가 들린다.

사산 왕자 아브틴과 신라 공주 프라랑[126]의

123 이스파한Isfahan : 테헤란 남쪽 약 400km 지점, 이란 중앙부 카레Khara 사막의 자얀 데강 유역에 자리한 이란 제2의 도시. 옛 페르시아의 고도이며 세계에서 가장 아름다운 도시 중 하나로 알려져 있다. '이스파한 니스푸 자한', 즉 '이스파한은 세계의 절반', 혹은 '서에는 베르사유 동에는 이스파한'이라고 하는 세간의 찬사는 역사상 사파비Safavid 왕조 치하에서의 이 도시의 번영상을 한마디로 표현해주는 말들이다. 17세기 페르시아 여행기를 저술한 샤르단Schardan은 당시의 이스파한에 관해 "인구 100만, 대가람大伽藍(가치가 높거나 규모가 큰 절) 160개소, 학교 48개소, 여관 1,800개소, 목욕장 273개소가 있다"고 기술하였다. 페르시아 사산Sassanian 왕조의 고도로 발달된 금세공 기술을 실크로드를 통해 극동까지 전파한 도시이기도 하다. 유네스코 지정 세계문화유산이다.

124 시오 세 폴Si-O-Se Pol 다리 : 이스파한의 자얀데강에 놓인 11개의 다리 중 하나. '33 다리' 또는 '33개의 아치를 가진 다리'라는 뜻이다. 1602년 샤 아바스Sha Abbas 1세 때 조지아인 알라베르디 칸Aiiaverdi Khan이 축조했다. 33개의 아치 아래에는 다리를 건너다 쉴 수 있는, 벽돌로 만든 쉼터들이 군데군데 설치되어 있다. 다리 아래 한쪽 면에서는 물 위의 찻집을 운영하고 있기도 하다. 세계에서 가장 아름다운 다리 중 하나로 여겨진다. 길이 360m에 폭은 14m이다.

125 쿠쉬나메Kush Nama : 오랜 세월 구비전승되다가 11세기에 이르러 채록된 페르시아의 구전 대서사시. 그 주요 줄거리는 왕좌를 빼앗긴 페르시아 사산 왕조의 왕자 아브틴이 극동의 신라(오늘의 한국)로 망명해 신라 공주 프라랑과 결혼하고, 그 사이에서 태어난 왕자가 훗날 귀국해서 페르시아(오늘의 이란)의 영웅이 된다는 내용이다. 여기서 신라는 한결같이 아름답고 풍요로우며 금이 많이 나는 나라, 한번 정착하면 떠나고 싶지 않은 이상향으로 그려져 있다.

126 아브틴Abtin, 프라랑Frarang : 쿠쉬나메의 주인공들.

그 애달픈 사랑 이야기가……

이스파한,

시오 세 폴 다리 난간에 기대앉아

머리카락 간질이는 바람 소리에 귀

기울이면

카라쿰 사막을 건너, 톈산산맥을 넘어

신라 땅 경주까지

황금, 융단을 싣고 오가던 대상들의

낙타 방울 소리가 들린다.

아,

노을이 비끼는 이스파한,

시오 세 폴 다리 아치에 포근히 안겨

자얀데[127] 푸른 수면을 나는 물새들을

바라다보면

옛 신라 여인들의

가녀린 귓불에서 반짝거리던 유리구슬[128],

그 속에 비치는 하늘이 보인다.

청자 빛 하늘이……,

127 자얀데Zayandeh강 : 이란에서 가장 큰 강 중 하나로, '생명을 주는 강'이라는 뜻이
   다. 자그로스Zagros산맥에서 발원해 메마른 사막 430km를 굽이치며 이스파한에서
   위대한 이슬람 문명을 탄생시켰다.

128 1973년 경주의 미추왕릉味鄒王陵 부근 4호 고분에서는 모자이크 기법으로 사람과
   오리, 꽃 등이 상감된 유리구슬들이 발굴되었다(보물 634호). 그런데 이들은 그 이
   전 금관총金冠塚, 천마총天馬塚 등에서 출토된 상감 유리구슬과 사뭇 달라 페르시
   아에서 건너온 것으로 추정되고 있다.

메이든 탑[129]

사람들은 투신자살이라 하더라만,

그로써 순결을

만대에 지켰다 하더라만

아니다. 너는

새가 되고 싶었던 것.

한 마리 새가 되어 성 안과 밖, 마을과 들,

문명과 자연의 경계를

자유롭게 훨훨

넘나들고 싶었던 것.

새가 되어 날지 않고선 어찌

그럴 수 있었겠으랴.

억제해도 억압해도 살 속에서 들끓는 그

뜨거운 피,

딸을 사랑한 애비의 욕정을 어찌 단지

악으로만 단죄할 수 있다는 말이냐.

이 세상 모든 이분법은

문화의 소산.

---

129 메이든 탑Maiden Tower : 바쿠Baku의 구시가지에 있는 직경 16.5m, 높이 29.5m의 8
층 원통형 석탑. 일명 '처녀의 탑Giz Galasy'이라고도 한다. 성곽도시 바쿠를 방어하
기 위해 12세기에 축조했다. 아버지 바쿠 왕과 사랑에 빠진 딸이 이 탑 꼭대기에
서 강물로 투신했다는 전설로부터 '처녀성處女性virginity'의 은유적 영어 표현 '메이
든'이라는 이름이 생겼다고 한다. '딸과 사랑에 빠진 왕과 그 딸의 자살'이라는 이
비극적인 이야기는 지금까지 아제르바이잔의 시詩와 연극의 보편적인 주제가 되
고 있다. 유네스코 지정 세계문화유산이다.

그 경계를 지우려
인간이 만든 탑 그 정상에 올라 새처럼
허공으로 몸을 던져 마침내 날아간
아아, 그 인간의 딸.

카스피해에서

아제르바이잔 바쿠,
아시아가 바라다보이는 카스피해 해안의
카페 레비뉴[130]에 앉아
한 잔의 보드카에 석양을 섞는다.
모든 사막이 그러하지만
한순간 몰아치던 그 모래 폭풍이 그치자
언제냐는 듯
말갛게 개인 하늘.
오늘도 태양은 코카서스로 넘어가고,
수평선은 또 붉게 물들고, 내 술잔에 내린 노을도
출렁거리고,
여기는 동과 서가 만나는 아제르바이잔의 수도
바쿠,
바람의 마을[131].
잔잔해진 카스피해의 파도를 바라보며
막 지나간 사막의 모래 폭풍을 생각한다.
역사상
알렉산더가, 칭기즈 칸이, 아미르 티무르가
아니 오스만[132]이

130 레비뉴L'Avenue : 카스피해가 한눈에 바라다보이는 바쿠 해안가의 아름다운 카페.
131 '바쿠Baku'는 아제르바이잔어로 '바람의 마을'이라는 뜻이다.
132 아제르바이잔은 지정학적 위치 때문에 역사적으로 동서양 양대 세력의 각축장이
   었다.

실은
사막에 몰아닥친 폭풍이 아니었더냐.
날씨가 개니 모두 한바탕 장난이었다,
바람이 친 한바탕 역사의
우스개 장난이었다.

텔라비[133] 지나며

노아가 방주에서 내려 맨 먼저

한 일이 바로 그

포도나무 심기였다는데[134]

조지아 카헤티,[135]

보이는 것이라곤

온통 포도나무 숲밖에 없구나.

그 들녘에 요새처럼 우뚝 서 있는

알라베르디 대성당[136],

마치 포도밭에 뜬 한 점 섬 같다.

133 텔라비Telavi : 조지아의 수도 트빌리시Tbilisi 동쪽 50km 지점, 알라자니Alazani강이
　　흐르는 계곡에 위치해서 동서를 잇는 고대 실크로드의 길목. 8세기부터 도시로
　　발전해 15~17세기까지 카헤티 왕국의 수도로 번성했다. 포도주로 유명한 조지아
　　에서도 제 일로 치는 곳이다.

134 노아가 방주에서 내린 후 맨 처음 한 일이 포도나무를 심는 일이었다(『창세기』 9장
　　20~21). 이는 기원전 6000년경에 이미 인류가 포도주를 시음했다는 수메르 점토
　　판의 기록과도 비슷한 연대이다. 이를 근거로 삼자면, 와인의 역사는 기원전 6000
　　년경부터 시작되었다고 말할 수 있다. 그런데 노아가 방주에서 내린 곳이 아라라
　　트산이었으니 조지아인이나 아르메니아인들이 이 지역을 포도나무의 원산지로
　　꼽는 것은 나름대로 일리가 있는 주장일 것이다.

135 카헤티Kakheti : 대코카서스산맥의 남쪽, 러시아 연방의 남동쪽, 아제르바이잔의
　　북동쪽, 조지아 카르틀리 서쪽에 있는 지역이다. 여기서는 이미 8천 년 전에 포도
　　주를 숙성시킨 흔적과 포도씨가 들어 있는 항아리가 발견된 바 있다. 세계 포도주
　　의 시원지이자 본산지인 셈이다. 조지아에는 '물보다 와인에 빠져 죽는 사람이 더
　　많다'는 속담이 있다. 카헤티 지역은 유네스코 지정 세계문화유산이다.

136 알라베르디Alaverdi 대성당 : 카헤티 지역의 텔라비 북쪽 20km 지점에 위치하고 있
　　다. 11세기 조지아 정치문화의 절정기에 알라베르디(6세기경 시리아에서 건너온 13명
　　의 사제 중 한 명)를 기념하기 위해 카헤티의 크리비케Kvirike 왕이 건축한 성당이다.
　　경내에는 천년의 역사를 자랑하는 마라니아Marania 와인 저장소와 100여 종의 포
　　도나무가 식재된 포도밭도 있다.

아니 포도나무 바다에 뜬

노아의 방주 같다.

옛 조지아 속담에

'물보다 와인에 빠져 죽는 사람이 더

많다'고는 했으나

와인은 생명의 불을 지피는 기름,

예수의 피.

어찌 와인에 빠져 죽는 사람이 있을까 보냐.

천년을 지켜온

알라베르디 대성당 마라니아 와이너리,

지하 저장고에서 숙성되는 그

크베브리 와인[137].

---

137 크베브리Qvevri 와인 : 조지아, 아르메니아 등지에서 크베브리 와인 제조법으로 빚은 포도주. 크베브리 와인 제조법이란 사츠나켈리satsnakheli(포도 압착기)로 짠 포도의 즙과 차차chaha(포도껍질, 줄기, 씨) 등을 크베브리(와인을 숙성, 저장하는 달걀 모양의 전통 토기 항아리)에 넣고 화산재로 덮은 후 5~6개월 동안 숙성시켜 포도주를 만드는 방법이다. 유네스코 지정 세계문화유산.

스탈린[138] 생가 앞에서

지식이 예지叡智를,

이념이 자유를 넘어설 수는 없는 법인데

지식과 이념의 완전을

종교처럼 믿었던 한 우매한 자

여기 살았노라.

이념은 본디 인간의 소산,

설령 신의 창조가 아닐지라도 인간이란

그 자체가 이미

완전한 존재가 될 수 없는 것이거늘

이 하늘 아래

인간이 만든 그 무엇이 그렇게

완전할 수 있다는 말이냐.

회의懷疑 없는 신념은 가면假面 속의 죄.

보라. 하필

그대의 생가[139] 뒤뜰에서 자라 곱게 핀

한 떨기 무궁화꽃을[140],

138 스탈린Stalin : 소비에트 연방 공화국 공산당 제2대 서기장이자 총리.

139 스탈린 생가 : 트빌리시에서 북서쪽으로 80km쯤 떨어진 고리Gori에 스탈린을 기
  념하는 박물관과 그가 어린 시절을 보냈던 지하 1층, 지상 1층의 생가가 있다. 나
  무와 흙벽돌로 지은 두 칸짜리(15평) 초라한 오두막이다. 현재는 훼손의 위험 때
  문에 그리스·로마 신전풍의 대리석 파빌리온으로 집 전체를 감싸놓아 마치 작
  은 성소聖所처럼 보인다. 왼쪽 옆 지하엔 스탈린의 아버지 비사리온 주가슈빌리
  Vissarion Jughashvili가 임대해 운영했다는 구두 수선점도 있다.

140 꽃나무가 거의 없는 스탈린 생가 뜰에는 하필 우리나라의 것과 품종도 똑같은 무
  궁화나무 한 그루가 덩그러니 꽃을 피우고 있다. 무언가 시사적示唆的이다. 무궁

꽃은 이념으로 피는 것이 아니라
사랑으로 피는 것이다.

오세영 시전집 — 시시백 사무사 詩四百 思無邪

화는 한국의 국화國花이다.

바투미에서

항구 바투미[141].

흑해黑海가 바라다 보이는 카페

리베라 사나피오[142]에 앉아

몽돌 해안

그 부서지는 파도 소리를 듣나니

내 한생, 해안에 철썩대는 파도와

다름이 없었구나,

다소 짜지 않아도,

다소 맑지 않아도[143]

수평선 있으면 모두가 바다인 것을,

오 가면 모두가 파도인 것을

없는 황금 모피毛皮를 찾아[144] 내 어찌 지금까지

---

141 바투미Batumi : 조지아 남서쪽 흑해 연안에 있는 항만도시이자 굴지의 휴양지로 인구 약 15만 4,100명(2015년 기준)이다.

142 리베라 사나피오Rivera Sanapio : 바투미 해안에 있는 레스토랑 겸 카페.

143 흑해의 물은 염도가 낮아 별로 짜지 않다. 바다의 대부분이 호수처럼 육지에 둘러싸여, 유입하는 강물은 많지만 유일하게 지중해로 빠지는 출구는 상대적으로 좁아 민물 함유량이 대양에 비해 훨씬 많기 때문이다. 거기다 흑해는 수심조차 낮다. 그래서 바닥에 쌓인 부패한 침전물들이 항상 물 위로 떠올라 플랑크톤의 서식도 어렵다. 흑해의 물이 맑지 않고 검은빛을 띠는 이유다.

144 바투미의 해안 공원에는 메데이아Medea 기념탑이 있는데, 이는 다음과 같은 그리스 신화와 관련이 있다.
테살리아Thessalía의 왕 크레테우스Kreteus가 죽자 왕위는 그의 아들 아이손Aeson이 아닌 의붓아들 펠리아스Pelias에게 넘어간다. 후에 아이손의 아들 이아손Iason이 펠리아스에게 빼앗긴 왕위를 돌려달라고 하자 펠리아스는 한 가지 조건을 내걸었다. 멀리 콜키스Kolkhis 왕국에 가서 황금으로 된 양털을 가지고 오면 돌려주겠다는 것이다. 그리하여 이 황금 모피를 얻기 위한 이아손의 모험이 전개된다. 그는

뭍으로 뭍으로

기어오르려고만 했던가.

삶의 정점에서

부서져 흰 포말이 되어버린 나의 바다.

흑해가 바라다보이는 카페 리베라 사나피오에

홀로 앉아서

석양이 비끼는 몽돌 해안,

자드락 자드락[145], 부서지는 그 파도 소릴

듣는다.

여러 영웅들과 함께 아르고Argo호로 흑해를 건너 바투미에 상륙, 원정을 계속한 끝에 드디어 콜키스 왕국의 수도 쿠타이시Kutaisi에 이른다. 그런데 콜키스의 왕 아이에테스Aeetes에게는 메데이아라는 딸이 하나 있었다. 그녀는 이아손을 보자 그만 사랑에 빠지게 되고 이아손은 용과의 싸움에서 메데이아의 도움을 받아 황금 양털을 얻는 데 성공한다. 그리고 고향으로 돌아가 빼앗긴 왕위를 되찾게 된다는 이야기이다.

145 바투미 해안은 모래가 아닌 작은 몽돌로 뒤덮여 있어 물소리가 매우 특이하다.

알라베르디[146]

벼랑이 평지다.

거미줄에 걸린 풍뎅이처럼 허공엔

빈 곤돌라들이 매달려 있고

수도원 뒤뜰은 온통

자빠지고 드러누운 묘비들뿐이다.

꽃들은 매캐한

아황산 냄샐 풍긴다. 장미는 이미

녹이 슬었다.

평지가 벼랑이다.

식탐食貪은 어쩔 수 없다는 듯

구리 제련소의 높은 철탑이

마을을 덮치려 하고

낡은 화물 열차가 숨죽여

달아나고 있다.

공룡이다.

아파트는 발라 먹혔다.

---

146 알라베르디Alaverdi : 아르메니아Armenia 북동부 로리Lori주에 위치한 작은 광산도
   시. 인구는 13,343명(2011년 기준), 조지아 국경과 가까우며 아르메니아의 예레반
   Yerevan−조지아의 트빌리시를 연결하는 철도가 지나간다. 수직 수백 미터의 절벽
   이 만들어낸 데베드Debed 협곡 바닥과 그 절벽에 위태위태하게 전개된 시가지, 경
   기 침체로 삭막해진 거리, 낡아 부서진 주택, 제련소의 높은 굴뚝에서 피어오르는
   하얀 연기, 폐허가 된 수도원과 구리 광산의 낡은 시설들이 함께 어우러져 기묘한
   초현실주의 풍경을 자아내는 도시다.

앙상히 골조만 남았다.

그래 그렇지.
식후에 즐기는 한 모금의 끽연처럼 누군가
느긋하게 피워 올리는 산 너머 굴뚝의
하얀
담배 연기.
쥐라기 저쪽에서 다른 또 누군가가 이를
훔쳐보고 있다.

아흐파트 수도원

오래 두고 익혀 스스로

깊어진 지식이

참다운 진리가 된다 했으니

온고지신溫故知新이 아니더냐.

내 이를 아르메니아의 알라베르디

아흐파트 수도원[147]의 대도서관에서 깨우쳤나니

인간의 생각도 포도주와 같아서

이 곧 오랜 숙성 끝에

참다운 말씀이 되나니라.

옳도다.

아르메니아의 현자여.

8천 년을 전승한 그대들의

포도주 제작법[148]이 바로 학문이었구나.

아흐파트 수도원 스크립토리움[149]

바닥에 묻힌 그 수많은 항아리들은

---

147 아흐파트 수도원Monasteries of Haghpat : 아르메니아의 알라베르디에 있는 그리스도교 수도원으로 10세기 후반에서 13세기 사이에 지어진 대표적인 종교 건축물이다. 수도원, 성당, 여러 채와 종탑, 대학, 도서관 등으로 구성되어 있다. 유네스코 지정 세계문화유산이다.

148 인류의 포도나무 식재와 포도주 시음은 조지아와 아르메니아, 그중에서도 오늘날 조지아의 카헤티 지역이 처음인 것으로 알려져 있다(「텔라비 지나며」 주석 참조). 그런데 최근, 『내셔널지오그래픽』에 의하면 아르메니아의 아레니 지역에서 기원전 6,100년 경 포도주를 빚던 와이너리 유적이 발견되었다고 한다.

149 스크립토리움Scriptorium : 아흐파트 수도원에 있는 대도서관. 1,063년에 지어졌다. 바닥에는 수많은 항아리가 묻혀 있는데 중요 고문서들을 보관했던 시설들이다.

기실 도서 수장고가 아니라
지식을 숙성시키는 와이너리, 바로 그
발효통들이었나니
옳도다.
아르메니아의 현자여.

아라라트산

우리가 백두산을

마음대로 오르지 못하듯

그대들 역시 갈 수 없는 아라라트[150].

그래서 멀리 두고 바라만 봐야 하는,

그래서 맘에 두고 그리워만 해야 하는

성스럽기 그지없는 그대들의 산.

누군가는 거기에 에덴[151]이 있다 하고,

누군가는 거기에 이브 있다 하더라만

세상 사는 이치 또한

이 같지 않더냐.

그리는 사람 없이, 보고 싶은 사람 없이

150 아라라트Ararat산 : 터키 동부, 이란 북부, 아르메니아 중서부 국경에 걸쳐 있는 산.
    노아의 방주가 떠내려가다 멈췄고(『창세기』 7:8~14), 부서진 그 배 조각이 아직도 남
    아 있다고 전해지는 산이다. 정상의 30% 정도는 항상 만년설로 뒤덮여 있다. 해발
    5,137m의 대아라라트Greater Ararat산과 해발 3,896m의 소아라라트Lesser Ararat산으로
    구분되며, 산세가 높고 험준한 휴화산이다. 페르시아 전설에서는 인류 요람의 땅이
    라고 한다. 북쪽 아라스Aras 골짜기에 '에덴의 정원'이 있었다고 전해진다. 아르메니
    아인들은 아라라트산을 '하나님의 집' 혹은 '마시스Masis'라 불러 어머니로 숭배하기
    도 하는데 이는 바빌로니아의 '우라르투Urartu(고지高地를 뜻함)'에 해당되는 것이다.
    1991년 아르메니아 정부는 아라라트산을 아르메니아 공화국 및 아르메니아의 민
    족주의와 민족통일주의를 나타내는 상징물로 지정했다. 하지만 현재 이 땅은 이슬
    람 국가인 터키 국토의 일부여서 기독교도 아르메니아인들은 접근할 수 없다.

151 에덴 : 『성서』의 다음과 같은 묘사에 근거해서 아르메니아인들은 지금도 아라라트
    산 어딘가에 에덴이 있다고 믿는다. 실제로 아라라트산은 유프라테스와 티그리
    스를 포함한 4강의 발원지이기 때문이다. "강이 에덴에서 흘러나와 동산을 적시
    고 거기서부터 갈라져 네 근원이 되었으니 첫째의 이름은 비손이라 금이 있는 하
    윌라 온 땅을 둘렀으며 그 땅의 금은 순금이요. 그 곳에는 베델리엄과 호마노도
    있으며 둘째 강의 이름은 기혼이라, 구스 온 땅을 둘렀고 셋째 강의 이름은 힛뎃
    겔(티그리스)이라, 앗수르 동쪽으로 흘렀으며 넷째 강은 유브라데스더라."(『창세기』
    2:10~14).

막막한 이 한생을 어찌 홀로

살겠느냐.

나 오늘 지척의

코르 비랍 수도원[152] 언덕 위에 올라서서

그 옛날 노아가 그러했듯

비둘기 한 쌍을 그대에게 날리노니[153]

아르메니아!

아르메니아!

노아의 핏줄이자 야벳의 후손[154]아,

슬퍼하지 마라.

동방의 한 성스러운 족속,

배달의 민족 또한 백두산을 그대처럼

마음대로 오르지 못하느니.

152 코르 비랍Khor Virap : 아르메니아의 수도 예레반 남쪽 30km 지점 아라라트산을 지
척에서 바라볼 수 있는 아라스Aras강 언덕의 수도원이다. 3세기 말 기독교를 전파
하러 온 성 그레고리St. Gregory of Nyssa가 이교도였던 당시의 왕 티리다테스Tiridates
에 의해 13년간 깊은 우물에 갇혀 지냈던 것을 기념하기 위해 13세기 전후 건립했
다. '코르 비랍'이란 '깊은 우물'이라는 뜻으로, 지금도 이 수도원 지하에는 그 우물
터가 남아 있다. 전설에 의하면 그레고리를 우물에 가둔 왕은 후에 큰 병이 들었
고 누구도 그 병을 치료하지 못했다. 그런데 어느 날 그레고리가 예수의 기적으로
이를 고쳐주었고, 이에 감동한 왕은 스스로 기독교로 개종했을 뿐만 아니라 A.D.
301년, 아르메니아를 이 세상 최초의 기독교 국가로 선포했다(로마에선 313년 콘스탄
티누스 대제가 밀라노 칙령을 공표하여 기독교를 공인하긴 했으나 국교로 삼은 것은 392년 테오
도시우스 황제 때이니 그보다 90년 전의 일이다).

153 방주에 들어가고 40일 동안 비가 내린 뒤 151일째 되는 날, 노아는 하늘로 비둘기
를 날려 그 비둘기가 올리브잎을 물고 돌아오는 것을 보고 드디어 뭍이 드러나기
시작했음을 알게 되었다(「창세기」 7:10~24). 지금도 이곳의 노점상들은 관광객들에
게 방생용 비둘기를 팔고 있다.

154 아르메니아인들은 자신들을 노아의 셋째 아들 야벳의 자손이라고 믿는다.

아르메니아 제노사이드 메모리얼

아찔하여라.

예레반[155] 교외의 흐라즈단강 언덕에

우뚝 솟은

아르메니안 집단 학살 추모탑[156].

불경스러울진저,

끝이 날카로워서 창끝으로

마치 하늘을 찌르는 듯싶구나.

하늘을 원망하는 것이냐.

하늘 벽을 허물어

애통함을 고하고자 하는 것이냐.

예레미야!

예레미야!

"어찌하여 우리를 치시고

치료하지 아니하시나이까."[157]

신의 이름으로 수십만 명을 죽인

155 예레반Yerevan : 흐라즈단Hrazdan강을 끼고 발전한 아르메니아의 수도.

156 아르메니안 집단 학살 추모탑Armenian Genocide Memorial : 1894~1896년과 제1차 세계대전 중이던 1915~1916년 두 차례에 걸쳐 오스만 투르크 제국의 이슬람계 투르크인들이 이스탄불과 아나톨리아 동부에 거주하던 기독교계 아르메니아인 들을 대규모로 학살한 사건(그중에서도 특히 제1차 세계대전 당시의 학살사건을 지칭함)을 추모하기 위해 예레반 교외, 흐라즈단강 언덕에 세운 탑. 이 사건으로 수십만 명의 아르메니아인(아르메니아는 150만 명, 터키는 20만 명이 죽었다고 주장하며, 터키는 그것도 학살이 아니라 전쟁에 휘말려 죽은 아르메니아인과 터키인의 희생자 총수라고 한다)이 죽었다. 탑은 칼끝 혹은 창끝 모양으로 되어 있어 마치 그 날카로운 창끝이 하늘을 찌르고 있는 듯한 형상이다.

157 「예레미야」 14:19.

정교正教와 이단異端의 접경 예레반에서
신은 살고 인간은 죽었도다.
아르메니아!
아르메니아!
정녕 그대는 신의 땅이냐.
아니면
인간의 땅이냐.

넴루트[158]에 올라

자연의 섭리를 거스를 수 있는 자,

곧 신이 되나니

신 이외엔 그 누구도 자연을

거스를 수 없기 때문이니라.

나 터키 땅 카흐타

타우루스산맥의 남동쪽 넴루트산 정상에서

신神이 되기를 열망했던

한 어리석고도 힘센 자[159]를 보았나니

그 역시 자연을 거슬러

하늘을 오르겠다고 결심했다 하나니라[160].

중력重力을 거스르는 일은 곧

158 넴루트산Nemrut Dagi : 해발 2,134m로 터키의 카흐타Kahta에서 48km 떨어진 곳에 위치한 산. 타우루스Taurus산맥 남동쪽 능선의 가장 높은 봉우리 중 하나다. 이 산의 정상에는 B.C. 1세기에 건설된 콤마게네Kommagene의 왕 안티오쿠스Antiochus 1세의 무덤이 있다. 원래는 해발 2,109m였지만 산꼭대기의 면적 1,150m²에 작은 돌을 50m로 쌓아 올려 왕의 묘를 조성한 까닭에 산의 높이까지도 2,159m가 되어 버렸다. 지금도 이 지역에는 커다란 돌과 석상들로 둘러싸인 안티오쿠스 1세의 무덤을 중심으로 주위에 콤마게네 왕국의 유적들이 널려 있다. 이 산의 정상에 오르면 아디야만Adiyaman 평원과 희미한 유프라테스강의 전경이 한눈에 들어온다. 세계 8대 불가사의 중의 하나며 유네스코 지정 세계문화유산이다.

159 넴루트산에 자신의 묘를 건설한 콤마게네의 왕 안티오쿠스 1세.

160 동서양을 막론하고 천국Heaven은 하늘을 의미하므로 천국으로 오른다는 생각은 곧 하늘을 오른다는 말과 다름 없다. 그래서 고대인들은 일반적으로 하늘로 오르는 사다리나(라마교의 하늘 사다리, 기독교의 야곱의 사다리, 이슬람교의 천국의 계단 등), 독수리(조로아스터교, 라마교) 혹은 비둘기(기독교) 같은 새, 하늘로 높이 솟은 피라미드나 지구라트Ziggurat(이집트나 고대 메소포타미아)와 같은 건축물을 종교적 상징으로 숭모하였다. 「강링을 불어보리」 등의 주석 참조.

자연을 거스르는 일,
그래서 우리는 비록 하늘에 닿지는 못한다
하더라도
허공을 나는 새를 신의 사자라 여기고
신은 항상 하늘에 계신다 하지 않더냐.
그러나 나 아직껏
하늘 높이 오르려 산 정상에
자신의 주검을 갖다 올려놓은 자를 보지도
듣지도 못했거니

비록 산의 정상이라고는 하나 그 역시 중력에 끄을려
그만 땅에
묻히고 말지 않았더냐.

트로이 가는 길에

트로이[161] 가는 길엔

아무것도 없더라.

널브러진 돌멩이와 사금파리뿐

물어물어 가는 길은 삭막하더라.

소똥, 말똥, 염소똥 널려진 것 이외

부서진 목마木馬 하나 덜렁 서 있는

차나칼레 테브피케[162] 트로이 가는 길은

쓸쓸하고 적막하기

그지없더라.

그때 불던 바람만 오늘 다시 불고

그때 끼던 구름만 다시 끼더라.

아름다움 지키려는 출정出征이라면

내 아들 죽어도 서럽지 않다던

성벽 앞 그 노인의 외마디 탄성[163]도

161 트로이 유적 : 터키 차나칼레주 테브피케에 있는 고대 트로이의 유적. 독일의 부호이자 고고학자인 하인리히 슐리만Heinrich Schliemann이 1870년경부터 20년에 걸쳐서 발굴했다. 호메로스의 『일리아드』의 배경이 된 곳. 1998년 유네스코 세계문화유산으로 지정 되었다.

162 차나칼레Canakkale, 테브피케Tevfikiye : 트로이가 소재하고 있는 터키 지명.

163 타이코스코피Teichoscopy의 조망 : 서사시론敍事詩論에서 '담장 너머 바라보기' 혹은 '상황 중계'라는 뜻의 기법. 그 하나의 실례로 호메로스의 『일리아드』엔 이런 에피소드가 있다.

그리스군의 공략으로 트로이의 젊은 남자들이 전투에 나가 무수히 목숨을 잃게 되자 집에서 그들의 무사 귀환을 기다리던 아내와 부모들은 이 전쟁의 발단이 된 헬레나(트로이의 왕자 파리스의 비)의 불륜을 질타하고 그녀를 트로이에서 내쫓기 위해, 파리스 왕자와 헬레나가 함께 성 밖의 전투를 관람하고 있는 성내의 높은 누

전쟁도, 사랑도, 그 무엇도
이제는
아무것도 찾아볼 수 없더라.
물어물어 트로이 가는 길섶엔
우리나라 민들레만
피어 있더라.

오세영 시선집 — 사사백 사무사 詩四百 思無邪

각으로 몰려들었다. 바로 그때, 마침 석양빛에 물든 헬레나의 미모는 그 순간 얼
마나 아름다웠던가, 그 황홀한 자태를 처음 접한 시위 주동자 노인은 그녀를 쳐다
보자마자 한동안 넋을 잃고 아무 말도 할 수 없었다. 그를 따르던 소란스런 군중
들 역시 일시에 얼어붙었다. 잠시 침묵이 흘렀다. 그러자 그 노인은 마침내 이렇
게 외치고 만다. "진정 아름다운지고. 이 세상에 저렇게도 아름다운 여자가 어디
또 있을까. 이런 여자를 지키기 위해서라면 내 아들이 전쟁에 나가서 싸우다 죽는
다 해도 결코 슬플 것 같지가 않구나."

이스탄불

약탈혼도 혼인은 혼인인 것,

얼마나 사모하면 그리했으리.

다행히도 두 청춘 사랑에 빠져

행복한 허니문에 취해 있다 하더라.

서양의 풍습을 따른 것인지

신부는

처녀적 이름 비잔티움[164]을 버리고

지금은 신랑의 이름으로 대신했다 하나니

이스탄불[165],

보스포루스 해협의 그 잔잔한

파도 소리와

시가지에 만개한 튤립 꽃[166]들은

이를 축복하는 지구의 갈채와 환호가 아니겠느냐.

164 비잔티움Byzantium : 동로마의 수도, 지금의 이스탄불.

165 이스탄불 : 보스포루스 해협을 끼고 그 양안에 위치한 인구 1,500만의 고도古都. 세계를 지배한 2대 강국 즉 동로마 비잔틴제국과 오스만 투르크제국의 수도였다. 이 도시는 2천 년이 훨씬 넘는 긴 역사를 통해 동서양 문화와 상업의 교류지로서 역할을 다해 왔다. 원래 비잔틴제국 시절에는 '비잔티움' 혹은 '콘스탄티노플 Constantinople'로 불렸으나 터키가 점령한 후 지금의 '이스탄불'로 개칭되었다. 이스탄불 역사지구는 유네스코 지정 세계문화유산이다.

166 튤립은 현재 터키의 국화다. 튤립 하면 우리는 일반적으로 네덜란드를 먼저 떠올리기 마련이지만 원산지는 원래 터키. 오늘날의 유럽 튤립은 한 프랑스인이 터키를 여행하다가 튤립의 원조인 오스만르 랄레시Osmanli lalesi를 유럽으로 가져가 네덜란드에 전파한 것이 널리 번성한 것이다. 이스탄불의 4월은 온통 튤립 꽃 세상이다. 에미르간 공원, 술탄 아흐메드 광장, 궐하네 공원 등 이스탄불 전역의 관광명소와 거리, 광장 등지에서 일제히 튤립 꽃 축제가 열린다.

자고로 하늘 땅이 만나면

세상을 열고

밤낮이 만나면 생명을 잉태한다 했으니

동에서 서, 서에서 동으로

비단, 황금 져 나르던 고행길이

이제는

처갓집 드나드는 신행길 되었구나.

한쪽 끝은 이스탄불 또 다른

한쪽 끝은 서라벌¹⁶⁷,

아아, 그 이름도 아름다운

실크로드.

---

167 서라벌 : 한국 경주의 옛 명칭, 옛 신라의 수도.

제10부

시조

학생

휘영청 보름달을 처마 끝에 걸어두고
개굴개굴 글을 읽는 무논의 개구리들,
옳거니 주경야독晝耕夜讀이 정녕 옛말 아니구나.

교정이 떠나갈 듯 낭랑한 그 목소리,
세상은 큰 학교요 자연 또한 교실이다.
한생이 배우는 삶이란 인간뿐이 아닌 듯……

바닷가에서

썰물 진 백사장에 곱게 찍힌 한글 자모子母,
푸른 파도만이 종알종알 읽고 있다.
도요새 한 떼를 날려 신神이 쓰신 서정시.

밀물 진 바닷물에 떠밀리는 주홍朱紅 꽃신,
절벽의 선돌 하나 망연히 울고 있다.
동백꽃 센 바람을 날려 신이 꾸민 드라마.

밀회

메마른 대지 위에 촉촉이 비 내린다.
은실을 흩날리듯, 빛가루를 흩뿌리듯,
풀밭은 청보석靑寶石같이 반짝반짝 웃는다.

꽃들은 꽃들끼리 부끄럽다, 소곤소곤.
풀잎은 풀잎대로 간지럽다, 속살속살.
봄비 밀회하는 날은 조용하게 시끄럽다.

사계첩운四季疊韻

춘春

꿈결인 듯 어려 오는 향기에 문득 깨어
겨우내 닫힌 창을 반 남아 열어보니
이 아침 홍매화 꽃잎이 수줍은 듯 벙글었다.

하夏

푸르고 푸르러도 이보다 푸르리오.
청산靑山은 사파이어, 녹수綠水는 비취로다.
여름은 눈으로 온다. 햇빛 반짝 자수정.

추秋

연화등蓮花燈 등피 아래 편지를 쓰는 한밤,
불현듯 들려오는 가을의 노크 소리.
붓 놓고 방문을 열자 낙엽 한 닢 날아든다.

동冬

문갑 위에 홀로 놓인 한란寒蘭이 추워 뵌다.
떠는 한란 외로 두고 내가 옷을 껴 입는다.
문열고 내자內子 찾느니 칼 바람이 매섭다.

백두산에 올라

전나무, 자작나무, 화산암 절벽 올라
솜다리, 노루귀꽃 하늘대는 능선 우에
한 자락 안개 걷히니 장엄하다, 백두산.

입술을 움직여도 말문이 아니 트고
두 발을 떼려 해도 온몸이 굳어 있다.
신神 앞에 섰다고 한들 이보다도 더할까.

굽어보면 하늘이 발밑에 펼쳐 있고
우러르면 태양이 손끝에 붙잡힌다.
우주가 품 안에 들었다, 거룩한 내 국토여.

천지天池 푸른 물에 육신의 때 씻어내고
백두 안개비에 이 마음을 닦아내어
오로지 비는 말씀은 남북한이 하나 되오.

정인情人

아침에 일찍 일어 울밑을 거닐자니
싱싱했던 영산홍이 오늘 따라 시들하다.
파리한 꽃 입술에는 이슬조차 맺혔다.

만나고 헤어짐은 인사人事만이 아닌 듯
너 역시 어젯밤에 정인을 보았으리.
아마도 이별이 설워 눈물졌나 보구나.

강물 한 짐

아득한 하늘 너머 나풀대는 치맛자락,
비 한 짐 뿌려놓고 흰 구름이 흘러간다.
허공에 무지개 하나 걸어노면 다더냐.

가물가물 지평선에 펄럭이는 소맷자락,
강물 한 짐 부려놓고 빗줄기가 사라진다.
빈들에 물소리 한 바랑 풀어노면 다더냐.

붙들면 뿌리치는 가까운 듯 먼 사람아,
비구름 강물 되고 강물 또한 비 되느니
너와 나 한생이 또한 이와 같지 않더냐.

기다림

고드름 낙숫물 져 하마 봄이 올까 하여
사립문 열어놓고 온종일 기다려도
해 설핏 산 그림자만 여수다가 지나간다.

허전한 마음으로 방 안에 들자 하니
난초꽃 봉오리가 그동안 벌어 있다.
질러서 먼저 온 봄이 나를 보고 반긴다.

하직

잘 익은 능금 한 알 무심히 떨어지듯.
바다에 이른 강물 홀연히 사라지듯.
밤하늘 별똥별 하나 망연히 소멸하듯.

감응感應

돌 틈에 함초롬히 고개 내민 패랭이꽃,
먼 하늘 별 하나가 눈 맞추어 꽃 피웠다.
이 세상 그 어느 것도 관심 없인 제 아니다.

풀밭의 나비 하나 가냘픈 나랫짓에
먼 바다 수평선이 무지개로 휘감겼다.
천지간 그 어느 것도 감동 없인 제 아니다.

오세영 시선집 — 시사백 사무사 詩四百 思無邪

소식

비 오고, 날 개이고, 맑다가 안개 낀다.
주고 간 네 약속을 아니 믿지 않는다만
도화꽃 분분히 지니 불안쿠나, 어쩐지.

네 소식 궁금하여 먼 산을 바라보니
심술궂은 안개비가 아득히 가렸구나.
꾀꼬리 울음 소리로 네 안부를 듣는다.

또 하루

담 너머 우체부가 편지 한 통 던지는 듯,
그대의 소식인가 버선발로 나가보니
마당에 오동잎 하나 스산하게 딩군다.

잠 못 든 여린 귀에 전화벨이 들리는 듯,
그대의 목소린가 황망히 든 수화기
뒤뜰의 여치 한 마리가 처량하게 울어댄다.

시작 사우詩作四友

1. 붓
몸에 밴 그 향기가 매화보다 서늘하다.
새침해 돌아설까 매양 저어하여
살포시 쓸어도 보고, 매만지고, 달래고

2. 종이
신방新房의 새 금침衾枕이 이보다 순결할까.
불 끄고 자리 드니 가슴 먼저 설레인다.
초야初夜의 혈흔血痕 자국도 아름다운 꽃이다.

3. 등燈
외로우면 등을 켜고 너에게 편지 쓴다.
흔들리는 불빛 새로 아련히 벙그는 꽃
석류 홍보석紅寶石 같은 네 얼굴을 그린다.

4. 사전辭典
떡 벌어진 어깨와 아늑하게 넓은 가슴
돌아보면 언제나 그 자리에 서 있구나,
세상사 어려울 때는 네 품에서 쉬고 싶다.

바위

내설악內雪嶽 계곡 아래 정좌한 바위 하나,
새소리 화두話頭 삼아 선정禪定에 들었다만
천년이 하루 같아도 깨달음이 없구나.

가부좌跏趺坐 깊은 명상 나쁠 것도 없다마는
집착에서 벗어나야 해탈에 이르는 것,
옳거니 네 잔등에 진 설악산雪嶽山을 버려라.

석굴암石窟庵 석불石佛

누가 돌을 깨서 한 생生을 풀어냈나.
동그란 어깨선에 깎은 듯 고운 얼굴,
반쯤 입술에 머금은 천년 미소 신비롭다.

지존至尊이라 하기에는 오히려 아름답고
미인美人이라 하기에는 너무나 고결하다.
떨리는 마음을 추슬러 멀리 두고 봄이여.

미풍에 스칠라면 파르르 흩날릴 듯,
비단 가사袈裟 얇은 천에 살풋 비친 속살이여.
돌에도 더운 피 돌아 숨 쉬는 듯하구나.

봄날

사립문 열어둔 채 주인은 어디 갔나.
산기슭 외딴 마을 텅 빈 오두막집,
널어논 흰 빨래들만 봄 햇살을 즐긴다.

추위 물러가자 주인은 마실 가고
벚나무 한 그루가 덩그러니 꽃 폈는데
뒷산 멧비둘기 울음소리만 마당 가득 쌓인다.

오세영 시선집 ─ 시사별 사무사 詩四百 思無邪

해빙

가부좌 오랜 명상, 침묵 속의 깨우침이
굳어 있던 얼음장에 쩽 햇살로 드는 순간,
초서체 일필휘지로 내달리는 봄 강물.

춘곤春困

자운영 꽃밭에선 황소가 하품하고
갯버들 논둑에는 염소 떼 조우는데
실개천 시린 물소리만 낭랑하게 들리는 봄.

꽃잎

이른 봄 깊은 산사 적막한 목탁 소리.
산새 홀로 드나드는 반나마 열린 법당
눈 파란 비구니 하나 낭랑하게 경을 읽고

댓돌에는 새하얀 고무신이 한 켤렌데
어디선지 호르르르 꽃잎들이 날아와서
홍매화 여린 잎 하나가 나비처럼 앉는다.

이별

떠난다는 네 말 듣고 공연히 서성댄다.
난분蘭盆에 물을 주고 밀쳐둔 책 펼쳐 들고
울밑 시든 작약처럼 온 하루를 보낸다.

너 없는 빈자리에 마음 하도 심란하여
눈 들어 먼 하늘의 흰 구름을 바라보니
늦가을 성긴 빗방울만 유리창을 때린다.

오세영 시선집 ─ 시시백 사무사 詩四百 思無邪

춘설春雪

"헤어지자", 내민 손을 차마 잡지 못하고서
고개 돌려 흐린 하늘 글썽이며 바라보니
춘설이 난분분하여 낙화인 듯싶구나.

여자가 되는

10대의 백합 향기, 20대의 리라 향기,
30대의 장미 향기, 40대의 동백 향기,
비로소, 여자가 되는 50대의 그 국화 향기.

여자

내 인생 처음 쳤던 초등학교 면접 고사
어머니가 꼭 껴안고 가르치신 그 말씀
"단기檀紀로 너 태어난 해는 4281년."

미상불 닥쳐올 마지막 졸업시험.
아빠, 일생 일한 중에 보람된 게 뭐야?
이제는 어두운 두 눈, 딸 의지해 쳐야 한다.

논개論介

진주晉州 남강南江 촉석루矗石樓에 휘영청 달이 뜨면
물 위에 어려 오는 곱고 미쁜 얼굴 하나,
수백 년 세월이 가도 그 자태 옛대로다.

나라 없이 사랑 없고 사랑 없이 나라 없다.
조국이 부르는데 여자라고 주저하리.
님 좇아 바친 그 넋이 만고에 푸르고녀.

숭례문崇禮門

고운 님 섬기는데 날과 달이 어뎄으며
미쁜 님 모시는데 봄 가을을 가릴쏘냐.
의롭게 한자리로 지켜 일편단심 가없다.

추녀 끝에 어리는 만고萬古의 호국기상,
두리기둥 변함없는 만인의 충군절의忠君節義,
국난이 일어날 때마다 앞장서서 싸웠거니.

517

광한루廣寒樓

월궁月宮의 광한전廣寒殿이 지상에도 있단 말가.
흐르는 요천蓼川 물이 은하수로 반짝인다.
오작교 거니는 저 여인도 항아姮娥일시 분명하다.

하늘의 칠석날이 땅에서는 단오인가.[1]
천상의 견우 직녀 이생의 만남인 듯
춘향과 몽룡의 사랑이 애틋하고 아름답다.

오세영 시선집 ─ 시사백 사무사 詩四百 思無邪

---

1 춘향과 몽룡의 첫 만남은 오월 단오에 이루어졌다.

영광靈光

일찍이 마라난타摩羅難陀 불법佛法을 여신 곳이
이제는 원불교의 대종사大宗師를 내시었네.
영광은 문자 그대로 신령스런 빛의 땅.

노령蘆嶺이 치닫다가 바다를 포용해서
산과 물이 하나 되어 태극을 이루신 곳.
누군들 깨치지 않으랴. 그 불갑사佛甲寺 종소리.[2]

---

2 필자는 영광군 묘량면 친가에서 태어나 이곳에서 100일을 보냈더니라.

장성長城

노령에서 발원하여 입암笠巖, 병풍屛風 휘돌아
성산聖山, 월평月坪 화룡장터 흐르는 강이 있다.
수천 년 의기義氣를 품은 도도한 강이 있다.

왜구에 붙잡힌 팔 은장도로 잘라내고
더럽혔다, 스스로 강물에 몸을 던진
기奇 부인 만고정절萬古貞節을 감싸 안고 도는 강.

황룡강黃龍江 젖은 물이 어디 호남뿐이랴.
하서河西의 문향文香이 고절하게 어리신 곳,
일비장一臂葬³ 모신 강가엔 유독 풀이 푸르다.⁴

3 장성군長城郡 황룡면 맥동麥洞마을(지금 하서河西를 배향한 필암서원筆巖書院이 있는 곳)
   의 문정공文正公 하서河西 김인후金麟厚의 손자 김남중金南重의 처는 황룡강黃龍江
   건너 너브실이라는 고을에 사는 고봉高峰 기대승奇大升의 따님 기奇씨였다. 정유재
   란丁酉再亂이 일어나자 김남중은 출정을 했는데 그해 1월 순천으로 상륙한 왜구들
   이 이곳까지 침범을 하니 기씨 부인은 두 자식과 함께 황망히 피난을 가던 중 그
   만 왜구를 만나 팔을 붙잡히게 되었고 이에 기씨 부인은 도적에게 몸을 더럽혔다
   하여 자신의 팔을 은장도로 잘라 황룡강에 던진 후 그만 물에 뛰어들어 자결을 하
   고 말았다. 후일 전쟁이 끝나자 사람들은 그 정절을 기리기 위해 그녀의 베어버린
   팔을 찾아 고이 선산에 묘를 썼으니 일컬어 일비장一臂葬이라고 한다.
4 필자는 태어나 백일을 영광의 친가에서 보내고 외가로 돌아와 외가의 선대를 모
   신 장성의 필암서원 근처에서 월평초등학교 3년까지 유년기를 보냈더니라.

전주全州

앞으로는 일망무제一望無際 만경평야萬頃平野 펼쳐 있고
뒤편으론 노령진맥蘆嶺鎭脈 감싸 안고 지키나니
여기가 호남 제일의 성湖南第一城 비사벌이 아니더냐.

경기전慶基殿 참배하며 민족혼을 다짐하고
오목대梧木臺 우뚝 올라 국난을 되새긴다.
풍남문豊南門 인정人定 소리가 너나 없이 성스럽다.[5]

---

5   필자는 광주에서 전주로 이사를 해 완산초등학교 졸업반 1년과 중고등학교(신흥중
    고등학교) 6년 도합 7년의 청소년기를 전주에서 보냈더니라.

마령馬靈 지나며

텅 빈 폐교 운동장에 햇빛 잠시 놀고 간 후
쑥부쟁이 달맞이꽃 함쑥 키가 자랐구나.
세상사 배워야 할 도리 어찌 인간뿐이랴.

시인 연보

1942 5월 2일 전남全南 영광靈光(묘량면畝良面 삼효리三孝里 석전石田 68번지)에서 아버지 해주海州 오씨吳氏 병성炳成과 어머니 울산蔚山 김씨金氏 경남璟男의 무녀독남無女獨男 유복자로 태어나 외가인 전남 장성長城에서 성장함. 외가의 중시조 하서河西 김인후金麟厚를 배향한 장성군長城郡 필암서원筆巖書院 근처(황룡면黃龍面 신호리莘湖里 소래마을)에서 유년 시절을, 광주(光州 1951~1952), 전주(全州 1953~1960) 등지에서 청소년기를 보냄. 선비적 동경은 외가의 법도에서, 예술적 동경은 고독했던 환경에서 길러진 것이라고 생각함.

1965 서울대학교 문리과대학 국문학과 졸업.
전주 기전紀全여자고등학교 국어교사로 부임. 고2 담임을 맡고 고2 국어와 고3 국문학사, 중2 수학과 영어를 담당. 당시 고3인 소설가 최명희崔明姫, 고2인 수필가 이은영李恩榮 등을 가르침. 이 학교에는 교사로 시인 이향아李鄕莪, 이운룡李雲龍, 소설가 오승재吳昇材 씨 등이, 인근 신흥고등학교에는 시인 허소라許素羅 씨가 재직하고 있었음.
『현대문학』 4월호에 「새벽」으로 박목월朴木月 선생의 초회 추천을 받음.

1967 기전여자고등학교 사임. 서울 보성保聖여자고등학교 교사 부임.

1968 『현대문학』 1월호에 3회 추천이 완료됨.

1970 처녀시집 『반란하는 빛』(현대시학사) 출간.
임보林步, 김춘석金春碩, 이건청李健清, 신대철申大澈, 조정권趙廷權, 이시영李時英 등과 동인지 『육시六時』를 간행했으나 2회 발간 뒤 본인과 이건청이 『현대시現代詩』 동인에 참여하면서 해체됨.
심장판막증으로 오랫동안 고생하시던 모친 영면.

1971 12월 전주全州 이씨李氏 봉주鳳柱와 결혼. 서울대학교에서 문학석사 학위를 받음.

1972 『현대시』 25집부터 정식 동인으로 참여함.
서울대 조교를 사직하고 인하대, 단국대 등에서 시간강사로 전전.

1973 방위병으로 서울 제기동사무소 병사계에서 군 복무. 첫딸 하린夏潾 출생.

1974 충남대 문리대 전임강사로 부임. 반독재 투쟁 지하 문학 단체 '자유실천문인협회(현 작가회의)' 창립 발기인으로 참여.

1975 '동아일보東亞日報사태' 기간 중 자유실천문인협회가 『동아일보』를 지원하기 위해 광고 지원 형식의 성명서를 발표하자 지금까지 비밀에 부쳤던 발기인 명단이 공개되어 공무원(국립대 교수)이 정치에 참여했다는 이유로 충남 정보기관의 문초를 받음.

충남대 『대학신문』 청탁으로 4·19혁명 15주년 기념시를 썼는데 그 원고를 편집부의 데스크에서 미리 읽은 학생처장(정종학鄭鍾學, 충남대 법대 교수이자 『대학신문』의 발행인)이 긴급조치 9호에 위반되는 내용이라며 당국에 고발하려고 해서 곤욕을 치르고 당시 의대 학장이던 손기섭 박사 등이 개입하여 간신히 무마시킴.

둘째 딸 지혜智惠 출생.

1977 모교인 서울대 은사들과 현대문학전공 선후배들을 공주公州의 동학사東鶴寺 호텔로 초청하여 '한국현대문학연구회(지금의 한국현대문학회)'라는 학술 단체를 만들고 초대 회장으로 전광용全光鏞 교수를 추대함.

1980 학술서 『한국 낭만주의 시 연구』(일지사) 상재.

전두환全斗煥 신군부의 집권을 반대하는 충남대 교수들의 민주화 선언을 주도했다는 이유로 교수 다섯 분과 함께 보안사 충남지부에 끌려가 일주일간 고초를 당함.

서울대에서 문학박사학위 취득. 아들 홍석烘錫 출생.

1981 단국檀國대학교 문리과대학 부교수로 전직.

1982 제2시집 『가장 어두운 날 저녁에』(문학사상사) 출간. 김광림金光林, 이형기李炯基, 허영자許英子, 이건청李健淸 시인, 등과 함께 타이페이에서 대만의 진충무陳忠武, 일본의 아키야秋谷豊 시인들과 더불어 '아시아시인회의' 창립에 참여함.

1983 시론집 『서정적 진실』(민족문화사), 평론집 『현대시와 실천비평』(이우출판사) 등 상재.

시집 『가장 어두운 날 저녁에』로 제15회 시인협회상을 수상.

1984 『현대시와 실천비평』으로 제4회 녹원綠園문학상 평론 부문 수상.

1985 첫 번째 시선집 『모순의 흙』(고려원) 출간.

단국대학교 문리과대학 부교수를 사직하고 서울대학교 인문대학 국문학과 교수로 부임.

1986 제3시집 『무명연시無明戀詩』(전예원) 상재.

1987 시인협회 사무국장이라는 직위로 『소년한국일보』 사장인 김수남金秀男, 『한국일보』 주필인 김성우 씨 등의 협조를 얻어 매년 11월 1일을 대한민국 '시의 날'로 제정하고 문예진흥원 강당에서 이의 선포식을 가짐.

6개월간 미국 아이오와대학이 주관하는 '국제 창작프로그램International Writing Program'에 참여.

『문학사상』 제정 제1회 소월素月시문학상 수상.

1988 제4시집 『불타는 물』(문학사상사), 평론집 『한국 현대시의 행방』(종로서적), 학술서 『문학연구방법론』(이우출판사) 등 출간.

1989 학술서 『20세기 한국시 연구』(새문사), 시론집 『말의 시선』(혜진서관), 첫 수필집 『사랑에 지친 사람아 미움에 지친 사람아』(자유문학사) 등 간행.

1990 제5시집 『사랑의 저쪽』(미학사) 상재.

제12차 '세계시인대회'(서울 라마다올림피아호텔에서 개최됨) 집행위원장으로 「문화의 조화와 물질문명」이라는 주제의 논문 발표.

1991 두 번째 시선집 『신神의 하늘에도 어둠은 있다』(미래사), 평론집 『상상력과 논리』(민음사) 등 상재.

한국과 유고의 국교 수립 기념 문화 교류의 일환으로 유고공화국 문화부 초청을 받아 마케도니아의 스트루가 문학축제에 참여해서 한국시를 소개하고 세미나에서는 프랑스 비평가 앙리 메쇼닉Henri Meschonnic 등과 함께 「현대 서구문명의 위기와 동아시아 문화」라는 주제의 논문을 발표함.

1992 제6시집 『꽃들은 별을 우러르며 산다』(시와시학사) 상재.

제4회 정지용鄭芝溶문학상, 제2회 편운片雲문학상 평론 부문 수상.

1993 학술서 『문학연구방법론』을 시와 시학사에서 증보 재판.

1994 제7시집 『어리석은 헤겔』(고려원), 제8시집 『눈물에 어리는 하늘 그림자』(현대문학사) 등 상재. 『꽃들은 별을 우러르며 산다』가 일본의 여류 시인 나베쿠라 마스미鍋倉ますみ 여사의 번역으로 도쿄 자양사紫陽社에서 출간됨.

서울 정도 600주년 기념 '자랑스러운 서울 시민'으로 추대됨.

1995 1년간 미국 캘리포니아주립대 조교수로 발령을 받아 버클리캠퍼스U.C. Berkeley 동아시아어과에서 한국 현대문학을 강의.

동아시아어과 한국학센터 주최 랭카스터Louis Lancaster 교수의 주도로 버클

시인 연보

리대학 동창회관에서 시 낭독회 개최.

1996 평론집『변혁기의 한국 현대시』(새미), 학술서『한국근대문학론과 근대시』(민음사) 등 상재.

『동아일보사』 일민재단─民財團 제정 제2회 일민펠로우십 수상. 그 상금으로 다음 해 1월과 2월 두 달 동안 중동 및 아프리카 여행.

1997 제9시집『아메리카 시편』(문학동네), 세 번째 시선집『너 없음으로』(좋은 날) 등 상재.

멕시코의 과달라하라대학교 정권태鄭權泰 교수가 번역한 스페인어 번역시집『신의 하늘에도 어둠은 있다 El Cielo de Dios También Tiene Oscuridaad』가 옥타비오 파스 Octavio Paz의 추천으로 그의 출판사인 멕시코의 귀향 Vuelta사에서 출간됨. '과달라하라 멕시코 북페어'에서 과달라하라대학 문학연구소 주최로 출판기념회 개최.

스페인어권의 대표적인 문학계간지『귀향 Vuelta』에 「별」, 「사랑」, 「시」 등이 특집으로 소개됨.

고려대의 최동호崔東鎬 교수, 경희대의 김재홍金載弘 교수 등과 함께 '한국시학회'를 창립하여 초대 회장에 김용직金容稷 서울대 교수를 추대.

1998 『한국현대시 분석적 읽기』(고려대학교 출판부) 간행.

1999 제10시집『벼랑의 꿈』(시와시학사) 상재.『먼 그대 Das ferne Du』라는 제목의 시선집이 하이델베르크대학교 로스케 조(한국명 조화선趙華仙) 교수의 번역으로 독일에서 출간됨.

제7회 공초空超문학상 수상.

제2대 '한국시학회' 회장 취임.

2000 두 번째 수필집『꽃잎우표』(해냄출판사), 학술서『유치환柳致環』(건국대학교 출판부),『김소월金素月, 그 삶과 문학』(서울대학교 출판부) 등 출간.

시집『무명연시 Liebesgedichte eines Unwissenden』와『사랑의 저쪽 Gedichte jenseits der Liebe』이 독일에서 로스케 조 교수의 번역으로 출간 됨.

이스라엘의 텔아비브에서 출판 된 히브리어 한국시선집『한국인의 사랑 האהבה קוריאנית כאהבה』에 작품 수록.

제3회 만해상萬海賞 문학 부문 대상 수상.

2001 제11시집『적멸의 불빛』(문학사상사) 출간.

2002 네 번째 시선집『잠들지 못하는 건 사랑이다』(책만드는 집), 시론집『시의 길,

시인의 길』(시와시학사), 비평서『20세기한국시의 표정』(새미) 등과 서울대 국
문학과 지도학생들이 회갑 기념으로 펴낸『오세영의 시, 깊이와 넓이』(국학
자료원)를 간행.

백담사 도량에 시비 건립(만해대상 수상 기념으로 만해사상실천 선양회가 건립한 것임).

어머니 고故 김경남金璟男 여사에게 '백산白山 장한 어머니상'이 추서됨.

2003 제12시집『봄은 전쟁처럼』(세계사), 다섯 번째 시선집『하늘의 시』(황금북) 학
술서,『한국현대시인연구』(월인출판사),『문학과 그 이해』(국학자료원), 세 번째
수필집『왈패 이야기』(화남) 등 간행.

두 권의 스페인어 번역시집『벼랑의 꿈Sueños del barranco』과『사랑의 저쪽Más
Aallá del Amor』이 서울대학교 스페인어과 김창민金昌珉 교수와 멕시코 과달
라하라대학교의 정권태鄭權泰 교수의 번역으로 각각 스페인과 멕시코에서
출간됨.

6개월간 체코 카를로바대학Univerzita Karlova(일명 찰스대학Charles University 또는 프
라하Praha대학이라고도 함) 동아시아 문학부 한국학과 방문학자로 체류.

2004 체코의 대표적인 작가 이반 클리마Ivan Klima와「인간회복의 가능성을 찾아
서」라는 주제로 대담하고 이를『시작詩作』봄호에 전재함.

2005 제13시집『시간의 쪽배』(민음사), 제14시집『꽃피는 처녀들의 그늘 아래서』
(아침고요), 한국현대시선집『생이 빛나는 아침』(문학과 경계), 학술서『20세기
한국시인론』(월인출판사), 비평서『우상의 눈물』(문학동네) 등 상재.

시집『꽃들은 별을 우러르며 산다Flowers Long for Stars』가 버클리 대학교의 클레
어 유Clare You 교수의 번역으로 미국에서 출간됨.

8월 11일~15일 '만해萬海사상실천선양회' 주최로 신라호텔에서 열린 '세
계평화시인대회International Poetry Festival for World Peace'에서 프랑스의 장 미셸
몰프아Jean-Michel Maulpoix, 노벨상수상시인 월레 소잉카Wole Soyinka, 미국 계
관시인 로버트 핀스키Robert Pinsky 등과 함께「평화와 화해로서의 시의 기능
The Function of Poetry as Maker of Peace and Reconciliation」이라는 제목으로 주제 발표.

로버트 핀스키와「세계 평화를 위한 시와 시인의 의무는 무엇인가」라는
주제로 대담 하고 이를『문학사상』9월호에 전재함.

스페인 살라망카 대학의 알프레도 페레스 알렝카르트Alfredo Pérez Alencart와
페드로 살바도Pedro Salvado 교수가 편집한『세계대표시인사화집Os Rumos do
Vento los Rumbos do Vieto』에「바람의 노래Canción del Viento」가 수록됨. 이 시집은 특

히 본인 육필의 한글 시 원고가 안표지로 장식되어 있음.

2006 제15시집『문 열어라 하늘아』(서정시학), 제16시집(첫 번째 시조집)『너와 나 한
생이 또한 이와 같지 않더냐』(태학사), 여섯 번째 시선집(시화집詩畫集)『바이
러스로 침투하는 봄』(랜덤하우스코리아), 일곱 번째 시선집『한국대표시인 101
인 선집 오세영』(문학사상), 학술서『현대시와 불교』(살림출판사) 등 출간.

일본의『현대시연구現代詩研究』(제57호)에『시간의 쪽배時間の丸木舟』가, 중국
베이징에서 간행된『신시대新時代』에 채미자蔡美子 씨가 번역한「그릇」등이
특집 소개됨.

버클리대학 예술박물관에서 버클리대학 동아시아어과 주최의 '태평양은
말하라Speak Pacific — 1백 년의 한국현대시'라는 시의 축제에서 미국의 계
관시인 로버트 하스Robert Hass, 잭 로고우Zack Rogow, 브렌다 힐먼Brenda Hill-
man, 제롬 로텐버그Jerome Rothenberg, 리처드 실버그Richard Silberg, 조지 라코
프George Lakoff 등 미국 대표 시인들과 함께 시 낭독.

제35대 한국시인협회 회장으로 추대됨.

제2회 백자문학상白瓷文學賞 수상.

2007 『오세영 시전집』(랜덤하우스코리아), 수필집『멀리 있는 것은 아름답다』(작가作
家), 오세영이 존경하거나 좋아하는 이어령李御寧, 고은高銀 선생 등 101명
의 지인들이 오세영에 대하여 쓴 문집『오세영, 한 시인의 아름다운 사람
들』(작가) 등 출간.

전남 함평咸平의 나비축제 일환, '한국시인협회 생태시 축전'에서 '한국시
인협회 회장' 이름으로「생태시선언문」을 채택함.

23년 봉직했던 서울대 국문학과 교수를 정년퇴임하고 명예교수로 임명
됨.

한국예술평론가협회가 제정한 제3회 한국예술발전상 수상.

2008 제17시집『임을 부르는 물소리 그 물소리』(랜덤하우스코리아) 출간.

체코 프라하에서 이바나 그루베로바Ivana M. Gruberová의 번역으로 체코어
번역시집『적멸의 불빛Světlo vyhasnutí』, 일본의 도쿄에서 나베쿠라 마스미 여
사의 번역으로 일본어 두 번째 번역 시집『시간의 뗏목時間の丸木舟』등 출
간. 프랑스의 N.R.F.지에「바람소리」,「시」등 3편, 대만의 대표적인 시 계
간지『대만현대시臺灣現代詩』에 특집으로「그릇」,「원시遠視」,「지상의 양식」
등 6편이 소개됨.

한국시인협회 회장을 사임하고 이 단체의 평의원으로 추대됨.

제4회 난고蘭皐 김삿갓문학상 수상.

대한민국 문화훈장 은관을 수훈.

2009 제18시집 『바람의 그림자』(천년의 시작) 출간.

'고산孤山문학축전' 위원장에 위촉됨.

제15회 불교문학상 수상.

2010 아홉 번째 시선집(생태시집) 『푸른 스커트의 지퍼』(연인 M&B) 출간.

일본 나고야名古屋대학 국제학술 심포지엄 초청 「소수자 문학으로서의 한국의 이민문학」 강연.

한일 지식인(한국 측 109인, 일본 측 105인) 한일강제합병 무효 선언에 참여.

인도 네루J. Nehru대학 초청 한글날 기념 강연.

제3회 한국예술상(열린시학사 주관) 수상.

2011 제19시집 『밤하늘의 바둑판』(서정시학) 상재.

일본영시협회日本英詩協會가 발행한 POETRY NIPPON No.2에 「봄길」 등 3편이 영역 소개됨.

해군문인클럽 창립회원 추대(대방동 해군호텔에서)

중국 대련大連외국어 대학 한국학과 초청 강연.

제22회 김달진金達鎭문학상 수상.

대한민국예술원회원Member of The National Academy of Arts.

2012 제20시집 『마른 하늘에서 치는 박수소리』(민음사), 시선집 『천년의 잠』(시인생각) 등 발간.

조혜영趙蕙英 소르본대학 교수의 번역으로 프랑스어 번역시집 『벼랑의 꿈 Songe de la』이 파리에서 출판됨.

10월 9일~16일 번역원 주관 '2012년 워싱턴 D.C. 한국문학의 밤LTI Korea Literary Event in Washington D.C.'에서 작품 낭독 및 독자와의 대화, 조지워싱턴대학 동아시아언어문학부 및 '한무숙韓戊淑 커리큘럼' 주관 '한국현대시 100년 세미나'에서 「한국현대시와 정치」라는 주제의 논문 발표.

제5회 목월木月문학상 수상.

2013 제21시집 『별밭의 파도 소리』(천년의 시작), 학술서 『시 쓰기의 발견』(서정시학사), 『시론』(서정시학), 『문학이란 무엇인가』(서정시학) 등 출간.

2014 제22시집 『바람의 아들들 — 동물시초』(현대시학) 발간.

2015 러시아의 모스크바대학 한국어과 및 고리키문학대학 초청 시 낭독회. 김준오金埈五시학상 수상.

2016 제23시집『가을 빗소리』(시작사) 상재.

시집『밤하늘의 바둑판Night-Sky Checker Board』이 서강대학교 명예교수 엔서니 브라더(한국명 안선재安善才)에 의해 영어로 번역 출간됨(Oh, Sae-young. Night-Sky Checker Board, Trans. Brother Anthony of Taizé. Los Angeles: Phoneme Media, 2016). 이 시집이 출판되자『시카고 서평지Chicago Review of books』는 그해 — 출판된 창작 시집과 번역시집을 포함하여 — "미국최고시집Best Poetry Books 12권"의 하나로 선정하고 심사위원 마크 마군Mark Magoon은『밤하늘의 바둑판』은 처음부터 끝까지 깊은 사색(탐색하기)과 우수와 아름다움으로 가득 차 있다" 고 평했다(Chicago Review of Books. "The Best Poetry Books of 2016". Posted on December 19, 2016 by Adam Morgan). 그 외 이 시집에 대해 관심을 표명한 신문과 잡지들의 아티클들은 다음과 같다. Mark Magoon, "Night-Sky Checkerboard, A Challenging Lesson in Existence", Chicago Review of books, February 3, 2016; John W. W. Zeiser, "Oh sae-young's Night-Sky Checkerboard, Words Without Borders". April. 28. 2016; Theophilus Kwek(ASYMTOTE JOURNAL Executive Assistant), "What's New in Translation?", ASYMPTOTE JOURNAL 2016 April 28. 등.

브라질 AASP(Assoção dos Advogados Sán Paulo)가 개최한 제4회 세계 상파울루 문학축제Paulceia Literária, 15 a de setembro na AASP에 초청을 받아 작품을 낭독하고 심포지엄에서「시와 종교poesia e sua razão de ser」라는 제목의 주제 발표를 함. 아울러 상파울루대학 한국어학과에서 한국 현대문학에 대하여 특강을 함.

2017 제24시집『북양항로北洋航路』(2017), 제25시집(시조시집)『춘설春雪』(책만드는 집), 평론집『버릴 것과 지킬 것』(시작사) 등 출간.

시집『시간의 쪽배时光扁舟』가 중국의 번역가 채미자蔡美子 씨의 번역으로 베이징北京에서, 시선집『천년의 잠Тысячелетний сон』이 모스크바대학 한국어과 정인순鄭仁順 Чун Ин Сун, 아나스타샤 포가다예바А. В. Погадаевой 두 교수에 의해 모스크바에서 번역 출간됨.

모스크바 정도 870년 기념 '2017년 모스크바 북페어'에 초대되어 시선집『천년의 잠』이 한국관 특별코너에 전시됨과 아울러 문학작품 낭독회도 가

짐. 러시아 유수의 문학 잡지 『리터라투르나야 가제타*литературная газета*』 (2017년 6월 12일)는 "오세영 시인의 시들은 따뜻하고 깊은 사색으로 우리의 마음을 사로잡는다. 우리 현대문학에 거대하고 훌륭한 시인이 등장하였음에 의심의 여지가 없다."(서평자 갈끼나 발레리야)라는 서평을 실었다.(2017년 6월 12일). 제14회 영랑永郞문학상 수상.

2018 버클리대학교U. C. Berkeley 한국학센터 주최 한국문학번역 워크숍 '한국시의 밤An Evening Korean Poetry' 행사에 초청되어 번역 자문과 시 낭독회를 가짐. 제18회 고산孤山문학상 대상(시 부문) 수상.

2019 문학적 자서전 『정좌正坐』(인북스) 출간.
스웨덴의 『스톡홀름 문학레뷰*The Stockholm Review of Literature*』(25호, 2019. 3)에 「피한방울*A Drop of Blood*」 등이 번역 소개됨.

2020 시론집 『진실과 사실 사이』(푸른사상사) 간행.

2021 실크로드 전 구간을 10여 년 동안 답사하여 쓴 문명사적 기행시집이자 제26창작시집 『황금 모피를 찾아서』(문학사상사), 시론 『중심의 아픔』(푸른사상사) 등 발간. 일본어 번역 시선집 『천년의 잠(千年の 眠り)』이 서재곤徐載坤, 임양자林陽子 두 교수의 번역으로 도쿄에서 출간됨.

2022 제27시집 『갈필渴筆의 서書』(서정시학), 산문집 『곡선은 직선보다 아름답다』(푸른사상사) 등 출간. 일본의 『시와 사상詩と 思想』지에 「그릇」 등 작품이 특집으로 소개됨.
예술원 지원 주호주 시드니 한국문화원 주관 '오세영 시 낭독회'에서 호주 작가 미카엘 와일딩Michael Wilding, 호주 시인 조프리 레만Geoffrey Lehman, 로리 더그만Lauri Dugman 등 3인과 시 낭독회 개최.
제1회 김관식문학상 수상.

2023 시선집 『77편, 그 사랑의 시』(황금알, 2023) 출간.

2024 제28 시집 『등불 앞에서 내 마음 아득하여라』(서정시학), 『한 세상 궁금해서 살았다』(대한민국예술원 회원 구술 총서 11) 등 출간.
중국 칭타오에서 개최된 '한중시가제韓中詩歌際'에서 작품을 낭독하고 독자와 대화를 나눔.

》 오세영 吳世榮

1942년 전남 영광에서 태어나 전남의 장성과 광주, 전북의 전주에서 성장했다. 서울대학교 문리과대학 국문학과를 졸업하고 서울대학교 인문대학 교수를 역임했다.

1968년 박목월에 의해 『현대문학』 추천을 받아 등단했다. 시집 『사랑의 저쪽』, 『바람의 그림자』, 『마른 하늘에서 치는 박수소리』 등 29권, 학술서 및 산문집 『시론』, 『한국현대시분석적 읽기』 등 24권이 있다. 만해문학상, 목월문학상, 정지용문학상, 소월시문학상, 고산문학상 등과 국가로부터 은관문화훈장을 받았다. 시집 『밤하늘의 바둑판』 영역본은 미국의 문학비평지 *Chicago Review of Books*에 의해 2016년도 전 미국 최고시집(Best Poetry Books) 12권에 선정되었다. 영어, 불어, 독일어, 스페인어, 체코어, 러시아어, 중국어, 일본어 등으로 번역된 시집들이 있다. 한국시인협회장을 지냈으며 현재 서울대학교 명예교수, 예술원 회원이다.

시사백 사무사
詩 四 百　　思 無 邪

초판 인쇄 2025년 4월 5일
초판 발행 2025년 4월 15일

지은이_오세영
펴낸이_한봉숙
펴낸곳_푸른사상사

주간 · 맹문재 | 편집 · 지순이 | 교정 · 김수란, 노현정 | 마케팅 · 한정규
등록 · 1999년 7월 8일 제2-2876호
주소 · 경기도 파주시 회동길 337-16(서패동 470-6)
대표전화 · 031) 955-9111~2 | 팩시밀리 · 031) 955-9114
이메일 · prun21c@hanmail.net
홈페이지 · http://www.prun21c.com

ⓒ 오세영, 2025

ISBN 979-11-308-2235-8   03810
값 55,000원

오세영 시선집

시사백 사무사

詩四百 思無邪